HEYNE
HARD
CORE

SOPHIE ANDRESKY

FUCK YOUR FRIENDS

Erotischer Roman

WILHELM HEYNE VERLAG
MÜNCHEN

FSC
Mix
Produktgruppe aus vorbildlich bewirtschafteten Wäldern und anderen kontrollierten Herkünften
www.fsc.org Zert.-Nr. SGS-COC-001940
© 1996 Forest Stewardship Council

Verlagsgruppe Random House FSC-DEU-0100
Das für dieses Buch verwendete
FSC-zertifizierte Papier *Super Snowbright*
liefert Hellefoss AS, Hokksund, Norwegen.

Satz: C. Schaber Datentechnik, Wels
Druck und Bindung: GGP Media GmbH, Pößneck
Printed in Germany

ISBN 978-3-453-67588-9

www.heyne-hardcore.de

WIDMUNG

In Liebe für Marcus.
Weil du mich nie langweilst.
Weil ich mit dir keine Hälfte
eines Paares bin,
sondern etwas Ganzes.

1. MOTTO

»Never thought I'd get any higher
Never thought you'd fuck with my brain
Never thought all this could expire
Never thought you'd go break the chain.«

PLACEBO, »MY SWEET PRINCE«

2. MOTTO

»Plötzlich waren sie Feuer und Flamme. Jeder machte einen Vorschlag, fügte etwas hinzu. Schon bald hatten sie rote Wangen vor Begeisterung.«

DAGMAR HOSSFELD, *VIER FREUNDE IM GALOPP*

3. MOTTO

»Es ist ein pyrotechnischer Effekt nach dem anderen zu zünden – das Verbinden von Feuerwerkskörpern untereinander ist aus gutem Grund verboten und sollte professionellen PyrotechnikerInnen überlassen bleiben. Achtung auf den Funkenflug: Dieser kann in der Nähe gelagerte oder aufgestellte Feuerwerkskörper entzünden.«

WWW.PYROTECHNIK.CO.AT

KAPITEL EINS

Me and the dragon can
chase all the pain away

PLACEBO

»Machen die da Eingangskontrollen, um zu sehen, ob auch wirklich jede Mumu blank ist?«

Hyper öffnete die Flasche, während ihm Ellen die Gläser hinhielt. Er lachte so, dass er etwas Champagner über ihre nackten Oberschenkel verschüttete. Der Taxifahrer, der die beiden im Rückspiegel beobachtete, runzelte die Stirn und drehte die elektronische Musik im Radio lauter. Hyper ignorierte ihn und lachte immer noch über die Vorstellung von zwei muskelbepackten Türstehern, vor denen jede Besucherin erst einmal den Rock lüpfen muss, während ihr Begleiter mit heruntergelassenen Hosen seinen Schwanz präsentiert.

Ellen suchte ein Taschentuch für ihre Beine.

»Lass, ich leck's weg«, sagte Hyper und beugte sich über ihren Schoß. Sie pustete sich den dunkelbraunen Pony aus dem Gesicht, lehnte sich im Sitz zurück und balancierte die beiden Gläser über seinem Rücken. Mit ihrem bronzefarbenen Teint und den ägyptisch geschminkten Augen sah sie aus wie eine Pharaonin. Hyper richtete sich wieder auf und küsste sie. Seine Lippen schmeckten nach Champagner. Er wickelte eine Strähne ihrer Haare um den Finger und roch daran.

»Du riechst nach Wunder, schönes Frollein.«

Ellen lächelte ihn an und versuchte, die Gläser so zu halten, dass kein Champagner mehr auf ihr kurzes Fransenkleid und die nackten Beine schwappte. Jetzt bemerkte sie auch den Blick des Taxifahrers im Rückspiegel, der wahrscheinlich Angst um seine Polster hatte, beachtete ihn aber nicht.

»Und wie nackig bist du denn nun genau?«, fragte Hyper und legte seine Hand auf ihren Oberschenkel. Ellen öffnete ihre Knie etwas und schmiegte den Kopf gegen seine Schulter.

»Ganz und gar total brazil ratzekahl«, flüsterte sie.

»Die Hausherrin, Gemma irgendwas heißt sie, hat gesagt, man muss nicht, die meisten Gäste schätzen es allerdings, wenn man epiliert kommt. Muschibusch ist wohl out. Und wir sollen Abend- oder Fetischgarderobe oder exklusive Wäsche tragen. Sie klang fast mütterlich, wirklich nett.«

Sie ließen die Gläser zusammenklirren. »Herzlichen Glückwunsch zum Vierzigsten, Traumprinz. Und keine Angst vor der großen Vier, ich trage meine auch mit Würde.«

Hyper zog sie enger an sich und küsste sie lange.

»Du trägst sie nicht nur mit Würde, sondern mit Eleganz, meine Schöne. Das hier ist ein tolles Geschenk. Nicht nur der Club, sondern die letzten fünfzehn Jahre.

Wieso warst du mit dem Club plötzlich einverstanden? Du wolltest doch nie. Hast du bei der Anmeldung unseren Namen gesagt? Kannte sie mich?«

Ellen ignorierte die Frage. Es war typisch für Hyper, anzunehmen, dass jeder wusste, wer er war, nur weil immer mal wieder ein Fernsehmagazin einen Beitrag über seine Pyrotechnik-Shows brachte. Sie knabberte an seinem Ohr.

»Ich fand halt, du hattest eine besondere Überraschung verdient. Ich weiß ja, wie lange du dir das gewünscht hast.«

»Shit!« Hyper unterbrach sie und setzte sich so ruckartig auf, dass er Ellen wegstieß und sie sich am Polster festhalten musste.

»Hast du das gesehen?« Er drehte den Kopf.

Ellen sah in dieselbe Richtung, aber der Wagen bog schon um die nächste Ecke und fuhr jetzt durch ein Waldgebiet.

Hyper zeigte hinter sich: »Da hängen immer noch die Plakate. Vom Freudenfeuer-Event. Warum hat die niemand abgenommen? Das kann doch nicht sein, dass hier immer noch die Plakate hängen.«

Seine Stimme war schneidend und hart. Ellen hörte aus dem Schimpfen eine gewisse Verbitterung heraus und legte die Arme um ihn.

»Nicht ärgern«, sagte sie, »du hast Geburtstag. Und wir haben Jahrestag. Vor uns liegt eine wilde Nacht in einem tollen Club. Lass den Job heute Abend bleiben, ausnahmsweise. Gleich am Montag schickst du jemanden her, damit er die Plakate abhängt. Und jetzt vergiss es.« Sie streichelte ihm über den Kopf wie einem Kind. »Vergiss es. Es ist ja nochmal gutgegangen. Du bist nicht pleite, alles erholt sich, und die Leute werden das auch bald vergessen haben und dich wieder buchen.«

Sie sah ihn an, wie er sehr gerade und angespannt neben ihr saß.

Sein Gesicht war im Dämmerlicht des Taxis bleich, und seine hohen Wangenknochen traten hart hervor. Seit einigen Jahren rasierte er sich den Schädel, das passte zu seiner hageren Figur. Er beherrschte die Szenerie, sobald er einen Raum betrat, in die feingliedrigen Hände klatschte und Anweisungen gab. Hätte er ein Cape umgeworfen, wäre er von jedem Varieté als Magier engagiert worden.

Ellen hatte selbst nach all den Jahren noch Momente, in denen sie ihn heimlich beobachtete. Sein Gesicht verblüffte sie immer wieder. Die Lippen waren voll und sinnlich und die Brauen über den violett schimmernden Augen elegant geschwungen.

Draußen flogen die Bäume vorbei, ab und zu sahen sie einen Parkplatz oder eine Bushaltestelle. Ellen hoffte, dass ihnen das Plakat nicht den Abend verderben würde, denn nach Monaten voller Aufregung und Streit, fand sie, hatten sie ein bisschen Spaß verdient.

Das Freudenfeuer war ein lang geplantes Projekt von Hyper, in dem praktisch sein gesamtes Kapital steckte. Eine Filmproduktionsfirma, die in Berlin drehte, hatte ihn für ihr fünfzigstes Jubiläum gebucht, das man mit einem riesigen Feuerwerk zum Frühjahrsauftakt feiern wollte. Gleichzeitig sollte das Event auch anlässlich der

Einweihung des neu erworbenen Firmengeländes stattfinden. Aber dann hatte der Besitzer des Grundstücks das Land doch nicht an die Produktionsfirma verkauft, ganz unerwartet, obwohl die Verträge schon aufgesetzt waren, und die Veranstaltung musste abgesagt werden. Für Hyper war damit viel mehr als nur ein Auftrag ins Wasser gefallen. Denn die Firma hatte ihm in Aussicht gestellt, ihn nach einem gelungenen Spektakel für internationale Filme zu buchen. Außerdem hatten sich Kollegen aus den Staaten und aus Asien angekündigt, um sein Feuerwerk zu sehen. Hyper hatte monatelang von nichts anderem gesprochen und fieberhaft an neuen Effekten gearbeitet. Und dann war die Sache geplatzt. Zurück blieb ein wütender Hyper und bald darauf auch ein Haufen Schulden, denn Hyper hatte alles auf eine Karte gesetzt und fast ein halbes Jahr lang keine anderen Aufträge angenommen, um sich auf diese eine Show vorzubereiten.

Wenn sie Ellens Laden, das Frollein-Wunder, nicht gehabt hätten und nicht die Zweigstelle in München, die ebenfalls so gut lief, dass sie überlegte, vielleicht noch eine Filiale in Köln zu eröffnen, wären sie bankrottgegangen.

Ellen verbot sich, an die Details des Desasters zu denken, nicht schon wieder, sie wollte endlich damit abschließen, aber es war schwer, zu vergessen, wie verletzt und gedemütigt Hyper gewesen war und wie er sich von ihr zurückgezogen hatte. Auch seine cholerischen Anfälle, bei denen er schreiend durch ihre Wohnung getobt war, konnte sie nicht verdrängen. Für ihn bedeutete es eine absolute Katastrophe. Er hatte Angst um seinen guten Ruf und seine Existenz, schämte sich vor seinen Kollegen und musste die entstandenen Kosten auffangen, von den Hunderten Arbeitsstunden ganz abgesehen.

Ellen strich ihm wieder über den Kopf.

»Es wird alles gut«, versprach sie ihm, »das Frollein-Wunder wirft genug für uns beide ab.«

Er knurrte und versuchte zu lächeln. »Jaja. Gottseidank haben wir deinen Fotzenshop.«

Ellen überhörte den Kommentar.

Hyper hatte das Geschäftskonzept nie wirklich begriffen, er hielt es für eine gewöhnliche Klamotten-Accessoire-Mädchendings-Boutique, aber Ellen wusste genau, was sie da tat, und der Erfolg gab ihr Recht. Sie finanzierte ihr gemeinsames Leben. Sie wusste es, und sie wusste, dass er es wusste, da konnte sie es sich leisten, großzügig zu sein.

Hyper hielt ihr seine Hand hin: »Sieht man die Narbe noch? Sieht das eklig aus?«

Ellen schüttelte den Kopf, strich darüber und küsste sie.

»Man sieht kaum was. Der Unfall ist ja auch schon fast zwei Monate her.«

Sie beobachtete ihn aus den Augenwinkeln, um zu sehen, ob sich seine Stimmung wieder verfinstern würde, denn der Unfall, der geschah, als er einen Bombenkasten verrücken wollte und sich dabei an einem herausstehenden Nagel den Handrücken aufgerissen hatte, hatte zwar nichts mit dem Freudenfeuer-Desaster zu tun, fiel aber in die Zeit der Vorbereitungen, und ihr war klar, dass Hyper diesen Moment im Nachhinein als schlechtes Omen wertete.

Sie schenkte sich und ihm noch Champagner ein.

»Bei der Depiladora heute Morgen, das war bizarr«, sagte sie, um ihn abzulenken. »Ich meine, Schamhaarfriseurin, wie kommt man zu so einem Beruf? Sie macht das in einem ganz kleinen Studio in Mitte. Die Hausherrin von dem Club hat mir den Tipp gegeben.«

Sie teilte die langen Rockschöße von Hypers schwarzem Blazer und griff ihm ohne weitere Ankündigung in den Schritt. Das Leder seiner Hose war warm und knirschte ganz leicht, und sie fühlte, wie sein Schwanz darunter hart wurde.

»Wär vielleicht sogar was für dich, wenn du diese Enthaarungscreme mal leid bist, die Frau rupft nämlich auch Männer.«

Hyper grinste und sah ihr wieder direkt ins Gesicht. Das Plakat war vergessen, oder zumindest bemühte er sich darum.

»Wie war's denn?«, fragte er und zog sie enger an sich. Ihr Fransenkleid rutschte ein bisschen höher, und da Ellen keinen Slip trug, wurde ihr bewusst, dass seine Finger nur noch wenige Zentimeter von ihrer frisch enthaarten feuchten Spalte entfernt waren.

»Also«, Ellen zog die Vokale genüsslich in die Länge und schmiegte sich an Hyper. »Ich hab die Jeans und den Slip ausgezogen und mich hingelegt. Sie stand in einem weißen Kittel neben mir, griff mir direkt ins Schamhaar und redete was von einer ganz tollen Gefühlssteigerung beim Sex, halt so wie eine Friseurin, die ihrer Kundin einen neuen Schnitt vorschlägt. Und dann hat sie meine Muschi desinfiziert und eingepudert und mit Hilfe einer klebrigen Paste die Haare ausgerissen.«

»Autsch«, flüsterte Hyper ihr ins Ohr und ließ seine Finger noch höher gleiten. »Mach doch die Knie ein wenig auseinander, damit unser Fahrer auch mal was Schönes sieht.«

Ellen rutschte mit dem Po nach vorn und spreizte die Beine. Sofort bemerkte sie die Augen des Fahrers im Rückspiegel. Hyper lächelte zufrieden. Ihre Stimme wurde raunender.

»Na ja, als sie fertig war mit meiner Möse, oben und innen an den Schamlippen und um die Klit rum, musste ich mich umdrehen und selbst die Pobacken auseinanderziehen. Und zum Schluss hat sie alle stehen gebliebenen Härchen einzeln mit der Pinzette entfernt.«

»Und gab's keine flutschige Fingermassage? Du stehst doch so auf Fingerficks.«

Der Taxifahrer schaltete und erwischte den falschen Gang, einen Moment lang röhrte das Getriebe, dann fand er den richtigen, und der Wagen beschleunigte.

Hypers Hand berührte jetzt ihre Mösenlippen, und Ellen zog hörbar die Luft ein.

»Sie hat noch Aloe Vera überall verteilt, und zwar echt überall, in jeder Ritze, aber das war wirklich nicht erotisch.«

»Und ist das hier für dich erotisch?« Hypers Zeigefinger strich kaum fühlbar über ihre Möse. Ellen stöhnte leise.

»Wenn du so weitermachst, bin ich klatschnass, ehe wir beim Club sind«, flüsterte sie und sah im Rückspiegel den Blick des Fahrers, der sich abwechselnd auf sie und auf die Straße richtete.

Hyper lächelte und tastete sich ein winziges Stück vorwärts.

»Deine Möse fühlt sich schon ziemlich feucht an, außen prall und weich, und in der Spalte wirst du glitschig, da muss man einfach einen Finger reinstecken.«

Sein Atem an ihrem Ohr kitzelte sie. »Komm, zeig dem netten Fahrer alles, was du hast, das ganze Fotzmäulchen.«

Ellen rutschte weiter vor, legte den Kopf in den Nacken und stellte einen Fuß gegen das Fenster. Das Glas war kalt, aber das merkte sie kaum.

Sie fuhren immer noch durch das Waldgebiet. Der Fahrer trommelte mit den Fingerkuppen auf dem Lenkrad, und als das Taxi schlingernd um eine Kurve flog, rutschte Hyper näher an Ellen heran und legte den Kopf auf ihre Schulter.

Er langte zwischen ihre Beine, spielte an ihrer Möse, spreizte ihre Fotzenlippen mit zwei Fingern, ließ den Daumen tiefer in sie gleiten, fickte sie ganz langsam. Er zog ihn wieder heraus, strich über die Klit und betastete ihren Schamhügel. Dabei küssten sie sich, tranken einen Schluck und kicherten.

»Lass mich nicht kommen«, raunte sie ihm zu, als er kleine schnelle Kreise um ihren Kitzler zog.

In dem Moment bremste der Fahrer scharf ab und steuerte den Wagen an den Straßenrand. Unter den Reifen knirschte Waldboden, dann stand das Taxi, und der

Fahrer drehte sich zu ihnen um. Einen Moment lang starrte er zwischen Ellens weit geöffnete Schenkel, mitten in ihre Möse, in der noch Hypers Finger steckte.

»Wir sind da«, sagte er mit deutlichem norddeutschen Akzent und zeigte auf eine schwach glimmende Lampe über einem Tor neben der Straße. Zwischen den Baumwipfeln sahen sie einen Erker mit einem erleuchteten Buntglasfenster und einen kleinen Turm mit altertümlichen Zinnen aus Backstein.

Gemma, die sie an der schweren Holztür der Villa empfing, war eine durchtrainierte Endvierzigerin mit Piercings in Nase und Augenbraue. Sie trug eine blaue Kunsthaarperücke, die zu einer komplizierten Frisur aus geflochtenen Zöpfen hochgesteckt war, lange blaue Strümpfe mit Strapsen und einen türkisfarbenen Lackmantel, der wie ein pokurzer Trenchcoat durch einen Gürtel zusammengehalten wurde. Ihre Lippen und Augen waren silbrig geschminkt.

Ellen und Hyper sahen sich stumm an, als Gemma strahlte: »Ellen, du bist genauso hinreißend, wie du dich am Telefon angehört hast, kommt rein. Ich freu mich! Ich hab dich gegoogelt, dein Laden muss der Hammer sein. ›Alles, was Frauen großartig macht‹? Tolles Konzept. Und das ist Hyper? Immer herein mit euch. Heute haben wir besonders bezaubernde Gäste.«

Hyper schob Ellen, die noch etwas zögerte, über die Türschwelle. Gemma ging zur Garderobe vor.

»Hier könnt ihr eure Sachen einschließen. Ich mache jetzt erst mal eine kleine Hausführung. Früher war das hier ein Jagd- und Lustschlösschen, na ja, der Betrieb ist im Grunde noch derselbe.« Sie winkte einem jungen farbigen Mann in engen blauen Shorts zu und schickte ihn mit einem Kopfnicken zur Tür, denn es klingelte bereits wieder.

»Es wird voll heute«, lachte sie und führte Ellen und Hyper in die Umkleide hinter der Garderobe. »Hier sind die Duschen. Oben gibt's auch noch mal welche, und Whirlpools natürlich. Im Erdgeschoss sind das Restaurant, die Bar und das Kaminzimmer, in dem geraucht werden darf.«

Die Musik wurde lauter. Sie betraten einen Saal, der bereits gut gefüllt war. Die Leute tanzten, lachten und beäugten gegenseitig ihre Outfits. Vom eleganten Abendkleid über Lackcatsuits bis zu Verkleidungen, die an Dirndl, Uniformen oder Theaterkostüme erinnerten, war alles dabei.

An den Wänden hingen großformatige Gemälde, die vögelnde Paare und masturbierende Frauen darstellten, Menschen, die von Tieren geleckt oder gefickt wurden, und andere, auf denen Körper wie zu einem Bondage-Spiel in Pflanzen verwickelt oder mit weit gespreizten Beinen in bizarre Maschinen eingespannt waren. Auf einem Bild, das eine Zirkusszene zeigte, lutschte sich ein verrenkter Mann selbst den Schwanz, während ihm ein Tiger den Hintern leckte. Daneben befingerten sich Zwitter, die alle drei Brüste hatten.

Gemma rieb Hyper, der vor dem Bild stehen geblieben war, freundschaftlich über den Rücken und schob ihn sanft vorwärts.

»Unser Restaurant ist wirklich gut, ihr könnt bestellen, was ihr wollt, auch die Getränke und die Zigarren und Zigaretten sind inklusive.«

Sie stieg vor ihnen eine Wendeltreppe hinauf in das obere Stockwerk. Die Musik war zwar noch zu hören, wurde hier oben aber überlagert von Gewimmer, Kichern und Stöhnen. Gemma führte sie vorbei an Bettenlandschaften, einem komplett in schwarzem Leder ausgeschlagenen Folterstudio und einem Labyrinth aus gepolsterten Podesten und Nischen, in deren Wände Gucklöcher eingelassen waren.

»Hier präsentiert man sich oder sieht anderen beim Ficken zu. Es gibt aber auch abschließbare Séparées, falls man doch lieber zu zweit bleibt. Da hätten wir die romantische Hochzeitssuite, das Minibordell, den Heuschober, die Wäschekammer oder ganz hinten den komplett verglasten Wintergarten, wo man im Sommer auch das Dach zurückschieben kann. Seid ihr mit der Etikette solcher Clubs vertraut?«

Ellen sah, wie Hyper sein überlegenes Lächeln aufsetzte, und schüttelte schnell den Kopf.

Gemma zählte an den Fingern ab. »Gucken ist immer erlaubt. Wer privat sein will, schließt sich ein. Bevor man jemanden anfasst, sucht man erst Blickkontakt. Wird man dann eingeladen, viel Spaß. Dreht sich das Paar weg oder lehnt direkt ab, zieht man sich sofort zurück. Keine Diskussionen, kein beleidigtes Herumzicken. Ihr werdet schon merken: Swinger sind die höflichsten und sozialverträglichsten Menschen auf der Welt. Manche tun vielleicht ein bisschen missionarisch, aber wer nervt nicht, wenn er glaubt, den Stein der Weisen gefunden zu haben?«

Sie strich Ellen über die Wange, sah ihr tief in die Augen und sagte: »Keine Angst, Herzchen, beim ersten Mal sind alle schüchtern.« Sie sah zu Hyper hinüber. »Du hast da einen extrem attraktiven Mann mitgebracht. Seine Augen sind ja unglaublich.«

Ellen lächelte: »Ich weiß.«

Gemma nickte beiden noch einmal freundlich zu, empfahl ihnen den Rehrücken in Burgundersauce und ließ sie allein.

Einige Minuten später, als zwei nackte Pärchen schmusend an ihnen vorbeigeschlendert waren, freundlich gegrüßt hatten und dann in einem Séparée verschwunden waren, standen Hyper und Ellen immer noch genau da, wo Gemma sie verlassen hatte.

»Jaaaa«, seufzte Ellen, trat von einem Fuß auf den anderen und versuchte, Hypers Blick einzufangen. Der legte den Arm um sie und küsste ihr die Schläfe.

»Ehrlich gesagt«, er räusperte sich, »macht mich das ziemlich platt. Am liebsten würde ich mit dir im Heu liegen, die Tür hinter uns abschließen und dich einfach ficken, bis ich wieder einen normalen Puls habe.«

Ellen fasste ihn enger um die Taille und legte ihren Kopf an seine Brust. »Nichts da. Jedes Jahr wünschst du dir von mir so einen Abend, und ich konnte mich nie überwinden, aber jetzt bin ich hier, und wir ziehen das durch, die sehen doch alle sehr nett aus.«

Wieder ging eine Gruppe fast nackter Männer und Frauen vorbei und lachte sie an. Ein Mann lud sie mit einer Handbewegung ein, mit ihnen zu kommen, doch Ellen und Hyper schüttelten die Köpfe.

»Die sehen alle sehr nett aus«, wiederholte sie, »das sind jedenfalls nicht solche Perverse, die anderen komische Mails schicken.« Sie presste die Lippen zusammen, zwischen ihren Augen bildete sich eine senkrechte Falte. Seit vier Wochen landeten immer wieder anonyme Mails in ihrem Postfach, kryptische aggressive Botschaften, ohne dass sie sich erklären konnte, was das sollte.

»Hat der Irre dir wieder geschrieben?«, fragte Hyper, und Ellen nickte: »Irgendwas vom Höllenfeuer, das den ereilt, der eine Prinzessin stiehlt, und dass der Verräter im eigenen Haus sitzt und seine gerechte Strafe bekommen wird.«

Hyper schnaubte. »Vielleicht ist das eine Art Spam oder so, und nächste Woche folgt dann das Angebot für ein Potenzmittel oder Valium für gestresste Prinzessinnen, vielleicht ist es auch eine Sekte.«

Ellen wischte durch die Luft, um das Thema zu beenden.

Langsam schob sie ihre Hand, die bisher seinen Bauch gestreichelt hatte, über den Bund seiner Hose und über die große silberne Gürtelschnalle bis hin zu seinem Schritt und massierte leicht seinen Schwanz durch das Leder. Sie fühlte, wie er hart wurde.

»Du willst es«, sagte sie, »also lass uns Spaß haben und ein paar der höflichen, sozialverträglichen, vielleicht ein bisschen nervig missionarischen Menschen kennenlernen.«

Hyper lachte und drückte sie an sich. »Du bist wunderbar«, hauchte er ihr ins Ohr.

Sie umarmten sich, und Ellen registrierte erleichtert, dass seine Augen neugierig den Raum abtasteten, als sie die Wendeltreppe hinuntergingen und das Licht wieder heller wurde – die großen Gemälde, die vielen zuckenden und tanzenden Menschen, die Paare, die gesättigt aus dem angrenzenden Restaurant kamen, und die Singles, die an der Bar lehnten und flirteten. Hyper und Ellen bestellten Champagner und entspannten sich langsam.

Direkt hinter Ellen hörten sie eine tiefe Männerstimme fragen: »Und was treibt dich her?«

Eine Frau antwortete, ohne die Lautstärke ihrer Stimme zu senken: »Meine Muschi juckt, da komm ich lieber her, als mir irgendeinen auf der Straße aufzureißen.«

Dann wieder der Bass: »Bei einer juckenden Muschi empfehle ich Dr. Schwanz zur intensiven Reibungstherapie, folgen Sie mir in mein Sprechzimmer.«

Beide schoben sich an Ellen und Hyper vorbei zur Treppe.

»Das war ja mal ausgesucht höflich und sozialverträglich«, sagte Ellen.

»Als wäre irgendeine Muschi aus einem anderen Grund hier«, bemerkte beiläufig eine junge Frau neben Ellen, während sie sich ein Glas vom Tablett eines umhergehenden Kellners nahm. »Darf ich mich zu euch stellen, bis ich weiß, wie man professionell an einer Swingerclubbar steht, ohne wie Frischfleisch auszusehen?« Sie hob ihr Glas, und Ellen und Hyper stießen mit ihr an.

Sie war klein und vielleicht Mitte zwanzig. Ihr Busen quoll aus einem dunkelroten eng geschnürten Korsett, an dem die Stangenkonstruktion einer Krinoline befestigt war, die den Blick freigab auf zwei schlanke Beine in Netzstrümpfen. Sie trippelte in ihren Schnürstiefeln hin und her, und die blonden Korkenzieherlocken wippten. Wenn sie einen Schluck Champagner trank, bewegte sich das schwarze Samtband um ihren Hals, an dem ein großer roter Stein hing.

»Ich bin Irina Vasquez«, sagte sie mit einem gutturalen Singsang, »und ich bin mir nicht sicher, ob das hier eine gute Idee war. Vielleicht hätte ich bei meinem erkälteten Freund zu Hause auf der Couch bleiben sollen.«

Ellen stellte sich vor und blickte so bewundernd auf Irinas glänzende Haare, dass die den Kopf leicht neigte. »Kannst du anfassen, wenn du möchtest. Die sind allerdings gefärbt. Ich bin in Spanien geboren, in Barcelona. Es dauert Stunden, bis die so aussehen. Wir machen das im Studio mit einer vorsintflutlichen Brennschere. Das muss man können, sonst gibt es Verletzungen.«

Ihr großer, rot geschminkter Mund verzog sich, und das kleine schwarze Muttermal auf ihrer Wange zuckte.

Ellen griff vorsichtig in die blonde Pracht.

»Echt, du bist Spanierin? Meine Oma kam aus einem Dorf bei Madrid.«

Sie spielte mit einer Strähne und zog anerkennend die Augenbraue hoch: »Fühlt sich super an.«

Sie zeigte auf das Outfit: »Bist du Maskenbildnerin oder beim Theater?«

Irina ließ einen Fächer aufspringen, klimperte mit ihren langen falschen Wimpern und schwenkte ihre Hüfte mit einem so harten Stoß zur Seite, dass ihr Busen wackelte.

»Ich tanze. Burlesque, weißt du. Eine Mischung aus Tanz, Striptease, Comedy und Artistik. Glamour und Entertainment – ich liebe es. Ich habe ein eigenes Studio, wir machen Kurse, aber ich trete auch auf. Wir haben diese Troddelaufkleber über den Brustwarzen, Tassels, weißt du? Und du kennst bestimmt die Nummer von der nackten Frau in der riesigen Sektschale.«

Ellen nickte: »Ja, wir haben so was im Laden, eine Designerin aus New York macht sie exklusiv für uns.«

Hyper unterbrach die beiden Frauen mit einem Räuspern.

»Bitte hier keine Akquise für deinen Fotzenshop. Vielleicht stellst du mich mal vor.«

Irina drehte sich sehr langsam zu Hyper um und musterte ihn von oben bis unten.

»Erstens«, sagte sie, »unterbricht man zwei Damen nicht im Gespräch.«

Sie hob den Zeigefinger: »Zweitens solltest du dir solche Bezeichnungen wirklich sparen, du siehst gar nicht aus, als ob du so ein Arsch wärst. Und drittens«, sie klang jetzt wieder versöhnlicher und weicher, »drittens sollte ein Mann Manns genug sein, sich selbst vorzustellen. Also«, sie lächelte, »ich bin Irina, und du?«

Hyper guckte zerknirscht. »Ich bin ein chauvinistischer Idiot und heiße Hyper.«

Irina senkte huldvoll den Kopf. »Merkwürdiger Name.«

Hyper erklärte nur kurz: »Mein Künstlername, hat sich Ellen ausgedacht«, ohne weiter darauf einzugehen.

Ellen bemerkte es mit Erstaunen. Kein Vortrag über seine prächtigen Shows, oder dass er von einem arabischen Scheich empfangen worden war, der ihn als Haus- und Hof-Pyrotechniker engagieren wollte.

Irina wandte sich wieder an Ellen: »Vielleicht gehen wir oben in eins der Séparées? Da können wir uns besser kennenlernen.«

Sie lagen auf dicken Kissen im Wintergarten. In den Ecken flackerten große Windlichter mit bunten Glaskörpern, die schwebende Mosaike an die Wände warfen.

Irina musterte Ellen ungeniert von oben bis unten. »Deine Haut ist ungewöhnlich, du schimmerst richtig, wie Bronze.« Sie strich mit dem Zeigefinger Ellens Arm entlang.

Ellens Augen glänzten. Sie war es gewohnt, dass alle, die sie gemeinsam trafen, sich mehr für Hyper interessierten als für sie. Irina war offenbar eine Ausnahme.

»Diese blöden Strapse«, seufzte sie und drehte sich so, dass Ellen einen Blick auf Irinas Hinterteil werfen konnte, wo die Knöpfe rote Muster in der Haut hinterlassen hatten.

»Im Stehen wunderschön, aber beim Sitzen? Wer hat sich diese Dinger ausgedacht?«

Ellen nickte bestätigend und fuhr mit der Hand über ihre Brust. »Ich sag nur Push-up mit Bügeln. Ich hab ja wirklich keinen großen Busen, doch wenn ich so ein Teil den ganzen Tag getragen habe, dann bohren sich die Enden der Stangen in die Achselhöhlen, ich hasse das.«

Hyper räusperte sich und fuchtelte herum, als wolle er ein Orchester dirigieren. »Dann macht es euch doch bequemer. Das hier ist schließlich kein Ort, wo es pieken und stechen soll.«

Sofort sprang Irina auf, probte ein paar Striptease-Tanzschritte und löste die Strapse und die Krinoline, so dass sie in Korsage und Strümpfen dastand. Sie kniete neben Ellen nieder, die ihr Haar mit einer Hand hochhielt, und zog ihr den Reißverschluss auf dem Rücken bis zur Taille hinunter. Noch bevor Ellen nach hinten langen konnte, um ihren BH zu lösen, kam Irina ihr zuvor und hakte ihn vorsichtig auf. Ellen streifte die Träger ab und schlängelte sich aus dem Fransenkleid.

Sie wusste selbst nicht so recht, ob sie vergessen hatte, dass sie weder Slip noch Strümpfe trug und jetzt nackt vor Irina und Hyper lag, oder ob sie genau das gewollt hatte. Gespannt beobachtete sie die Blicke der beiden, Irinas fröhlichen und Hypers sichtlich erregten. Es gefiel ihr, im Mittelpunkt zu sein, und sie beschloss, sich ein bisschen zu räkeln, um den beiden mehr zu zeigen.

Hyper rutschte näher, nahm ihren Fuß in seine Hände, streichelte ihn und küsste den Spann, während er seinen Blick nicht von ihren Brüsten ließ. Irina kniete noch neben ihr und massierte ihr die Schultern. Und irgendwann drehte Ellen den Kopf, sah in Irinas dunkle Augen mit den künstlichen Wimpern, auf deren Spitzen, wie sie jetzt bemerkte, winzige aufgeklebte Strasssteinchen funkelten, und öffnete leicht den Mund. Irina beugte sich zu ihr. Ellen spürte den Druck ihres Körpers, bevor Irinas Lippen ihre berührten.

Ellen hatte nie zuvor eine Frau geküsst und war überrascht, wie weich und samtig es sich anfühlte. Kein Dreitagebart kratzte, keine Zunge drängelte, nur ein sanfter Druck, der ohne Eile fester wurde. Sie warf den Kopf zurück, und Irinas Zungenspitze tastete sich vor, lockte Ellens Zunge, umkreiste deren Spitze und zog sich wieder zurück, während ihre Hände in Ellens Haar griffen. Ellen lief eine Gänsehaut den Rücken hinunter.

Sie legte eine Hand auf Irinas Taille und streichelte höher zur Achselhöhle, wo es etwas feucht war, und berührte schließlich Irinas Brust, die aus dem engen Korsett gerutscht war. Irina spannte das Kreuz an, als Ellens Daumen über ihre Brustspitze fuhr.

Ihre Münder öffneten sich weiter, und ihre Zungen schlangen sich umeinander. Irina schmeckte ganz frisch nach Champagner. Ellen roch Puder und ein Parfüm, das vielleicht Maiglöckchen enthielt.

Sie spürte wieder die Feuchtigkeit zwischen ihren Beinen und das Klopfen in ihrer Möse, die von Hypers Fingern im Taxi noch aufgeheizt und unbefriedigt war.

Hyper kroch näher zu den beiden Frauen, legte sich hinter Ellen und drängte seinen Körper an ihren. Ellen unterbrach den Kuss mit Irina, um ihm das Gesicht zuzuwenden. Er küsste sie, tief und gierig wie schon lange nicht mehr, und während seine Hand auf ihrem Bauch lag und Irinas Hand langsam über ihren Hals zu ihrer Brust hinunterstrich, beugten sich Hyper und Irina vor und küssten einander.

Ellen kam es natürlich und richtig vor. Als Irina sie wieder küsste und sie Hypers und Irinas Hände auf ihrem nackten Körper spürte, ließ sie sich ganz in dieses Gefühl fallen, nicht zu wissen, was jetzt geschehen würde.

Irina schnürte ihr Korsett auf und schlüpfte aus dem Slip. Die langen Strümpfe behielt sie an, immer beobachtet von Ellen und Hyper, der sich an Ellens Rücken presste und ihr die Achselhöhle leckte. Irina kroch über Ellen, küsste wieder ihren Mund, dann ihren Hals, die Schlüsselbeine und schließlich ihre Brust, die sie vorsichtig knetete, während sie die harten Nippel saugte. Ellen stöhnte und sah aus den Augenwinkeln, wie Hypers Hand über Irinas Rücken zu deren Po strich, zwischen den Backen hindurch zu ihren Oberschenkeln und wieder zurück.

Irina lächelte ihr zu und flüsterte ihr ins Ohr: »Macht es dir was aus, wenn er meine Muschi anfasst?«

Ellen schüttelte den Kopf, und Irina kniete sich mit etwas weiter gespreizten Beinen über sie, um Hypers Hand mehr Platz zu lassen, und rieb ihre schweren Brüste an Ellens kleineren. Ellen tastete blind zu Hyper, zog den Reißverschluss seiner Hose auf und griff hinein. Er stöhnte und wühlte sein Gesicht in ihr Haar. Auch Irina stöhnte, und Ellen nahm an, dass Hypers Finger ihre Möse betasteten.

Sie langte ebenfalls zwischen Irinas Beine, wo ihre Finger Hypers Hand berührten, der von hinten einen Finger in Irinas Spalte gesteckt hatte.

Hyper zog sich zurück und wand sich aus seiner Kleidung, bis er nackt neben den Frauen lag. Irina hatte währenddessen Ellens Beine gespreizt und presste ihre Möse gegen ihre. Ellen versuchte sich so zu bewegen, dass ihr Kitzler über Irinas rutschte. Jedes Mal, wenn das gelang, durchzuckte sie eine solche Lust, dass sie laut aufseufzte.

Es war heiß geworden im Raum. Alle drei hatten die Augen geschlossen und atmeten heftig, Hyper heiser und stoßweise, Irina eher wie beim Singen, Ellen dunkel raunend.

Ihr ging durch den Kopf, dass sie noch nie so ein Geräusch gehört hatte, das Stöhnen von drei geilen Menschen, vermischt mit dem Schmatzen der Finger in den nassen Mösen und der schweißnassen Körper, die sich aneinander festsaugten.

Irina legte sich neben sie, rieb weiter Ellens Klit und flüsterte ihr zu: »Ihr seid so ein tolles Paar, ich will euch ficken sehen.«

Hyper fischte ein Kondom aus der Tasche seiner Hose, die er auf den Boden geworfen hatte, und hielt es wie in einer Werbung hoch: »Allzeit bereit.«

Er rutschte über Ellen, ihre Beine scherten auseinander, und ihr Becken hob sich. Sie konnte es nicht mehr erwarten, seinen Schwanz zu fühlen. Schon als die Spitze sie berührte, keuchte sie, und als er dann in sie hineinglitt, schrie sie kurz auf vor Lust. Sie hätte ihn am liebsten überall gehabt, nicht nur in ihrer Möse, sondern auch in ihrem Arsch, in ihrem Mund, sie wollte gestoßen, gerammt und gefickt, immer weitergefickt werden.

Irinas Fingerspitze lag dabei auf Ellens Klit, und die Geilheit, die das Zusammenspiel der festen Stöße und des leichten Reibens auslöste, brachte Ellen dazu, leise zu wimmern.

Ihre Hand hatte Irinas Möse gefunden, und sie wichste sie im Takt von Hypers Stößen. Irina wand und drehte sich, rieb ihre Brüste an Ellens Schulter, spannte sich bis zu den Zehen an, und als sie kam, fiel sie schreiend in sich zusammen. Auch Hyper kam mit einem letzten Stoß, und Ellen lag heftig stöhnend mit geschlossenen Augen da, das Gewicht von Hypers Körper auf ihrem, Irinas Kopf an ihrer Schulter, ihre Beine ineinander verknäuelt.

Sie musste kurz eingeschlafen sein, denn sie schreckte hoch, als Hyper sich von ihr herunterrollte und lachte.

»Das war das Höflichste und Sozialverträglichste, das wir je mit einer neuen Bekanntschaft angestellt haben.«

Irina kroch auf allen vieren zu der Flasche Champagner. »Leider leer.« Sie hielt sie ins Licht.

»Ich hab einen Mordshunger«, sagte Hyper, »jetzt wäre ein Rehrücken genau richtig.«

Irina rollte die Strümpfe herunter und verkündete, erst mal duschen zu gehen. Ellen winkte ihr träge nach.

»Wir sehen uns unten im Restaurant.«

Hyper hielt sie im Arm und küsste sie auf die Schulter.

»Geht es dir gut?«

Seine Stimme war rau und klang ein bisschen schläfrig. Ellen nickte.

»Und du? Glücklich?«

Er zog sie eng an sich.

»So wie man es nur sein kann.«

Dann nach einer Pause, ganz abwesend, als spräche er zu sich selbst, fügte er hinzu: »Genau so hatte ich es mir vorgestellt, und es war sogar noch besser.«

Ellen fühlte die Entspannung bis in die Zehenspitzen. Sie liebte diesen Moment nach einem Orgasmus, wenn sich der ganze Körper deutlich erinnert, wie sich die Geilheit angefühlt hat, aber vollkommen befriedigt ist.

»Irina finde ich echt nett. Zu schade, dass wir sie hier kennengelernt haben. Draußen wäre sie vielleicht eine richtig gute Freundin geworden.«

Hyper setzte sich auf und griff nach seinem Hemd. »Das kann sie immer noch werden. Wenn wir uns gleich beim Essen weiter so gut verstehen ...« Er ließ den Satz in der Luft schweben.

Ellen streckte und räkelte sich, durch ihren Kopf schossen Bilder aus der vergangenen Stunde. Irinas Brüste, ihre Wimpern, ihr Lachen, ihr konzentrierter Blick und auch Hypers Lust, die sein ganzes Gesicht verzerrte und seine violetten Augen so glänzen ließ, dass sie fast leuchteten.

Sie sah Hyper an.

»Wir sollten sie zu uns nach Hause einladen.«

KAPITEL ZWEI

Close your eyes
Let me touch you now

VAST

»Das Schwarzpulver und die fertigen Bomben haben wir natürlich nicht hier, das Zeug lagert alles weit draußen im Bunker bei zwölf Grad und fünfzig Prozent Luftfeuchtigkeit, da muss man Sicherheitsabstände einhalten, und es gibt Schutzwälle und so weiter.«

Ellen stand vor der Tür zu Hypers Büro und hörte am leichten Vibrieren seiner Stimme, dass er aufgeregt war und sich bemühte, besonders lässig zu wirken. Irina war also schon eingetroffen. Ellen strich sich über die weiße Bluse, deren gestärkter Kragen sie am Hals kratzte, und fragte sich, ob sie nicht vielleicht doch zu förmliche Kleidung gewählt hatte. Ihre Handinnenflächen waren feucht, und sie räusperte sich kurz, bevor sie die Tür zum Büro öffnete und eintrat.

Hyper und Irina standen am Eingang des Lagerraums. »Denk mal an Enschede, wo die Feuerwerksfabrik explodiert ist, mitten im Wohnviertel«, sagte er gerade, »so was kann in Deutschland nicht passieren. Hier darf man nur das Kleinmengenlager unterbringen, mit Bühneneffekten wie Funkenfontänen, Bühnensonnen oder kleineren Feuertöpfen.«

Ellen ging auf beide zu und küsste Hyper, der ihr am nächsten stand, kurz auf den Mund.

»Hallo, Traummann.«

Noch bevor Hyper antworten konnte, zog Irina sie an sich und küsste sie.

»Hallo, Traumfrau«, lächelte sie und kramte in einer Papiertüte. Sie hielt Ellen einen Teller mit karamellfarbenen Rechtecken entgegen.

»Turrón, nach einem Rezept meiner Mutter. Bestimmt nicht so gut wie das, was du von deiner Oma kennst, aber immerhin ein Stück España.«

Ellen probierte und verdrehte die Augen. Mit vollem Mund sagte sie: »Heute siehst du aus wie Lilo Pulver als Piroschka!«

Irina warf sich in ihrem Folklorekleid in Pose und schnurrte mit falschem Akzent: »Hab ich viele Herzen gebrochen in Puszta, hab ich gehabt Männer mit Liebeslanzen, dick wie Salami.«

Ellen hielt Hyper einen Zettel hin.

»Da kam schon wieder so eine Hassmail.«

Hyper las den Ausdruck laut vor: »Es wird ein böses Ende nehmen. Die Wahrheit ist größer als die Lüge. Wer die Prinzessin raubt, soll in der Hölle brennen. Es wird alles in Flammen aufgehen, und von Sünde und Verrat soll nur Asche bleiben.« Mit spitzen Fingern hielt er das Blatt über den Aktenvernichter und schredderte es. »Bullshit.«

Ellen sah den dünnen Papierstreifen hinterher. »Findest du die ganzen Feuermetaphern nicht beunruhigend? Immerhin ist das genau dein Job, und wir lagern hier einiges.«

Hyper schüttelte den Kopf. »Das ist Sekten-Spam, ich sag's dir.«

Er führte Irina zu den Tischen mit den großen Bildschirmen. »In dieser Ecke ist unsere kreative Zentrale.«

Er setzte Irina vor einen Rechner: »Hier schreiben wir die Angebote, kalkulieren die Aufträge, und, was das Wichtigste ist«, er rief ein Programm auf und schaltete die Lautsprecher ein, »hier mache ich die Choreographie und die Musik.«

Ein Synthesizer-Orchester schallte durch den Raum, eine üppige Klangkulisse, die immer weiter anschwoll. Hyper musste fast schreien, um sie zu übertönen: »Das ist der Moment, wenn hinten die Kometen hochgehen, und da, wo es leiser wird, haben wir ein Muster aus roten Chrysanthemen, Dahlien und Hortensien, außerdem Blinkersterne und hier, wo die Musik so weich wird, einen Vorhang aus Goldbrokatweiden, eher weiches Licht, verstehst du, zauberisch, und dann, bamm!«

Ein Paukenschlag, das Furioso brach aus.

»Jetzt gibt es Licht und Explosionen von allen Seiten.« Hyper stand vor dem Schreibtisch mit halb geschlossenen Augen, die Arme erhoben wie ein Dirigent: »An der Seite die Flakscheinwerfer, gerade weiße Lichtkegel, und oben im Himmel, wo das Licht diffuser wird, ein Teppich aus Farben, flackernder Sternenregen.«

Ellen drehte die Anlage behutsam leiser, Hyper sah sie irritiert an.

»Sorry«, sie zuckte mit den Achseln, »aber wenn wir vor Ladenschluss noch zum Wunder loswollen, musst du jetzt die Oper zurückrufen.« Sie hielt ihm das Telefon hin, er nahm es erst, als sie sich nicht abwimmeln ließ.

»Mach schon. Das ist immerhin ein Auftrag.«

Hyper schnaubte, murmelte etwas von »Theaterscheiß« und ging ins Materiallager, um zu telefonieren.

»Sie spielen die Carmen«, erklärte Ellen, »er soll für eine schräge Inszenierung mit einem Schusswechsel und einem brennenden Haus die Technik erledigen. Allerdings dirigiert er viel lieber Flakscheinwerfer.«

Das Telefonat mit der Oper hatte unerwartet lange gedauert, und als die drei zum Frollein-Wunder kamen, war Ellens Mitarbeiter, ein rotblonder Junge, bereits dabei, den Laden abzuschließen. »Wart mal, Xaver«, rief sie ihm zu, »ich hab noch Gäste.« Xaver öffnete ihnen die Tür, sagte Ellen, dass einige Nachrichten für sie neben der Kasse lägen, und fuhr auf einem Skateboard weg. Irina sah ihm nach. »Ich kenn den doch.«

Ellen zuckte mit den Schultern. »Vielleicht aus der Zeitung. Das ist einer aus Sophias Harem, insgesamt hat sie fünf Männer, und sie werden manchmal fotografiert, wenn es irgendwo eine Premiere oder eine Cluberöffnung gibt. Sophia und ich sind befreundet, wir haben auch neuerdings Pralinen von ihr im Laden, und ihr jüngster jobbt jetzt eben gerade bei mir. Sophia hofft, dass ich ihm Zucht und Ordnung beibringe.«

Hyper hielt ihnen die Tür auf, und sie betraten das Frollein-Wunder. Irina sah sich um.

»War es schwer, hier im Scheunenviertel was zu kriegen? Bei meinem Studio hat es Ewigkeiten gedauert, bis ich die Räume dafür gefunden hatte.«

Ellen verzog die Mundwinkel. »Es zu behalten, ist schwieriger. Man muss den Leuten klarmachen, dass sie keine x-beliebige Boutique vor sich haben. Manche sehen die Sexspielzeuge im Fenster und daneben die Designerroben und wissen nicht, was sie denken sollen. Deshalb war ich damit einverstanden, Xaver zu beschäftigen, denn eigentlich wollte ich zwar alles von, für und durch Frauen verkaufen, aber jetzt trauen sich auch Männer rein, und wenn es dem Umsatz hilft, ist es mir recht.«

Sie ordnete hier und da etwas in den Regalen, faltete einen Schal neu oder drehte ein Schmuckstück und führte Irina dabei herum, während Hyper vorn am Eingang wartete und in Bildbänden blätterte.

»Unser Slogan lautet ›Alles, was Frauen großartig macht‹, und das bedeutet, dass wir nicht nur Produkte für Frauen, sondern vor allem von Frauen verkaufen. Von Designerinnen, Komponistinnen, sogar Programmiererinnen. Wir haben ausgefallene Mode. Warte, das hier liebe ich gerade besonders«, sie nahm eine Bluse aus knisterndem dunkelviolettem Taft, »das würde dir stehen zu deinem Puppengesicht.«

Sie strich Irina über die Wange, die drehte den Kopf und küsste Ellens Fingerspitzen.

»Oskar mag es nicht, wenn ich mich so bunt und auffällig anziehe.« Sie hielt sich die Bluse vor den Oberkörper und sah sich im Spiegel an. »Ich mache es aber trotzdem.«

Ellen ging weiter an den Regalen und Kommoden entlang. »Es gibt Kosmetik, CDs, Filme auf DVD, künstlerische oder Pornos, Bücher von Autorinnen, die ich besonders schätze, erotische Wäsche und Sexspielzeug natürlich auch.«

Sie nickte, als Irina einen fingerschmalen silbernen Metallstab hochhielt und sie fragend ansah.

»Hier schaltest du ihn ein.« Ellen drehte an dem Kristall, der unten angebracht war, und der Stab begann zu vibrieren.

»Wir zeigen oft Kunst, und natürlich haben wir außerdem lauter praktische Sachen, was die Karrierefrau von heute halt brauchen kann, zum Reisen, aber auch zum Arbeiten, Büroelektronik und so.«

Sie ging um eine Theke herum, in die verschiedene Kühlschränke eingelassen waren, nahm eine Packung heraus, öffnete sie und präsentierte die Pralinen, die wie kleine Skulpturen aussahen: wollüstige runde Formen, teilweise mit Blattgold verziert. »Die schenke ich dir, wir haben sie ganz neu. Eine Chocolatière hat sie sich Sophia zu Ehren ausgedacht. Sie hat wohl einige Nächte bei ihr und ihrem Männerharem verbracht und daraufhin eine ›süße Sophie‹ erfunden. Es ist Nougat drin und Chili.«

»Ich möchte dir danken«, sagte Irina mit der Förmlichkeit einer Rede anlässlich einer Preisverleihung, »die esse ich nur mit euch zusammen. Wir müssen doch feiern, dass wir uns kennengelernt haben.« Sie küsste Ellen und dann Hyper und hielt beide an den Händen.

Als Hyper loszog, um noch einige Dinge fürs Abendessen einzukaufen, verabschiedete sich auch Irina, weil sie rasch um die Ecke zum Briefkasten wollte, während Ellen die Zettel durchging, die Xaver ihr hinterlassen hatte, und Fotos von der neuen Dekoration in die Münchner Filiale simste.

Schon nach wenigen Minuten stand Irina wieder vor ihr. Atemlos und in Tränen aufgelöst.

Ellen konnte nicht verstehen, worum es ging, weil Irina so schluchzte und sich gar nicht mehr beruhigte. Sie hielt sie an den Schultern fest, fragte sie, was denn los sei, versuchte, sie an sich zu ziehen, aber Irina drehte sich immer wieder weg, wenn Ellen ihr ins Gesicht sehen wollte. Ihre Wangen waren krebsrot angelaufen, und ihre Hände zitterten. Als Ellen kaum noch wusste, was sie machen sollte, riss sich Irina mit einem Ruck los und legte den silbernen Vibrator, den Ellen ihr eben im Laden gezeigt hatte, so heftig auf den Tresen, dass er auf der anderen Seite herunterrollte. Dann stürzte sie aus dem Laden.

Ellen lief hinter ihr her, erwischte sie gerade noch vor dem Schaufenster und hielt sie am Arm fest.

»Meine Güte, bist du schnell.«

Irina schluchzte so, dass sie nur stoßweise Luft bekam und mehr japste als atmete. Sie zog geräuschvoll die Nase hoch und wand sich in Ellens Griff. Fast wäre sie wieder entwischt, aber Ellen ließ sie nicht mehr los und führte sie in den Laden. Nachdem sie hinter sich abgeschlossen hatte, setzte sie Irina auf einen Hocker und kniete sich vor ihr hin. Ihre Hände lagen auf Irinas Oberschenkeln und strichen sanft darüber. Langsam beruhigte sie sich, und Ellen bekam einige Satzfetzen aus ihr heraus. Schließlich begriff Ellen so viel, dass Irina den Vibrator eingesteckt hatte.

Sie holte ihn hinter dem Tresen hervor und drehte den Stab hin und her, als lieferte der eine Erklärung. »Du bestiehlst mich?«, fragte sie nach, ganz vorsichtig, denn möglicherweise hatte sie einiges missverstanden, und sie wollte Irina nicht kränken.

Irina legte die Hände über die Augen. »Jetzt hasst du mich.«

Ellen sah sie ratlos an. »Na ja, ich versteh es nicht. Was soll das denn?«

Irina wischte sich über die Nase, bis Ellen ihr ein Taschentuch gab. Sie schnäuzte sich laut.

»Ich kann nicht anders«, sagte sie schließlich. Ihre Stimme klang nicht mehr gepresst und atemlos, sondern nur traurig. »Ich muss. Doch ich geb immer alles wieder.« Sie faltete das Taschentuch. »Ich bin keine Diebin. Ich stehle, und dann schicke ich es zurück. Oskar, weißt du, mein Freund, der ist darauf gekommen. Wir schreiben einen Zettel, dass es mir leidtut und dass es ein Versehen war, und dann legen wir einen Geldschein dazu. Aber vor dir kann ich mich nicht verstecken. Dir musste ich das sagen.«

Ellen saß stumm da und dachte nach. Schließlich schlang sie einen Arm um Irina.

»Sagen wir das Hyper?«, fragte sie mehr sich selbst. »Er kann mit Schwäche nicht umgehen. Er ist farbenblind bei Grautönen. Entweder er findet etwas wunderschön und ekstatisch und großartig, und dann ist er der beste Mann der Welt, niemand kann einen so mitreißen und begeistern wie er. Nur wenn er einen Makel entdeckt, ist gleich alles schlecht.« Sie verzog das Gesicht. »Wie in dem Spot für Katzenfutter früher: ›Geht es Hyper gut, freut sich der Mensch.‹«

Sie seufzte und strich Irina über das blonde Haar, das sie heute zu zwei dicken Zöpfen geflochten und mit einem geblümten Haarreif zurückgebunden hatte. Den Vibrator verstaute Ellen in ihrer Tasche. »Da würde ich sagen, haben wir zwei Mädels besser ein Geheimnis, was?«

Irina sah sie zweifelnd an, die großen Augen immer noch verquollen und schimmernd. Ellen beugte sich vor und küsste sie auf den Mund. Irinas Lippen, die anfangs hart und verspannt gewesen waren, wurden weicher und öffneten sich.

Nach einer Weile sagte sie: »Ich bin so froh, dass ich euch kennengelernt habe.«

»Wie kam das eigentlich?«, fragte Ellen betont fröhlich, um die Stimmung aufzuhellen, und streichelte Irinas Haar. »Dass du in diesen Club gegangen bist und auch noch alleine.«

Irina zögerte. Dann setzte sie sich aufrecht hin und sah Ellen direkt an.

»Wir hatten Streit. Oskar ... er wollte eigentlich mitkommen, aber wir haben uns gestritten. Er ist so ... er hat seine Prinzipien, weißt du? Familie, Kinder, harte Arbeit, biologisch angebautes Essen, große Werte.«

Ellen zog eine Augenbraue hoch. In ihrer Vorstellung stand Oskar als tyrannischer Ökobauer mit erhobener

Hacke im Kohlbeet, hielt Irina abwechselnd Vorträge oder schickte sie mit einer Schar Kinder am Schürzenzipfel auf den Acker. »Klingt wie jemand aus dem letzten Jahrhundert.«

Irina zupfte an einer Haarsträhne herum. »Dem vorletzten. Uns geht es nicht so gut. Also miteinander. Wir wollen es weiter versuchen. Wir hatten eine schwierige Zeit, weißt du. Manchmal dachte ich, ich kenne ihn gar nicht mehr.«

Ellen dachte daran, wie oft Hyper durch sie hindurchgestarrt hatte, als das Schreien und Toben nach der Freudenfeuer-Pleite nachgelassen hatte. »Man wird sich plötzlich ganz fremd, und alles steht infrage«, sagte sie leise.

Sie setzte sich neben Irinas Hocker auf den Boden, legte ihren Arm locker um ihre Taille und lehnte den Kopf leicht gegen ihre Hüfte. Irina sah durch die Ladentür auf die Straße.

»Dieser Club sollte ein Versuch sein, ein Abenteuer. Leider war ihm sein Grünzeug wieder mal wichtiger.« Sie lachte bitter. »Du musst dir vorstellen: der Typ von Frankenstein in seinem Labor«, ihre Stimme wurde schrill wie bei einer Cartoonfigur, »›Igor, bring Hirn und Torf herbei, wir müssen neues Leben erschaffen.‹ Es gibt nur seine Pflanzen. Was keine Wurzeln hat und was man nicht ernten kann, interessiert ihn nicht.«

»Was züchtet er denn?«

Irina seufzte, und als sie »Orchideen« sagte, sang sie jede einzelne Silbe. »Eigentlich promoviert er, aber das macht er schon seit Jahren, irgendwas über Symbiosen und die Wechselbeziehung zwischen Wirt und, ach, ich hab das nie verstanden. Ich glaube auch nicht, dass er jemals damit fertig wird oder fertig werden will. Eigentlich verbringt er jede Minute im Gewächshaus oder gräbt seinen Acker um.«

»Klingt langweilig. Und während du in Strapsen tanzt, erntet er Brokkoli. Finanzierst du euch?«

Irina schüttelte den Kopf. »Das Haus gehört ihm, er hat es geerbt und dazu ein Stück Land. Er baut hinterm Haus jede Menge Gemüse und so was an und verkauft das. Wir kommen schon klar. Er hat mir in der Anfangszeit meines Studios sehr geholfen, weißt du. Aber jetzt ist das alles egal, und er will nur noch Kinder, eine Armee von kleinen Biokriegern, die seine Botschaft in die Welt tragen.«

Ellen musste lachen, stand auf und klopfte sich den Rock ab. Sie reichte Irina die Hand und zog sie hoch.

»Ich wünschte«, Irina schluckte kurz, und ihre Stimme wurde rau, »ich wünschte, er würde euch beide treffen. Da ist so viel Energie zwischen euch. Ihr seid beide dermaßen unterschiedlich und versteht euch trotzdem. Weißt du, ich möchte, dass Oskar mich wieder richtig wahrnimmt, nicht als ständige Enttäuschung und Störung, sondern als Frau, die anders ist und vielleicht trotzdem ganz schön.«

»Sehr schön«, korrigierte Ellen, legte den Arm um Irina und drehte sie so herum, dass sie sich direkt in einem der Anprobespiegel sehen konnte, »sehr, sehr schön. Oskar muss blind und blöd sein, wenn er das nicht bemerkt.« Sie strich über Irinas Schultern, ihre Brüste und ihre Hüften, bis Irina anfing zu kichern und sich unter Ellens Händen schlängelte, als sei sie kitzlig. Ihre Augen strahlten jetzt wieder so, wie Ellen es von ihr kannte.

Sie drückte sie an sich und suchte mit der freien Hand in ihrer Tasche herum. Schließlich hielt sie Irina ein Mobiltelefon entgegen.

»Ruf Oskar an. Sag ihm, du hast neue Freunde kennengelernt, und wir haben heute bei uns ein Abendessen. Er weiß doch, was du im Club gemacht hast?«

Ellen zog zweifelnd die Augenbrauen hoch, aber Irina nickte entschieden.

»Immerhin haben wir eine Auszeit, wir haben uns vorgenommen, offen für alles Neue zu sein und uns gegenseitig nichts zu verbieten.« Sie atmete tief durch und wählte.

Ellen hatte nicht wirklich daran geglaubt, doch Oskar erschien tatsächlich. Als es klingelte, straffte sie die Schultern und machte sich bereit für einen fanatischen Trampel direkt aus der Steinzeit. Sie wurde wieder ärgerlich, weil sie daran dachte, was Irina von ihm erzählt hatte. Sie beschloss, ihm im Laufe des Abends die Meinung zu sagen, dass er so mit einer Frau nicht umgehen konnte und dass es mehr gab in einer Beziehung, als gemeinsam Sträucher zu beschneiden und Kartoffeln auszugraben.

Dann stand er vor ihr in der Tür. Er trug einen Korb auf der Hüfte, in dem orangefarbene Früchte mit dünnen violetten Streifen lagen, und lächelte unsicher.

Er war kleiner als Hyper, sehr viel jünger und kräftiger. Unter seinem T-Shirt spielten die Muskeln seiner Oberarme, und auch seine Brust zeichnete sich deutlich ab. Seine Haut war gebräunt, sein Gesicht länglich und sanft mit schmalen Lippen. Die dichten dunklen Haare trug er im Nacken zusammengebunden, eine einzelne Strähne fiel ihm ins Gesicht. Mit einem Jabothemd und einem Degen hätte er als Musketier durchgehen können. Ellen starrte ihn an und fuhr die Linien seines Körpers mit den Augen nach, den kräftigen Nacken, die breiten Schultern, den muskulösen Bauch, bis Oskar sich räusperte.

»Unten im Hausflur hat mich ein halbnackter Typ im grauen Pullunder aufgefordert, sein schlaffes Glied zu schütteln«, sagte er und grinste schief, ohne sich weiter vorzustellen. »Eine Sekunde hatte ich Angst, das sei Hyper.«

Ellen zog ihn in die Wohnung.

»Das ist Herr Siebezahl, unser Hausfaktotum. Wir haben die Wohnung nur unter der Bedingung kaufen dürfen, dass wir nichts gegen ihn unternehmen. Er ist harmlos, aber er steht halt gern ohne Hose im Flur.«

Oskar streckte ihr den Korb entgegen.

»Solanum muricatum«, sagte er, und, da Ellen ihn verständnislos ansah: »Melonenbirnen.« Ellen nahm eine der großen Früchte. »Mal was anderes als Moosröschen mit Schleierkraut. Hallo, Oskar.«

Oskar balancierte den Korb auf seinen Knien, um Ellen die Hand zu geben. Er verlor das Gleichgewicht, stützte sich zwar am Türrahmen ab, aber einige der Melonen rutschten trotzdem aus dem Korb und landeten auf dem Dielenboden. Ellen half ihm beim Einsammeln und konnte ihren Blick gar nicht abwenden von seinen kräftigen Händen mit den blitzsauberen Fingernägeln, die die Früchte mit einer Sorgfalt anfassten, die fast ehrfürchtig wirkte. Jede einzelne drehte er schnell wie einen Jonglierball herum und prüfte, ob sie Druckstellen hatte.

Irina kam mit Hyper aus dem Wohnzimmer und rief: »Oskar!«

Der zuckte zusammen und war sichtlich irritiert, als Irina auf ihn zustürmte und ihn umarmte. Zögernd legte er die Arme um sie und ließ sich küssen. Ellen beobachtete, dass seine Augen dabei von ihr zu Hyper glitten, der die Hand gehoben hatte und kurz winkte. Offenbar hatte er mit so einer herzlichen Begrüßung nicht gerechnet.

Er stellte den Korb ab, und jetzt umarmte ihn Ellen auch kurz. »Ich bin Ellen«, sagte sie, »schön, dass du gekommen bist.« Hyper feixte: »Und, hast du ihm den Schwanz geschüttelt?« Oskar hielt abwehrend die Handflächen in Brusthöhe vor sich und ließ sich ins Wohnzimmer führen. Während Hyper ihm die Aussicht zeigte, brachten Irina und Ellen das Obst in die Küche.

»Die verstehen sich«, murmelte Irina und zupfte an Ellens Ärmel. »Wie findest du ihn?«

Ellen sah sie ungläubig an: »Er ist heiß. Und er scheint nett zu sein.«

Irina drückte sie an sich: »Das freut mich.«

Beim Essen stellten Hyper und Oskar fest, dass sie ähnliche Musik und Filme mochten und dass alle vier schon einmal im selben Hotel in Budapest abgestiegen waren und die Hackeschen Höfe nicht leiden konnten.

Dann servierte Ellen die aufgeschnittenen Melonenbirnen und erkundigte sich, ob sie selbst angebaut seien, und als Oskar von den Blumenampeln berichtete, in denen diese Pflanze am besten zu ziehen sei, erwähnte Irina, dass Oskars Haus in Gatow stehe.

»Ja, es ist richtig nett da«, sagte Oskar, »das Land hat meinen Großeltern gehört, an denen ich sehr hing. Ich hab es nach ihrem Tod übernommen. Vor einiger Zeit hätte ich fast eine Ecke davon verkauft, aber dann ist mir eingefallen, wie glücklich ich da als Kind war. Ich kenne jeden Baum und bin von praktisch allen schon mal runtergefallen. Außerdem hoffe ich«, er lächelte Irina an und strich ihr über die Wange, »dass wir doch noch Kinder zusammen bekommen, und die können dann da aufwachsen oder später dort bauen. Ihr wisst ja wohl, dass es bei uns schwierig war in letzter Zeit, aber ich denke, wir kriegen das wieder hin.«

Irina nickte und setzte sich auf seinen Schoß. Verschlungen hielten sich die beiden im Arm, während Ellen innerlich versteinerte.

Schon bei der Erwähnung von Gatow hatten bei ihr alle Alarmglocken geschrillt, denn das war die Gegend, in der auch das Freudenfeuer hatte stattfinden sollen. Sie befürchtete, dass Hyper sich jetzt zurückziehen oder düster vor sich hin brüten würde. Doch er lächelte, sagte, wie schön das Berliner Umland sei, die Natur überhaupt, und erzählte eine Anekdote von einer Reise, auf der sie die Nacht in einem Kornfeld verbringen wollten.

Ellen entspannte sich langsam, hielt ihr Weinglas nicht mehr ganz so verkrampft und lächelte Hyper zu, als der bei der Schilderung dieser Nacht ins Detail ging. Hauptsache, die Klippe war umschifft.

»Wir lagen da, überall raschelte es, wahrscheinlich waren da Hunderte von Ratten, aber mich hat das alles gar nicht so interessiert, denn diese schöne Frau«, er zeigte auf Ellen, »lutschte mir gerade den Schwanz, und das kann sie wirklich verdammt gut.«

Er machte eine Kunstpause, und Ellen legte das Gesicht in die Hände. »Als ich mich aber anschließend revanchieren will und zwischen ihren Schenkeln liege und vor mir diese klatschnasse Möse habe und ich meine Zunge ganz tief in sie reinstecke und sie sich windet und wimmert, da sagt sie plötzlich: ›Lass das mal, da am Fuß‹, und ich noch nuschelnd in ihre Muschi: ›Ich bin gar nicht an deinem Fuß.‹ In dem Moment schreit sie wie von der Tarantel gestochen, springt auf, und neben mir rennt ein verstörter Waschbär vorbei. Ihr kennt doch diese Panzerknackermasken, die die haben; im Maul hatte er einen angebissenen Schokoriegel, den er wohl aus Ellens Hose geklaut hatte.«

Irina und Oskar lachten, Hyper schlug auf den Tisch und machte das Gesicht des aufgescheuchten Waschbären nach.

»Und Ellen schreit immer noch, und dann, ich weiß überhaupt nicht, wieso, rennt sie los, splitternackt, durch dieses Kornfeld. Und ich renne hinterher, auch nackt, und brülle immer wieder: ›Es ist ein Waschbär, es ist ein Waschbär.‹«

Hyper kippte mit dem Stuhl nach hinten und fuhr sich übers Gesicht. »Au Mann, ich hoffe, uns hat dabei keiner gesehen. Gott sei Dank waren das die Neunziger. Heute wäre das Video am nächsten Morgen auf YouTube.«

Irina lehnte sich über den Tisch, griff in Hypers Nacken, ohne von Oskars Schoß zu rutschen, zog ihn zu sich heran und küsste ihn. Ellen bemerkte, wie Oskar jede Bewegung beobachtete. Aber er unternahm nichts und drehte nur sein Weinglas, also legte sie ihm die Hand auf den Arm, lächelte ihn an und schenkte ihm Wein nach.

»Oskar ist ein wunderbarer Mann«, sagte Irina ganz unvermittelt und weich und drückte ihn an sich. Oskar errötete und wusste offensichtlich nicht, wo er hinsehen sollte.

»Ihr wollt es mal ganz anders probieren mit der Zweisamkeit?«, fragte Hyper, und Oskar nickte.

»Hast du was dagegen, wenn ich deine Frau küsse?«

Oskar sah verunsichert aus, sagte aber: »Bitte. Wir hatten ja abgemacht, ein bisschen zu experimentieren.«

Irina lehnte sich wieder zu Hyper und hielt ihm ihr Gesicht hin. Hyper zögerte. »Gleiches Recht für dich, Frollein.«

Ellen nickte und nippte an ihrem Wein. Sie wandte sich Oskar zu, aber während Hyper und Irina leise beim Küssen schnauften und sich in die Haare griffen, küssten sich Ellen und Oskar nur ganz kurz mit geschlossenen Lippen wie zu Schulzeiten beim Flaschendrehen. Oskar war rot geworden.

Ellen musterte ihn das erste Mal an diesem Abend wirklich. Bisher hatte sie sich auf Hyper konzentriert, doch der hatte blendende Laune, und Irina kicherte und übersetzte ihm offenbar gerade »Lippen« und »Mund« und »Küssen« auf Spanisch.

Oskar hatte die Hände um sein Weinglas gelegt und spielte nervös mit dem Daumen an einem Tropfen.

Ellen merkte, wie sich in ihrem Bauch ein Kribbeln und eine Wärme ausbreiteten, die vielleicht vom Wein kamen. Sie überlegte, ob sie jemals etwas mit einem so viel jüngeren Mann gehabt hatte, schob den Gedanken aber beiseite, denn bisher zeichnete sich nicht ab, ob zwischen ihnen überhaupt etwas passieren würde. Und noch während sie das dachte, wurde ihr bewusst, dass sie genau das wollte. Das überraschte sie. Plötzlich schien alles möglich, und es fühlte sich angenehm an, jemanden kennenzulernen, bei dem sie nicht durch einen einzigen Blick seine Gedanken las. Und das auch nicht musste. Hyper dagegen erwartete immer hellseherische Fähigkeiten von ihr.

Während Irina ihre Hände unter Hypers Hemd spielen ließ und er ihren Rock bis zu den Oberschenkeln hochgeschoben hatte, rückte Ellen näher an Oskar heran, damit sie leiser sprechen konnte. Sie fragte ihn nach dem Hof und nach seinen Orchideen, ob er Irina beim Tanztraining zusehe und wie das für ihn gewesen sei, als sie erst allein in den Club gegangen und dann mit der Erzählung von ihr und Hyper wiedergekommen war.

Hyper horchte bei der Erwähnung seines Namens kurz auf, widmete sich aber gleich wieder Irina, deren Kleid er inzwischen bis zur Taille aufgeknöpft hatte, um besser ihre Brüste betasten zu können. Oskar vermied es, hinzusehen, und sagte stattdessen zu Ellen: »Ich bewundere es, wie du dich um Hyper bemühst.«

Sie wies mit einem Kopfnicken auf seine Frau, die in Hypers Armen seufzte, während Hypers Hand unter ihrem Rock verschwunden war.

»Ist das wirklich okay für dich?«

Oskar nickte. Seine Stimme klang überraschend fest. »Wir versuchen das jetzt.«

Ellen fragte ganz sanft weiter: »Macht es dich an, ihnen zuzuschauen?«

Oskar wusste nicht, was er sagen sollte. Ellen berührte ihn an der Schulter. Zu gern hätte sie ihm über das Haar gestreichelt, aber sie befürchtete, er könne diese Geste unpassend finden.

»Wollen wir vielleicht ein bisschen rausgehen?«

Oskar stand abrupt auf, er schien genau auf dieses Angebot gewartet zu haben: »Vielleicht sollten wir die beiden eine Weile alleinlassen.«

Ellen sah zu Hyper hinüber, der bloß nickte, um dann wieder an Irinas Brustwarzen zu saugen. Irina zwinkerte ihnen zu.

Als sie unten vor der Haustür standen, sagte Oskar: »Sie war schon lange nicht mehr so fröhlich.«

Ellen hakte sich bei ihm ein. »Das ist alles nicht einfach, was?«

Sie gingen über den Kottbusser Damm in Richtung Hasenheide. In den Schaufenstern der Brautmodengeschäfte standen Puppen mit Kopftüchern und grellbunten Abendkleidern. Aus den Imbissläden dröhnte türkische Musik, und ein Handyladen ließ mit einem lauten Scheppern das Gitter herunter. Jetzt, am späten Abend Ende Mai, war der Hermannplatz kaum weniger belebt als am Tag, nur die Klientel hatte gewechselt, und die Markthändler hatten Dealern und Gruppen von Jugendlichen Platz gemacht.

Als es in dicken Tropfen und immer dichter zu regnen begann, flüchteten sie unter die Markise eines Fastfood-Restaurants. Der Geruch nach Frittenfett umgab sie wie eine Wolke.

Ellen hörte die Jungen hinter sich, bevor sie sie sah. Die eine Gruppe kam aus dem Imbiss und stieß ihr die Tür ins Kreuz, so dass sie stolperte und die Stufen zur Straße hinuntergestoßen wurde. Der Junge beachtete sie nicht und rief laut und schrill: »Verfickte Schwulärsche, Pisse, ihr Opfer!«

Seine Bierfahne wehte bis zu ihr herüber. Andere Jugendliche drängten ins Restaurant, einer grölte etwas, das sie nicht verstand, und die Jungen begannen zu rangeln und sich zu schubsen. Ellen und Oskar waren mitten in der Gruppe. Einzelne fingen an, sich halb lachend, halb schreiend Karatetritte zu verpassen. Die beiden Anführer schlugen mit ihren Rucksäcken um sich und spuckten. Das Lachen und die Beleidigungen wurden gröber. Eine Bierflasche zerbrach auf dem Pflaster, einer der Jungen fiel rückwärts hin.

Ellen hätte mit zwei großen Schritten auf den Bürgersteig springen können, die Jungen interessierten sich im Grunde gar nicht für sie, sondern waren mit sich selbst beschäftigt. Aber sie bemerkte, dass Oskar sich bereits gedreht hatte, um sie mit seinem Rücken abzuschirmen und die Jungs gleichzeitig im Auge zu behalten. Sie unterdrückte ein Lächeln und warf ihm einen Blick zu, von dem sie hoffte, dass er ein bisschen ängstlich aussah. Er bewegte sich langsam, ohne einen der Jungen direkt anzusehen. Schrittweise ging er rückwärts und drängte

Ellen aus der Gruppe, indem er sich so wendete, dass er immer zwischen ihr und dem nächsten Jungen stand.

Das Ganze dauerte kaum eine Minute, sie kamen frei, und Oskar achtete darauf, dass Ellen vor ihm ging und sich nicht zu schnell bewegte, auch als das Schreien hinter ihnen lauter und aggressiver wurde und wieder Glas splitterte. Erst nach der nächsten Ecke blieben sie stehen. Ellen umarmte ihn und lächelte ihn strahlend an. »Unglaublich«, sagte sie und legte ein leises Zittern in ihre Stimme, »wie du da die Ruhe bewahrt hast. Die hätten Messer haben können.«

Oskar zuckte mit den Schultern: »So wild war das nicht.«

Sie zog ihn an sich und küsste ihn. Seine Lippen waren noch etwas angespannt. Sie schob ihre Hände unter seinen Mantel und spürte, wie ihre Knie weichwurden. Ihr Herz hörte nicht auf zu klopfen. Sein Körper war ihr plötzlich sehr bewusst, die Muskeln, die sie unter dem Hemd fühlte, das weiche Haar in seinem Nacken, sein Geruch nach Seife und Kräutern, vor allem seine Erektion, die gegen ihren Unterleib drängte. Sie presste sich an ihn, und er umfasste sie fester mit einer unerwartet fordernden Bewegung, tastete sich von der Taille zu ihren Brüsten hoch. Ellen merkte, wie sie feucht wurde. Sie küssten sich wieder und rieben sich aneinander, bis sie sich mit glänzenden Augen und roten Wangen ansahen und lachten, weil sie keine Luft mehr bekamen.

Die Wohnung war dunkel und roch nach Räucherstäbchen, als sie zurückkamen. Aus dem Gästezimmer hörten sie ein leises Schnarchen. Ohne Licht zu machen, schlichen sie zur halboffenen Tür und schauten hinein. Hyper und Irina lagen nackt im Gästebett, Hyper auf dem Rücken, die Arme neben sich, bewegungslos wie in Stein gemeißelt, Irina auf der Seite, kindlich zusammengerollt, die blonden Haare im Gesicht. Beim Ausatmen machte sie einen Rasselton, der sich mit einem leisen Pfeifen abwechselte.

Ellen nahm Oskars Hand und zog ihn zum Schlafzimmer.

»Die zwei«, sagte sie, nachdem sie das Licht eingeschaltet und das Bett gesehen hatte. Auf einem Kopfkissen stand ein Tablett mit einigen Stücken der spanischen Süßigkeit, die Irina mitgebracht hatte, dazu Pralinen aus dem Frollein-Wunder und einige Kondome. Neben dem Bett wartete ein Sektkühler mit einer kleinen Flasche Champagner.

»Die zwei verkuppeln uns«, murmelte sie, und Oskar, der hinter sie getreten war, brummelte »nicht mehr nötig« in ihren Nacken, hob ihr Haar hoch und leckte ihr die empfindliche Stelle hinterm Ohr, dann die Ohrmuschel. Ellen bekam eine Gänsehaut, als Oskars Arme sich um sie legten und seine Hände über ihren Bauch bis hoch zu ihren Brüsten strichen.

Plötzlich wurde ihr wieder bewusst, wie viel jünger er war, und sie fühlte sich trotz ihrer Erfahrung unsicher und neugierig.

Er knöpfte ihre Bluse auf und öffnete den Reißverschluss ihres engen Rockes, so dass sie nur noch in Unterwäsche und langen Strümpfen dastand.

»Soll ich die anlassen?«, fragte sie, während er ihren BH öffnete, aber er war schon um sie herumgegangen und hatte sich vor sie hingekniet. Sie zog die Träger des BHs über ihre Arme.

»Mir ist es ganz nackt am liebsten«, sagte Oskar, stellte Ellens Fuß auf seine Schulter und rollte ihr den Strumpf herunter.

Sie griff von oben in sein Haar, das weich und schwer durch ihre Hände glitt. Er legte die Hände auf ihren Po, durch den dünnen Stoff ihres Seidenslips konnte sie sogar seine Fingernägel spüren. Er zog sie näher zu sich heran und presste sein Gesicht zwischen ihre Beine auf den Slip. Sie schloss die Augen, um das Gefühl seines Mundes auszukosten.

Er leckte über die Seide, die schnell durchtränkt war von seinem Speichel und der Feuchtigkeit ihrer Möse. Seine Fingerspitzen glitten unter den Saum und zogen den Slip bis zu den Knien. Er fasste wieder um ihre Hinterbacken, spreizte sie, tastete sich bis zu der feuchten Rinne vor und griff fest zu, massierte und presste ihren Po, während er sein Gesicht auf ihre Möse drückte und seine Zunge zwischen ihre Schamlippen vordrang, wo sie tief in den Scheideneingang hineinstieß und erneut hoch bis zur Kuppe fuhr. Immer, wenn er direkt über den Kitzler leckte, atmete Ellen heftig ein und wimmerte leise. Oskar drang in jede Falte ihrer Möse vor, saugte ihren Kitzler leicht mit den Lippen und leckte sie dann wieder mit breiten, weichen Zungenschlägen, so dass sie das Gefühl hatte, er wolle sie ganz und gar auslutschen. Währenddessen steckte sein Daumen in ihrer Pussy und fickte sie, wobei seine Hand beim Anschlag eine leichte Drehbewegung machte und gegen ihren Damm drückte, bis dieses Gefühl seiner Faust an ihrem Möseneingang übermächtig wurde und sie befürchtete, beim nächsten Stoß zu kommen.

Schnell legte sie ihm die Hände auf die Wangen und versteifte sich, damit er eine Pause einlegte. Er rückte sofort von ihr ab und warf sie aufs Bett. Sie beobachtete ihn genüsslich beim Ausziehen.

Vor allem die Oberarme und die Schultern waren deutlich segmentiert wie bei jemandem, der täglich schwer körperlich arbeitet. Sein beschnittener Schwanz stand hart und prall vor seinem Bauch.

Er ließ Ellen die ganze Zeit nicht aus den Augen, und als ihre Beine auseinanderscherten und sie ihm ihr nasses Fötzchen zeigte, schluckte er hart. Sie lehnte sich zurück und spielte an ihren Brustwarzen, bis er sich über sie gelegt hatte und sie seine Schwanzspitze an ihrem Oberschenkel fühlte.

»Fick mich endlich«, flüsterte sie, aber er schmiegte sich neben sie, legte sich ihr Bein über den Oberschenkel und fasste ihr zwischen die Beine, rutschte auf der glitschigen, haarlosen Haut ihrer Mösenlippen tiefer und steckte wieder einen Daumen in sie. »Das magst du doch gern«, flüsterte er ihr ins Ohr und begann sie mit der Hand zu ficken, mit kurzen harten Stößen, bis sie leise aufjaulte und langgezogen keuchte.

Schließlich schob sie seine Hand weg, warf sich auf ihn, hielt ihm die Arme über dem Kopf fest und kreiste mit dem Becken über seinem Schwanz. Oskar schloss die

Augen und legte den Kopf zur Seite. Sie griff sich zwischen die Beine, spielte an seinem Schwanz, massierte die Eichel, zog ihm ein Kondom über und führte ihn sich ein. Sie senkte ihre Möse nur ein bisschen, damit sie ihn am Eingang fühlte, aber dann hielt sie es nicht länger aus und ließ ihn ganz in ihre Pussy vordringen.

Oskar stöhnte, als er sich in ihr bewegte, und Ellen lehnte sich zurück und stützte sich auf seinen Beinen ab. So konnten sie sich zwar nur wenig bewegen, aber es würde jetzt sowieso schnell gehen. Oskars Hand fasste ihr an die Möse, während sie ihn ritt, und rieb ihren Kitzler. Er richtete sich auf, umfasste sie an der Taille, winkelte die Beine an, und eng umschlungen rieben sie sich aneinander. Bei jedem Stoß glitt sein Schaft über ihre Klit, und sie konzentrierte sich auf dieses Ziehen und Brennen, das sich in ihrer Möse ausbreitete und bis zum Bauchnabel wanderte. Sie schrie kurz und spitz, und er krallte sich in ihren Rücken.

Sie lag auf ihm und merkte erst jetzt, dass sie beide nassgeschwitzt waren. Er strich ihr die Haare aus dem Gesicht und sah sie an, als sei sie die einzige Frau auf der Welt und ihr Bett der einzige Ort, wo er jetzt sein wollte.

Sie dösten ein, erwachten manchmal vom fremden Duft des anderen Körpers und den ungewohnten Formen, flüsterten miteinander, steckten sich Pralinen in den Mund, tranken einen Schluck Champagner und dösten weiter. Im Morgengrauen schliefen sie endgültig ein, im Mund den Geschmack nach Sex, Champagner und Schokolade, aber ihre Ruhe dauerte nur kurz.

Ellen wusste erst nicht genau, was es war. Dann erkannte sie das rhythmische Quietschen des Bettes im Gästezimmer. Hyper und Irina fickten wieder. Sie räkelte sich und sah zu, wie Oskar neben ihr langsam wach wurde. »Die zwei treiben es«, flüsterte sie, und Oskar küsste sie statt einer Antwort. Irinas hohes Keuchen drang zu ihnen herüber, unterbrochen von einem Zischen und Klatschen, das Ellen nicht einordnen konnte, bis ihr klarwurde, dass es wie eine Peitsche klang oder wie ein Ledergürtel, der auf ein nacktes Hinterteil trifft. Hypers halb schmerz-, halb lustvolle Laute bestätigten es ihr.

»Steht er auf S/M?«, flüsterte Oskar.

»Nicht dass ich wüsste. Was ist mir ihr?«

Oskar zuckte mit den Schultern. »Ich jedenfalls nicht«, brummte er in ihre Halsbeuge. »Mir reicht ficken völlig.«

Ellen fühlte seine erneute Erektion an ihrem Hintern und drückte sich an ihn. Er zwirbelte ihre Brustwarzen und ließ ab und zu seinen Schwanz zwischen ihre eng zusammengehaltenen Oberschenkel stoßen, bevor er sich wieder an ihren Backen rieb. »Aber was ich gerne tun würde ...«, atmete er an ihrem Ohr.

Sie wandte ihm das Gesicht halb zu: »Ja?«

Er stützte den Kopf auf die Hand und strich ihr über die Wange. »Ich würde gern etwas mit dir machen, das du mit ihm noch nicht gemacht hast. Irgendwas.«

Ellen überlegte kurz, dann sprang sie aus dem Bett und lief zu ihrer Tasche, die sie in der Nacht im Flur fallengelassen hatte. Sie kam damit zurück ins Schlafzimmer, kramte darin herum und zog schließlich den Zauberstab mit dem Kristall hervor.

»Den hat Irina in meinem Laden geklaut«, sagte sie.

Oskar verdrehte die Augen: »Sie kann nicht anders. Aber offenbar hat sie ihn dir ja wiedergegeben.«

Ellen drehte an dem Kristall, und der Stab fing an zu surren. Er nahm ihn und hielt ihn sich an die Wange. »Das Metall ist ganz kalt.«

Ellen nickte: »Darum geht es.«

Zwei Zimmer weiter hörte sie wieder den Ledergürtel klatschen und Hyper, der jedes Mal leise aufschrie.

»Dem muss ich morgen den Arsch verarzten«, kicherte sie.

Oskar drehte sie um. »Jetzt werde ich erst mal deinen verarzten. Hast du irgendein Gleitmittel da? Aber du bist noch nass in der Muschi, das wird schon gehen.«

Er bockte sie vor sich auf, so dass ihr Oberkörper auf einem dicken Kissen lag und sie mit weit gespreizten Beinen vor ihm kniete. Er strich ihr über die Hinterbacken.

»So eine enthaarte Ritze ist toll«, sagte er und leckte sie von ganz oben bis runter zur Rosette. Seine Finger befühlten sie ausgiebig und drangen immer wieder in ihre Möse ein, wenn er neue Feuchtigkeit brauchte. Ellen stöhnte lauter, und auch das Quietschen des Gästebettes drüben nahm zu.

Oskar setzte den Zauberstab an und steckte ihn ganz langsam in Ellens Hintern. Er war kalt, wirklich kalt, und alles in ihr zog sich zusammen, Erinnerungen an ärztliche Untersuchungen stiegen in ihr hoch und daneben eine zuckende, fremde Geilheit. Sie konzentrierte sich darauf, ihre Muskeln zu entspannen, und Oskar schob den Stab tiefer. Als er ihn fast ganz eingeführt hatte, drehte er an dem Kristall, und der Stab begann zu vibrieren.

Sie fühlte Oskars Schwanzspitze an ihrer Möse, und noch bevor sie wusste, was passierte, hatte er ihn in ihre Möse geschoben. Gleichzeitig ließ er den Stab vorsichtig ein kleines Stück vor und zurück gleiten, langsam. Ellen fasste sich zwischen die Beine, legte einen Finger auf ihren Kitzler und massierte ihn leicht. Sie kamen beide viel schneller, als sie erwartet hätte, sie mit einem heiseren Schrei und er mit einem tiefen Stöhnen.

Oskar stellte erst den Vibrator ab, zog ihn aus ihrem Arsch und ließ sich neben sie auf die Matratze fallen. »Ich konnte beim Ficken fühlen, wie er in deinem Arsch vibriert«, sagte er und küsste ihre Schläfe.

Auch nebenan war es still geworden, kein Klatschen mehr, kein Quietschen und kein Stöhnen. Eine große Ruhe erfüllte die dämmrige Wohnung. Ellen legte ihren Kopf auf Oskars ausgestreckten Arm, schmiegte ihren Rücken an ihn, und endlich schliefen sie ein. Alle vier.

KAPITEL DREI

All is full of love
All around you

BJÖRK

»Wir müssen ein bisschen leise sein, solange der Kurs drinnen noch läuft«, flüsterte Irina und zeigte hinter sich auf eine Tür, in die ein kleines Fenster eingelassen war. »Aber gucken könnt ihr schon. Das sind unsere Fortgeschrittenen.«

Sie standen im Empfangsraum von Irinas Studio, einer Mischung aus Oma-Wohnzimmer und Südstaatenbordell: viel Spitze, Brokat und Satin, alles in einem wilden Durcheinander aus Schwarz und Pink. Zylinder und Steppschuhe, Fächer und Korsetts hingen an den Wänden zwischen goldgerahmten Spiegeln und Bildern mit gezeichneten oder fotografierten Pin-ups.

Auf Zehenspitzen lugten Ellen und Hyper durch das Fenster und sahen etwa zwei Dutzend eng korsettierter Frauen in Gymnastikanzügen, die eine Schrittfolge auf High Heels nachtanzten und verschiedenfarbige Federboas hinter sich herzogen. Mit dem Rücken zu ihnen ging die platinblonde Trainerin auf und ab und klopfte mit einem langen Stab auf den Boden, während sie laut anzählte.

»Eins, zwei, die drei auf der Hacke, fünf und Drehung, sechs, sieben, linker Fuß, Ausfallschritt, Bump, Hüfte nach vorn, Ladys. Alles ab Refrain!«

Die Frauen liefen zum anderen Ende des Saals und stellten sich wieder auf.

»Denken Sie vorn nach dem Bump an den Flash!« Sie klatschte in die Hände. »Meine Damen, jede zeigt genau das her, was sie will, bei der Burlesque kommt es nicht auf den perfekten Körper an, Sie sind hier nicht beim Pole Dance, sondern bei einer Präsentation. Seien Sie charmant und sexy, und Spannung bis in die Fingerspitzen, ich will da nichts hängen sehen. Und lächeln, immer lächeln, Achtung, gleich kommt der Bump und dann der Flash. Nein, so nicht!« Sie klopfte lauter mit dem Stock auf und schaltete die Bluesmusik aus, um ihren Schülerinnen vor dem Spiegel zu erklären, was sie meinte.

»Hier ist unser Empfangsbereich«, wisperte Irina, und die drei drehten sich wieder um. Irina zeigte auf die Rezeption, wo eine dünne, blasse Frau mit schwarzem Zopf an einem PC saß und über ein Headset telefonierte. Sie trug einen Rollkragenbody und eine kleine silberne Madonna an einer Kette um den Hals und grüßte mit einem Handzeichen, während sie sich mehrmals einen komplizierten Namen buchstabieren ließ und nicht aus der Ruhe zu bringen war.

»Ohne Beata würde hier alles zusammenbrechen.«

Ellen, Hyper und Oskar begrüßten sie mit einem Kopfnicken. »Sie macht unsere Anmeldungen, die Abrechnungen, den Verkauf, koordiniert die Auftritte, teilt die Gruppen ein, ach, eigentlich alles.«

Ein zweites Telefon klingelte, und Beata beendete das erste Gespräch und erklärte dem anderen Anrufer das Kurssystem.

»Es scheint ja gut zu laufen bei dir«, sagte Ellen, und Irina nickte. »Ich würde gern die Etage unter uns mit dazunehmen, um zwei große Trainingssäle zu haben, dann könnten wir mehr Kurse anbieten und parallel dazu Schulungen für die Ausbilderinnen, Workshops und so weiter. Vielleicht auch noch andere Tanzrichtungen wie Pole, Bauchtanz oder Step. Und ich könnte mit meiner Truppe proben und die Choreographien in Ruhe einstudieren. All das mache ich jetzt neben den Schulungen«, sie seufzte, »und das heißt entweder frühmorgens vor dem ersten Kurs oder nachts.«

»Kein Wunder, dass wir dich so selten zu Gesicht bekommen«, Hyper legte den Arm um sie, »und Oskar muss ja völlig vereinsamt sein, oder bist du früher nach einer Nachtschicht nochmal raus nach Gatow gefahren?«

Irina und Oskar schüttelten beide den Kopf, konnten aber nicht mehr antworten, weil der Kurs zu Ende war und die Teilnehmerinnen aus dem Saal drängten. Eine erhitzte Wolke aus Schweiß, Stimmen und Lachen füllte den Raum, und Irina zog Ellen und Hyper an den Ärmeln hinter die Rezeption.

»Da an der Wand ist das Fresko, von dem ich euch erzählt habe, das haben wir erst seit kurzem, eine befreundete Künstlerin, Sara Horwath, die auf Pin-ups spezialisiert ist, hat es nach einem Foto meiner Truppe auf die Wand gemalt. Wir sind die Cool Cats.«

Eine ganze Gruppe leicht bekleideter Mädchen tanzte dem Betrachter entgegen, Formen und Lichtreflexe übertrieben wie in einem alten Superman-Comic.

»Beata, kannst du den Saal lüften, wir sind kurz hinten«, sagte Irina und öffnete eine kleine, versteckte Tür neben dem Übungsraum, die in einen dunklen Gang führte, der so eng war, dass die vier hintereinander gehen mussten, vorbei an Kisten mit Prospektmaterial, den Wäschebeständen, Talkumpuderdosen und Putzmitteln.

Am Ende des Flurs öffnete Irina eine weitere Tür und trat in eine Kammer: »Das Allerheiligste, meine Garderobe.«

Der Raum war vollgestopft mit Kleidungsstücken und Requisiten, die überall lagen, auch auf dem Boden, so dass man sich kaum bewegen konnte. Hüfthalter, ein Minikleid, das ganz aus Kunstblumen bestand, ein Sonnenschirm aus Spitze, ein Ballett-Tutu, lange Handschuhe in allen Farben, kurze Faltenröcke und bunte Fuchsstolas, durchsichtige Morgenröcke mit Federn oder Unmengen von Pailletten an den Ärmeln, Korsetts bedruckt mit japanischen Geishamustern, Reitgerten und Peitschen sowie Abendroben aus Latex oder kleinen aneinandergeklebten Glasplättchen. Über einer Stehlampe baumelte ein Paar grüner langer Strümpfe, und auf dem Bett türmte sich ein Berg Nipple Tassels mit einem Post-it darauf: »aussortieren«.

Der Raum war gerade groß genug für einen Schrank, eine Spiegelwand mit einer kurzen Tanzstange und ein

Klappbett, das man nur von der Wand herunterziehen konnte, wenn man die Berge von Kleidungsstücken beiseiteräumte. »Viel Platz gibt es nicht«, sagte Irina, »aber es reicht, um mal zu übernachten, wenn es spät wird.«

Ellen versuchte, sich einen Überblick in dem Chaos zu verschaffen. »Gut, dass du, also ihr beide, jetzt bei uns schlafen könnt.«

Oskar strich ihr über die Wange und zwängte sich an ihr vorbei zurück in den Gang.

Mittlerweile hatte Beata die Fenster im Trainingsraum geöffnet, und Irina zeigte ihnen auch noch diesen Bereich und die dahinterliegende Garderobe mit den Duschen für die Teilnehmerinnen. Beata selbst war verschwunden.

Als Ellen nach ihr fragte, zuckte Irina mit den Schultern und packte einen Picknickkorb aus, der auf dem Fensterbrett gestanden hatte.

»Beata und Irina sind nicht gerade die besten Freundinnen«, erklärte Oskar, und Irina seufzte.

»Sie will halt immer unterrichten. Sie hat mehrere Kurse bei mir besucht und dann angefangen, hier zu arbeiten, und sie erledigt ihre Arbeit am Empfang prima, alles könnte so schön sein. Aber sie hält sich für eine gute Burlesque-Tänzerin, und das ist sie leider nicht. Sie macht die Schritte korrekt, eigentlich macht sie alles korrekt, sie hat nur keinen Pfiff, keinen Sex, gar nichts.«

Oskar holte eine Flasche Saft und einen Teller mit Sushi aus dem Korb. »Und deshalb engagiert Irina immer Trainerinnen von auswärts, wenn sie nicht selbst unterrichten kann, und Beata bewirbt sich jedes Mal und ist jedes Mal wieder beleidigt, wenn Irina sie nicht nimmt.«

Die vier setzten sich auf den Parkettboden des Übungsraums und betrachteten die hohen Decken, die verspiegelten Wände und die Requisiten, die in großen Fächern an der Wand verstaut waren. Oskar räusperte sich. »Besonders angespannt ist das Verhältnis eigentlich seit Mitte April. Da war Irina mal ein paar Tage unterwegs.« Das »unterwegs« betonte er auf jeder einzelnen Silbe, so dass Ellen aufmerkte, es aber nicht einordnen konnte. »Und sie hatte eine Vertretung aus Potsdam, seitdem herrscht bei Beata so richtig Eiszeit.«

Irina zuckte mit den Schultern. »Da kann ich ihr auch nicht helfen.«

Ellen lehnte sich gegen Oskar, als Hyper und Irina nach dem Picknick in ihre Garderobe gingen, um einige Utensilien zu holen, weil Irina ihnen eine Privatvorstellung versprochen hatte. »Wieso hast du das so merkwürdig betont, dass Irina ›unterwegs‹ war?« Ihre Hand lag ganz leicht auf Oskars Oberschenkel.

Er seufzte. »Weil ich nicht weiß, wo sie war. Wir haben ja eine schwierige Zeit hinter uns. Und sie hat mir nur gesagt, sie brauche eine Weile für sich, und dann war sie weg und ging auch nicht ans Telefon, ihre Kurse hier fielen aus, und niemand wusste, wo sie steckte. Als sie nach ein paar Tagen wieder auftauchte, war sie so merkwürdig, irgendwie verhuscht, so kannte ich sie gar nicht. Aber dann lernte sie ja auch bald euch kennen, und seitdem ist vieles entspannter.«

Ellen beugte sich vor und küsste ihn lang auf den Mund. »Entspannt reicht mir nicht«, sagte sie und sah ihm tief in die Augen, »ich hätte schon gern, dass du glücklich bist.«

Er küsste sie wieder und zog sie an sich. »Bin ich. Ich versteh nicht ganz, was hier in der letzten Woche passiert ist, aber es tut uns allen gut.« Er lächelte. »Du tust mir gut.«

Ellen legte den Kopf an seine Schulter.

Die Tür ging mit einem Scheppern auf, Hyper trug einen Stuhl herein, positionierte ihn in der Mitte des Saales und schaltete die Deckenbeleuchtung aus. »Irina lässt fragen, ob ihr die Boston-Version wollt, was immer das auch heißt.«

Oskar sprang auf, um ihm mit den Spots zu helfen und die Musik anzuschalten, und rief ihm zu: »Von wegen, wir wollen es cacky«, und erklärend zu Ellen: »Boston ist jugendfrei.«

Sie lachte. Dicht gedrängt saßen die drei auf dem Boden und sahen gespannt zur Tür.

Irina erschien in einem langen schwarzen Pelzmantel, der an den Ärmeln und am Saum mit weißen Punkten getupft war wie eine seltene große Raubkatze. In ihrem Haar hatte sie kleine Fellöhrchen. Sie stellte sich mit dem Rücken zu ihrem Publikum hin, halb seitlich, einen Fuß geziert vorgestellt, die Hände, die in weißen Satinhandschuhen steckten, wie Pfoten erhoben, das Gesicht abgewendet. »3 Cool Cats« von Ry Cooder setzte ein. Bei den ersten Trommelschlägen bewegte sie sich noch nicht, aber sobald die Orgel einsetzte, sah sie ihre drei Zuschauer unentwegt an. Sie bewegte den Kopf ruckartig, strich sich mit einer Hand in Katzenmanier hinters Ohr und führte sie dann zum Mund, um scheinbar darüberzulecken. Sie öffnete den Mund zu einem tonlosen Miauen und schwenkte dabei das Hinterteil. Als der Sänger das erste »3 Cool Cats« sang, nahm sie den Cha-Cha-Cha-Rhythmus auf und stolzierte um den Stuhl herum, schlängelte den Oberkörper, schüttelte sich und krauste die Nase wie eine Katze, die frisch gekochtes Huhn wittert. Bei einem längeren Tanzschritt ließ sie den Mantel von einer Schulter gleiten und ruckte mit dem Arm, so dass das Licht auf ihrer Haut schimmerte. Nachdem sie die Bewegung auf der anderen Seite wiederholt hatte, stellte sie sich wieder vor den Stuhl, beugte sich weit herunter und warf sich den langen Mantel mit Schwung über die Hüfte, entblößte ihre Beine und ihren nackten Po und die Ritze. Sie tänzelte auf ihren Lack-High-Heels und schüttelte dabei die Oberschenkel, um ihre langen Beine in den schwarzen Nahtstrümpfen und ihre Hinterbacken zu zeigen. Schlängelnd richtete sie sich wieder auf und ließ den Mantel endgültig zu Boden gleiten. Jetzt sah man, dass sie darunter ein eng geschnürtes Korsett, ein Halsband mit einer kleinen weißen Maus daran und schwarze Tassels über ihren freien Brustspitzen trug. Sie spielte mit ihren langen Handschuhen, formte ihre Finger zu Krallen, tanzte dabei um den Stuhl herum, kniete auch einmal darauf und schien unter dem Stuhl etwas fangen zu wollen. Dann stützte sie sich mit den Händen auf dem Boden ab und rollte in Zeitlupe kopfüber vorwärts, wobei sie die Beine weit spreizte und genau auf dem schwarzen Mantel aufkam, wo sie liegen blieb wie ein

Baby auf einem Bärenfell und exakt mit dem letzten Takt der Musik die Hände unter dem Kinn verschränkte, miaute und die drei anzwinkerte.

Alle klatschten. »Du bist ja eine Artistin«, jubelte Ellen und zog Irina an sich. Die atmete schwer und hatte rote Wangen und noch glänzendere Augen als sonst, fast fiebrig. Jeder Muskel ihres Körpers schien eine Energie auszustrahlen, die man spüren konnte, und auf Irinas Gesicht lag ein Leuchten, bei dem Ellen zugeben musste, dass es die blasse Beata bei aller technischen Perfektion wohl nie haben würde. »Kein Wunder, dass dir die Leute die Bude einrennen.«

Irina nahm die Flasche Saft, die Hyper ihr reichte, und wischte sich beim Trinken über die Stirn. »Unsere Shows sind gebucht bis Ende des Jahres, die Kurse sind jetzt schon beinahe alle voll. Die Etage darunter wäre die Lösung für alles, auch weil unser Vermieter immer wieder durchblicken lässt, dass er den Mietvertrag vielleicht nicht mehr verlängert. Bisher ist uns leider noch nichts eingefallen, wie wir uns das leisten könnten. Meine Bank hat einige Vorschläge gemacht, aber ich bin für diesen Finanzkram unbegabt, die Hälfte von dem, was da drinsteht, verstehe ich nicht.«

Ellen wischte durch die Luft, als wolle sie eine Mücke verscheuchen. »Ach was, so schwierig ist das nicht. Gib mir die Unterlagen mal. Hyper und ich sehen sie durch, und dann überlegen wir, wie du das hinkriegst.«

Irina strahlte und küsste beide.

Ellens Ton ging über in die geschäftsmäßige Sachlichkeit, mit der sie im Frollein-Wunder die Dinge regelte.

»Eigentlich sollten wir auch überlegen, ob wir nicht irgendwie zusammenarbeiten wollen«, schlug sie vor. »Deine Teilnehmerinnen brauchen doch ständig Korsetts, Tanzschuhe und all das.«

In die Hände klatschend, unterbrach Irina sie gleich: »Das wäre klasse, und wir könnten noch viel mehr machen, zum Beispiel Rabattaktionen. Jede, die bei dir einkauft, bekommt bei mir Ermäßigung auf Unterrichtsstunden und umgekehrt.«

Oskar räusperte sich. »Ihr könntet auch mal den Saal hier nutzen für eine Modenschau mit Ellens Designerinnen.«

Hyper sah auf die Uhr. »Jetzt, wo wir Irinas Arbeitsplatz kennen, habt ihr vielleicht noch Lust, kurz zum Bunker rauszufahren?« Irina war schon halb in der Tür. »Auf jeden Fall, ich zieh mich nur schnell um.«

Ellen sammelte die Reste des Picknicks ein.

»Ich bin kein Fan von Bunkern«, entschuldigte sich Oskar, aber Hyper winkte ab: »Ellen ist da auch eher klaustrophobisch. Fahrt ihr beide schon zu uns nach Hause, wir kommen dann später«, er zwinkerte ihnen übertrieben zu. »Ihr werdet euch ja sicher nicht langweilen ohne uns.«

Oskar zwinkerte ebenso übertrieben zurück. »Sicher nicht.«

Ellen hatte nicht gehört, dass Hyper und Irina von ihrem Ausflug zum Bunker zurückgekommen waren. Träge drehte sie sich in Oskars Arm um und versuchte, ihn nicht zu wecken. Sie genoss seinen Duft nach Kräutern und seine Muskeln, die sie selbst jetzt, wo er tief und fest schlief, noch hart unter der Haut fühlen konnte. Sie öffnete die Augen einen Spalt und sah, dass es draußen schon dämmerte. Einen kurzen Moment lang wurde sie panisch und überlegte, ob sie ihre Mitarbeiterin im Frollein-Wunder für heute Nachmittag eingeteilt hatte, doch dann entspannte sie sich.

Irina und Hyper sprachen im Gästezimmer, sie schienen irgendetwas zusammen aufzubauen, denn Ellen hörte sie hämmern, und ab und zu fiel etwas Schweres um, aber Hypers Stimme klang nicht gereizt wie sonst, wenn er etwas reparieren oder montieren musste. Er lachte immer wieder, und einmal schrie Irina kurz auf, nicht vor Schmerz, sondern eher überrascht. Dann huschte Hyper zu Ellen ins Zimmer und hockte sich neben das Bett.

»Ihr seid der reinste Kindergarten«, murmelte sie, und Hyper legte einen Finger auf den Mund, damit sie nicht weitersprach und Oskar weckte. Er stand auf und winkte ihr, dass sie mit ihm kommen sollte. Sie wand sich vorsichtig aus Oskars Arm und folgte Hyper in die Diele. Die Tür zum Gästezimmer war zugezogen.

»Habt ihr gevögelt?«, fragte er. »Du siehst so zervögelt aus.«

Er strich ihr die Haare glatt, und Ellen rieb sich die Augen. »Ja, ihr etwa nicht? Hast du Irina nicht im Bunker den Raum mit den großen Bomben gezeigt?«

Hyper zupfte an der Spitze ihres Unterhemdes. Er flüsterte immer noch, obwohl sie die Tür zum Schlafzimmer hinter sich geschlossen hatten. »Ich ihr gezeigt? Sie hat's mir gezeigt. Wir stehen ganz hinten, vorn beim Eingang laufen noch zwei freie Mitarbeiter rum, und sie lehnt sich über ein Regal und streckt mir ihren blanken Arsch hin, lächelt mich an und sagt: ›Fick mich in die Pussy, Schatz, mach schnell, da juckt's mich.‹ Die beiden Freien waren nur ein paar Regale entfernt, wir hatten nicht mehr viel Zeit, Schwanz rein und fertig, und ich hatte gerade abgespritzt, da kamen die beiden auch schon um die Ecke, und Irina lächelt sie an und gibt Pfötchen und lässt sich nichts anmerken.«

Ellen sah ihn zweifelnd an. »Und Irina hat dir nicht den Hintern versohlt oder deine Brustwarzen abgebissen? Sie hat sich mit einem Schnellfick zufriedengegeben?«

Hyper zuckte die Achseln: »Natürlich nicht. Wir haben gewartet, bis die beiden wieder vorn zugange waren, und dann hat sie mir ›Auf die Knie‹ zugezischt und sich breitbeinig über mich gestellt, und ich hab sie fertiggeleckt. Wie sich das gehört.«

Ellen nickte. »Sehr gentlemanlike, ich hab dich gut erzogen.«

Er küsste sie. »Und ihr? Was habt ihr gemacht?«

Ellen lehnte sich gegen ihn und sagte in einem Ton, als würde sie vom gemeinsamen Kochen reden: »Ich hab Oskar in der Dusche einen geblasen.«

Hyper öffnete seine Hose und griff hinein, um seinen Schwanz zu massieren. Er sah sie mit glänzenden Augen an: »Bist du auch auf die Knie gegangen? Und hast du ihm die Eier gedrückt währenddessen? Ich liebe es, wenn du das tust.«

»Oskar fand's ähnlich gut. Ich hab ihn dabei mit dieser Drehbewegung gewichst, auf die du so stehst, und abwechselnd gesaugt und geleckt.«

Hyper stöhnte und rieb seinen steifen Schwanz an ihrem Oberschenkel. »Und was hat er für dich getan?«

»Er hat irgendwann die Dusche auf Massage gestellt und runtergereicht, und ich hab mir den Duschkopf zwischen die Beine geschoben und mir die Klit vom Wasserstrahl abschlecken lassen.« Sie wollte ihre Hand in Hypers Hose schieben, um ihn weiter zu wichsen, aber er sagte: »Komm mit«, und schob sie zur Gästezimmertür. »Ich will dir was zeigen.«

Er öffnete die Tür, und Ellen versuchte sich zu orientieren. In dem dunklen Zimmer brannten zahllose Kerzen, und überall an den Wänden tanzten Schatten. Dann erkannte sie Irina, die nackt mitten im Raum an einer Art Seilkonstruktion hing, gefangen wie in einem sehr unordentlichen Spinnennetz. Ihre Augen waren verbunden.

»Ich habe jemanden mitgebracht«, flüsterte Hyper, ging zu Irina und tätschelte ihr die nackten Schenkel. »Ellen ist hier, sag Hallo zur Frau deines Herrn.«

Irina lächelte unter ihrer Augenmaske und sagte mit ironischem Unterton: »Hallo, Frau meines Herrn.«

Hyper zeigte auf einen Stuhl neben der Tür. »Wir würden uns freuen, wenn du zusehen würdest.« Er prüfte, ob die Seile auch fest genug in der Decke verankert waren. »Die haben wir aus dem Bunker, die sind von den Fassadenkletterern aus der Show im letzten Herbst.«

Seine Hand strich immer noch über Irinas Schenkel und rutschte jetzt zwischen ihre Beine, rieb die Möse. Ellen setzte sich.

»Tut das nicht weh?«, fragte sie, und Irina ächzte leise: »Das gehört dazu. Außerdem bin ich ja nicht die Einzige, der hier leidet.«

Ellen sah fragend zu Hyper, und der erklärte: »Die Spielregeln sind folgende: Ich darf mit ihr machen, was ich will, wo ich will ...«, Irina wollte protestieren, aber Hyper ließ sich nicht unterbrechen, »solange ich meinen Fuß über diese Kerze halten kann.«

Irina seufzte wohlig. »Und du bist die Schiedsrichterin«, sagte sie gut gelaunt zu Ellen und nickte Hyper zu. »Dann los.«

Hyper strahlte sie an und knöpfte sein Hemd auf. Ellen hätte fast scharf die Luft eingesogen, als er sich wegdrehte, um es auszuziehen, und sie die Striemen auf seinem Rücken sah. Sie wusste noch sehr genau, wie unästhetisch er die Narbe auf seinem Handrücken gefunden hatte. Sogar in Gemmas Club war es seine größte Besorgnis gewesen, dass sie jemanden abstoßen könnte. Und jetzt hatte er ein Muster aus Striemen und Kratzern auf dem Rücken, die aussahen, als hätte er sich mit einem Tiger gepaart. Wahrscheinlich war dieser Vergleich auch gar nicht so weit hergeholt.

»Irina zeigt dir, wo's langgeht«, bemerkte sie trocken, aber Hyper sagte nur: »Jetzt zeig ich ihr das erst mal«, und zündete die Kerze an, die zu seinen Füßen stand.

Er legte seine Hand auf Irinas Brust, rieb den Nippel und sagte: »Kerze brennt.« Er hob sein Bein an und hielt den Fuß über die Kerze, wenigstens einen halben Meter entfernt.

»Tiefer«, befahl Ellen, »du musst schon was spüren.«

Er senkte den Fuß und jaulte leise. Und noch während Ellen auf seinen Fuß sah, hatte er Irina über den Bauch gekratzt, so heftig, dass Ellen selbst in diesem schummrigen Halbdunkel die roten Linien sah. Zweimal noch kreuzte er diese Linien, dann musste er aufhören und den Fuß abstellen.

Bei den nächsten Anläufen biss er sie in den Oberschenkel und kniff ihr in die Brustwarzen, beides so fest, dass Ellen zusammenzuckte, aber Irina wand sich nur in ihren Seilen und stöhnte leise. Während er den Fuß über der Kerze wechselte oder ihn ausschüttelte, streichelte er Irinas Möse oder ließ das lose Ende eines Seils zwischen ihren Schamlippen hindurchlaufen.

Beide nahmen Ellen schon bald kaum noch wahr, sondern versenkten sich ganz in ihren Rhythmus aus Schmerz und Ruhephasen. Als er Irina einen Vibrator in die Möse eingeführt hatte und ihr gleich darauf einen zweiten in den Arsch schob, war er davon selbst so fasziniert, dass er den Fuß zu nah an die Kerze brachte. Er zuckte heftig zurück, starrte aber weiterhin gebannt zwischen Irinas Beine, wo die beiden Vibratoren surrten, sein Schwanz wurde hart. Den verbrannten Fuß hielt er an sein Bein gepresst. Ellen sah auf der Sohle eine dunkelrote Blase und verließ leise das Zimmer.

Oskar war inzwischen aufgestanden und durchsuchte den Kühlschrank nach etwas Essbarem. »Was machen die zwei? Aua und Haue?«

Ellen lachte. »Keine Haue, aber großes Aua.«

Sie schmiegte sich an Oskar. Der seufzte. »Tja, was so alles in meiner zarten, kindlichen Frau steckt.«

Er fand eine Packung Eier, dazu Milch, Mehl und Zucker, Apfelkompott und Preiselbeeren – Ellen hoffte, er würde alles zu Pfannkuchen verrühren, und strich ihm über die Schultern.

»Ich stelle mir jetzt zu gerne vor, dass Irina ihn an seine Grenze führt. Es muss doch furchtbar sein, die nie zu spüren. Hyper ist immer offen für alles, er war immer schon besser, attraktiver, erfolgreicher als alle anderen. Er wächst ständig über sich selbst hinaus, bis einem schwindlig wird. Vielleicht ist Irina die Frau, die ihm endlich Genug beibringt. Ich bin jedenfalls froh, dass sie mir einige seiner Selbstfindungsachterbahnfahrten abnimmt, so was laugt auf die Dauer ganz schön aus.«

Sie streichelte Oskars breiten Rücken. »Du dagegen ...«, sagte sie, während Oskar ein Ei aufschlug und sie gespannt ansah.

»Ich was?«

Sie goss Milch zu den Eiern in der Schüssel. »Du bist so sättigend.«

Er lachte. »Man nennt mich den Päppel-Oskar für gebeutelte, mit Genies vermählte Ehefrauen.«

Ellen schlug ihn mit dem Küchentuch.

Drei Wochen später faltete Ellen gerade die neuen Broschüren von Hypers Firma und hörte sich die Musik für die neue Show an, die Hyper ihr auf dem Laptop vorspielte, als Oskar hereinkam, eine Kiste Obst und Gemüse auf der Hüfte. Er hielt sie Hyper hin, und der nahm einen Stapel Briefe von den Zucchini.

»Irina lässt fragen, wann sie heute Abend zur Inventur ins Wunder kommen soll«, stöhnend setzte Oskar die Kiste ab.

»Und sie hat die ersten Bestellungen für deine Korsettschneiderin, ich hab einen Zettel von ihr, zwanzig Paar Tassels, der gesamte Anfängerinnenkurs will wohl welche haben, und sage und schreibe fünf Korsetts, davon eins in diesem Superluxusbrokat.«

Ellen schmatzte laut einen Kuss in die Luft und nahm ihm den Zettel ab. Sie faltete weiter Prospekte und bestaunte die Endsumme, die unten auf dem Zettel stand. »Großartig, sie hat gerade erst angefangen, für mich Werbung zu machen, und schon brummt es. Ich finde auch, dass wir mehr Laufkundschaft im Laden haben, offenbar habe ich endlich die richtige Mundpropaganda. Irina ist eine echte Glücksfee.«

»Ja, mit dem Mund ist sie richtig gut«, sagte Hyper, und Oskar machte neben ihm ein schlürfendes Geräusch.

»Mein Hof läuft auch super, die Lieferungen für die Cateringfirma, die Hyper mir vermittelt hat, scheinen eine Goldgrube zu werden.«

Hyper hatte inzwischen den letzten Brief geöffnet und überflog ihn, während er Oskar zunickte und »Freut mich« sagte. Er hielt Ellen den Brief hin.

»Rudolfe ›La Bengala‹ Cortez macht demnächst ein Feuerwerk in Barcelona, über dem Hafen, große Sache, also groß für ihn. Seine Show wird wahrscheinlich wieder so ein buntes Geflimmer werden, deshalb nennen wir ihn La Bengala – die Wunderkerze. Er glaubt allerdings, wir würden die Leuchtrakete meinen, aber das muss man ihm ja nicht sagen. Er übertreibt es einfach immer mit den Farben, bei seiner letzten Show dachte ich, ich krieg eine Netzhautablösung, na, egal, Barcelona ist toll. Und wisst ihr was?« Er machte eine dramatische Kunstpause. »Da fahren wir zusammen hin. Ein Kurzurlaub, eine Woche oder zwei, Flittertage, wenn ihr so wollt. Irina ist bestimmt begeistert.«

Er klappte den Laptop auf, stockte kurz und murmelte: »Nicht schon wieder! Eine Weltuntergangsmail. Verrat, die Gerechtigkeit wird siegen, blabla, die wahre Liebe ist größer als die geile Hure Babylon, bla Rhabarber, Höllenstrafe. Fanatiker können echt nerven, wenn die besser gefickt würden, kämen die gar nicht auf so was.« Er löschte die Mail und tippte die Adresse einer Fluggesellschaft in die Browserzeile.

»Wir sind in Barcelona dann genau zehn Wochen zusammen, das kann man doch mal feiern. Wir vier, eine tolle Stadt, Sommer, Sex, ein schönes Hotel, die Sonne, Sex, La Bengalas buntes Gefunzel am Abend, Paella, Sex, Gaudi ...«

»Wir könnten auch mal Sex haben«, schlug Ellen vor, und Oskar überlegte: »Oder vielleicht haben wir sogar Sex, als Ausgleich nach dem Sightseeing.« Ellen nickte und fügte hinzu: »Ich wäre ja dafür, zwischen Paella und Feuerwerk auf jeden Fall Zeit für Sex einzuplanen.«

Hyper grinste. »Ihr seid völlig bescheuert.«

Er begann, die Tickets zu buchen.

KAPITEL VIER

I don't know who I love today
I'm all confused with this

QUARKS

Die Sonne ging gerade erst auf, und die beiden Frauen froren und wickelten den dicken Quilt enger um sich. Die Decke war riesig und ohne erkennbares Muster aus bunten Stoffen zusammengestückelt. Irina trat von einem Fuß auf den anderen und schlang ihre Arme um Ellens Taille, damit sie noch näher zusammenstehen konnten. Ellen hatte ihren Arm um die Schultern der Kleineren gelegt und versuchte mit der anderen Hand, den Quilt vor ihrer Brust zusammenzuraffen und gleichzeitig den Kaffeebecher zu halten.

»Du mit dem Kaffee, ich behalt dich im Auge! Wenn du den auf meinem Familienquilt verschüttest, ist diese Grube hier deine.« Oskar schwang den Spaten über seinem Kopf, und Hyper, der vor dem Erdloch stand, lachte: »Mach mich nicht zum Witwer, Frollein.«

Oskar füllte einen weiteren Eimer mit Steinen und Erde und hielt ihn Hyper entgegen.

»Ist das nicht toll, wenn Männer so stark sind?«, zwitscherte Irina und stieß Ellen an, deren Kaffee jetzt doch überschwappte, aber nur auf ihre Hand, wie sie erleichtert feststellte und sich deshalb nicht anmerken ließ, dass die brühend heiße Flüssigkeit auf ihrer Haut schmerzhaft brannte. Oskar liebte diese Decke, sie lag oben in seinem Gästezimmer in einer Truhe und wurde wahrscheinlich nie wirklich benutzt.

Als Ellen und Hyper gestern Abend mit Irina und drei Reisetaschen bei Oskar angekommen waren, hatte er den Quilt aus der Truhe genommen und erklärt, er sei über hundert Jahre alt und jede Generation habe weitere Stoffstücke dazugenäht. »Das hier ist vom Hochzeitskleid meiner Urgroßmutter, die Kleider waren damals schwarz, nicht weiß, dann ein Teil der Babydecke, in der meine Mutter eingewickelt war, und hier haben wir einige Dreiecke aus einem Uniformärmel.«

Jeder Flicken hatte eine Geschichte, und Oskar hatte sie Irina wohl auch alle erzählt, denn sie erkannte einige Muster wieder. »Das ist ein Streifen aus deiner Jeansjacke von damals, als sich deine Eltern getrennt hatten.«

Oskar packte die Decke vorsichtig weg.

»Keine schöne Zeit«, sagte er, »aber vielleicht kommen von uns ja mal erfreulichere Stoffe dazu, ein Stück von deinem Hochzeitskleid, drei oder vier Strampler ...«

Er küsste Irina, die ihn ansah, ohne etwas dazu zu sagen.

Da sie in aller Frühe zum Flughafen mussten und Oskar am Abend vorher noch einen Kunden auf dem Hof erwartet hatte, blieben sie über Nacht in Gatow – es war nicht das erste Mal, sie hatten sich an ihr »Sommerdomizil« inzwischen schon gewöhnt.

Hyper hasste den Sommer in Berlin, er behauptete, alles würde dann noch mehr riechen als sonst schon. Doch er genoss es stets, mit seinem Laptop auf Oskars Veranda zu sitzen und ihnen Musik für eine neue Show vorzuspielen oder mit seinen Kunden zu telefonieren, während Oskar ihm eine Schale Kirschen oder einen eisgekühlten grünen Tee hinstellte. Und Ellen lag immer gern unter einem Baum und las oder sah Oskar dabei zu, wie er Sträucher zurückband, Obst pflückte oder die Erde wässerte. Irina gab weiterhin Unterricht in ihrer Tanzschule, kam abends dazu und erzählte von ihren Kursen, die im Sommer voll amüsierungswilliger, aber völlig unmusikalischer Touristinnen waren, die nicht wussten, was sie mit ihren Armen anfangen sollten, keine Korsetts schnüren konnten, sich kaum einen Schritt merkten und dennoch mehr Spaß hatten als die Fortgeschrittenen, die sich auf Auftritte vorbereiteten oder ganze Choreographien für die Übungsvideos einstudierten.

Ellen genoss den Geruch nach Gras und frischer Erde. Langsam mussten sie anfangen mit ihrer Zeremonie. Wenn sie anschließend alle vier noch duschen wollten, wurde es knapp, denn das Taxi zum Flughafen kam schon in zwei Stunden. Hyper streckte Oskar die Hand hin und zog ihn aus dem Erdloch. Hyper trug Jeans und ein T-Shirt, die Füße waren nackt. Oskar hatte nur die Boxershorts an, in denen er auch geschlafen hatte, die waren jetzt dreckverschmiert, und wenn er sich bewegte, konnte man jeden Muskel seines Oberkörpers sehen. Zögernd wickelten sich Irina und Ellen aus dem Quilt und legten ihn behutsam auf die Bank vor der Küchentür.

»Los geht's«, sagte Ellen und öffnete eine der Reisetaschen.

Oskar hielt ein großes Einweckglas vor sich, das normalerweise für Tomaten oder Obst gedacht war. Hyper breitete die Arme aus und begann pathetisch zu predigen: »Liebe Freunde, vor zehn Wochen hätte noch niemand von uns gedacht ...«

Ellen fuchtelte mit den Händen durch die Luft. »Schluss, hör auf zu salbadern, wir haben uns lieb, wir finden uns geil, das ist toll, Schicksal, wir danken dir, Schluss und rein in die Konserve.«

Oskar klemmte sich das große Glas zwischen die Knie und drehte sich zu Ellen: »Was hast du mitgebracht?«

Ellen griff in die Reisetasche und zog eine kleine Plastikdose heraus, den Korken einer Champagnerflasche und einen langen schwarzen Strumpf. Alle drei Gegenstände verstaute sie in dem Glas. »Das ist der Korken von dem Champagner, den Hyper und ich auf dem Weg zu Gemmas Club im Taxi getrunken haben, in der Dose liegt ein Stück von Irinas Turrón, den sie uns gemacht hatte, und dieser lange schwarze Strumpf war das erste Teil, das ich für das Frollein-Wunder bestellt hatte, mein Glücksstrumpf.« Oskar nickte und hielt Irina das Glas hin.

Sie suchte und kramte in der Reisetasche herum, dann hatte sie es gefunden. »Ich habe ein Taschentuch, das mit Ellens Parfüm getränkt ist, du riechst aber auch immer so gut, dann einen kleinen, wie nennt man den noch mal? Feuertopf? Den hab ich mitgehen lassen, als Hyper mir den Bunker gezeigt hat, und nebenbei bemerkt war das Schwarzpulver nicht das Einzige, was da drin hätte explodieren können, hinter den Regalen wurde es ganz schön heiß. Und hier habe ich die leere Sonnenmilchflasche von unserem Ausflug an den See, bei dem ich das erste Mal mit Oskar im Wasser gevögelt habe.«

»Du hast so laut geschrien, dass Leute in einem Schlauchboot geglaubt haben, sie müssten dich retten«, lachte Ellen und zeigte auf Hyper: »Jetzt du.«

Hyper zog zwei Slips aus der Tasche und ließ sie an einem Finger baumeln. »Dieser pinkfarbene hier ist von Irina und der schwarze von Ellen.«

Oskar spielte den Beleidigten: »Von mir hast du keinen dabei?«

Hyper schüttelte bedauernd den Kopf. »Aber etwas viel Besseres«, und er hielt eine CD hoch.

»Das ist unser Soundtrack, da sind alle Songs drauf, die uns was bedeuten, Björk und Vanessa Paradis, Quarks, Placebo, Portishead.«

Ellen seufzte: »›Roads‹ ist die perfekte Musik zum Ficken.«

Hyper nickte. »Find ich auch, aber Irina lässt sich ja besonders gern zu Jevetta Steele lecken, und wenn ich das richtig gehört habe letzte Nacht, treibt es Oskar am liebsten zu Morcheeba oder Mazzy Star, egal, ist alles drauf. Ich hab's auch auf unsere iPods gespielt, damit wir während des Fluges schon mal in Stimmung kommen.«

Die anderen klatschten, und Hyper ließ die CD in das Glas fallen.

»Also jetzt noch ich«, sagte Oskar und gab Ellen das Glas zum Halten. »Ich habe hier einen Zweig des Pepinobusches, ich hatte bei unserem ersten Abend ja einen Korb mit Pepinos dabei. Dann hab ich hier eine von Ellens Pralinen aus dem Frollein-Wunder, weil sie so süß ist und ein Wunder sowieso. Und ein Riemchen von Irinas silbernen Schuhen, die neulich kaputtgegangen sind, weil du meine Cinderella bist. Und hier habe ich ein Kondom aus Hypers Vorrat, weil er uns immer fürsorglich damit versorgt.«

Er klappte den Deckel zu und verschloss ihn mit einem Metallbügel. Feierlich hielt er das Glas über das Erdloch, dann bückte er sich und ließ es hineingleiten. Hyper rollte die Schubkarre heran, auf der sie die herausgeschippte Erde gesammelt hatten, und schüttete das Loch zu.

»Irgendwann pflanzen wir hier was«, sagte Oskar. Und alle schwiegen noch einen Moment.

Dann drehte sich Irina plötzlich um, rief: »Ich bin zuerst in der Dusche, und wer nach mir kommt, der darf mich vielleicht einseifen«, und rannte zum Haus. Ellen sprintete hinterher. Oskar und Hyper wischten sich den Dreck von den Händen und schüttelten die Köpfe. »Jetzt knutschen und fummeln sie wieder stundenlang, und wir verreisen nachher unrasiert.«

Oskar klopfte ihm auf die Schultern. »Das ist mein geringstes Problem, solange sich unsere Frauen nur fröhlich abfingern.« Er legte ihm den Arm um die Schulter, küsste ihn auf die Schläfe und hielt ihn im Schwitzkasten, bis sie die Küchentür erreicht hatten.

Barcelona erschöpfte die vier.

»Was habt ihr heute gemacht?«, flüsterte Hyper und rückte näher zu Ellen heran. Sie lagen im heißen Wasser des arabischen Bades, das Hyper in der Nähe des botanischen Gartens gefunden hatte.

Außer ihnen waren offenbar keine Touristen da, denn alle um sie herum flüsterten spanisch. Und genau wie die vier hörten auch die Spanier sofort auf zu reden, wenn die Aufsicht am Becken vorbeikam, denn eigentlich sollte das Bad schweigend genossen werden. Die verschiedenen Becken und Saunas befanden sich in einem historischen Kellergewölbe, das nur durch Kerzen und einige Lampen unter Wasser erleuchtet war. In einem dunklen Gang lagen dicke Kissen auf beheizten Steinbänken, und es roch nach Minztee, der in großen Kannen bereitstand. Die erste Zeit hatten sie kaum gesprochen und nur die spanischen Gäste beobachtet, die allesamt Modelfiguren hatten und, was sie noch viel mehr überraschte, Badeanzüge trugen. Die vier hatten gedacht, sie könnten nackt im Bad liegen, aber selbst in den Saunas und bei den Massagen, die in einem angrenzenden, fast völlig dunklen Gewölbetrakt angeboten wurden, trug man hier Badebekleidung.

Irina und Oskar hatten sich oben am Empfang für eine Fußmassage angemeldet und ein andersfarbiges Bändchen erhalten, das sie ums Handgelenk befestigen mussten. Den Rest der Erklärungen hatten sie nicht mitbekommen. Bald verstanden sie aber, dass die Masseure ihre Kunden an den Farben der Armbänder erkannten. Sie gingen, wenn sie frei waren, im Bad umher, und wenn sie jemanden mit einem Armband sahen, fassten sie ihn kurz an der Schulter oder winkten ihm mitzukommen.

Ellen legte Hyper ihren Kopf auf die Schulter. »Ich war kurz im Internet heute Morgen, es ist alles in Ordnung im Laden. Und auf deinem Geschäfts-Account war auch nichts Wichtiges los. Eine Anfrage, aber die hat Zeit, bis wir wieder in Berlin sind. Der Stalker hat sich allerdings gleich dreimal ausgekotzt. Die Strafe wird kommen, die Lüge kann nicht ewig leben, irgendwas mit Krebszellen im eigenen Körper und dass sich die Blindheit rächen wird, viel mit Verrotten und Verbrennen und Hölle, Hölle, Hölle, das Übliche halt.«

Hyper grinste. »Vielleicht ist das der Songschreiber von Wolle Petry, der einen neuen Job sucht.«

Ellen tauchte ihn unter und fing sich einen strengen Blick der Badeaufsicht ein. Sie setzte sich wieder gerade hin und flüsterte weiter: »Wir haben heute einen tollen Laden gefunden, in der Nähe von Santa Eulalia. Das ist die Kirche mit den freilaufenden Gänsen im Kreuzgang. Ich hatte vorher ein bisschen recherchiert, sonst hätten wir den gar nicht gesehen. Zweite Etage und kein Hinweisschild. Die Designerin macht alles selbst, die Anproben, das Nähen usw. Sie färbt und bestickt sogar die Stoffe in Handarbeit. Sie entwirft wunderschöne Abendroben aus neuen Materialien und alten Brokatstoffen. Irina hat eine anprobiert, sie sah aus wie eine Prinzessin.

Wir sind dann weiter zu einer Freundin von dieser Designerin, sie fertigt eigentlich Flamencoschuhe nach Maß, will aber jetzt exportieren. Wir könnten das im Laden als Package anbieten. Die Kleider würden wir zeigen, und wenn eine Kundin die passenden Schuhe dazu haben will, zeichnen wir den Umriss der Füße auf und nehmen Maß und schicken das nach Barcelona, und die Schuhmachermeisterin entwirft passend zur Robe High Heels oder Pumps.«

Sie streichelte unter Wasser Hypers Oberschenkel, was gerade noch durchging, da sonst niemand im Becken war. Die meisten Spanier saßen im Whirlpool auf der anderen Seite des Gewölbes oder in dem ganz heißen Salzwasserbecken ein paar Meter weiter.

»Und wir haben Kuchen gegessen. Wunderbare Cremeschnittchen. Ich bin ja kein Fan von Paella, aber Kuchen backen können die hier, meine Güte.«

Hyper küsste sie, bis die Badeaufsicht vorbeikam und sich räusperte. »Ein sehr keusches Bad«, murmelte Hyper grinsend, und Ellen räkelte sich im Wasser.

»Es ist herrlich. Meine Füße waren völlig durchgelatscht. Ich glaube, wir haben die ganze Altstadt abgeklappert. Morgen muss ich noch mal zu zwei oder drei Schmuckläden, bevor wir unsere Museumstour machen.«

Hyper stieß sich ab und ließ sich eine Weile treiben, bis ein Masseur Irina und Oskar mit zum Massagetrakt nahm. Er schwamm zu Ellen zurück und nahm sie auf den Schoß. Sie fühlte seinen Schwanz unter sich hart werden.

»Denk an die nervigen Straßenpantomimen auf den Ramblas, bevor du aufstehst, oder an La Bengala, sonst erregst du öffentliches Ärgernis.«

Hyper schmiegte sich an sie. »Lieber würde ich dich erregen.« Ellen lachte leise. »Dann komme er doch heute Nacht in mein Gemach. Und Irina und Oskar amüsieren sich nebenan.«

Hyper küsste sie wieder, bis die Badeaufsicht ihm auf die Schulter tippte und ihn unmissverständlich zurechtwies.

Am nächsten Tag beschlossen sie, sich aufzuteilen, weil Oskar zu einem Gewächshauskomplex in der Umgebung fahren und Irina unbedingt eine Freundin von früher besuchen wollte, während Hyper eine Kollegin aus den Niederlanden traf, die ebenfalls zum Feuerwerk angereist war, und Ellen ein Date mit einer feministischen Pornoregisseurin hatte, mit der sie über den Vertrieb ihrer Filme sprechen wollte.

Mittags trafen sich alle am Passeig de Gràcia, wo Irina schon wartete und aufgeregt mit ihrem Reiseführer wedelte.

»Die Casa Milà ist gleich da vorn. Viel größer, als ich sie in Erinnerung hatte.«

Sie standen vor dem sandsteinfarbenen Koloss und legten den Kopf in den Nacken. »Sieht aus, als hätte man eine falsche Brille auf, weil sich alles wellt«, bemerkte Oskar, und Irina erzählte, dass man dieses Haus auch gern mal als »Steinbruch« bezeichnete. Ellen fand es großartig. »Das ist so wild. Ich glaube, dass da Menschen wohnen können, die sonst anecken würden.« Hyper legte ihr und Oskar den Arm um die Schultern.

»Also Leute wie wir.«

Sie durchwanderten die riesige Wohnung, die für Besucher zugänglich war und die sich über den halben Block erstreckte. Ein Zimmer folgte auf das andere, Salons, Dienstbotenräume, Schlafzimmer, Wirtschaftskammern, Flure, Bibliotheken und wieder Wohnräume. Auf dem Dach mit seinen wellenförmigen Spazierwegen baten sie ein japanisches Pärchen, ein Foto von ihnen zu machen, das erste Viererbild, das es von ihnen gab. Hyper war vom Modernisme so begeistert, dass er unbedingt einen Bildband im Shop kaufen wollte.

»Ich komme gleich nach, ich schreib nur noch schnell ein paar Karten«, rief Ellen und winkte den anderen zu. Während die in dem sandsteinfarbenen Turm verschwanden, der von der dünenartigen Dachlandschaft ins Innere des Hauses führte, setzte sie sich auf einen Mauervorsprung. Sie nahm die Postkarten aus der Tasche und schrieb eine an sich selbst, eine Angewohnheit, die sie seit vielen Jahren hatte. Bei der zweiten zögerte sie, adressierte sie aber schließlich in ihrer kleinen, akkuraten Schrift an Sophia.

Liebe Haremsherrin,
hier auf dem Dach der Casa Milà muss ich an dich
und deine fünf Männer denken. Gemma hat dir
vielleicht erzählt, dass sich bei Hyper und mir etwas
Erstaunliches ereignet hat. Wir haben uns verliebt.
In ein anderes Paar. Eben ist mir der Gedanke

gekommen, wie schön es sein könnte, wenn wir alle für immer zusammen wären. Bin einigermaßen verwirrt.
Ich grüße dich und deine schönen Männer ganz herzlich aus Barcelona, Ellen.
PS: Die Pralinen laufen super.

Eigentlich hatten sie auf der Boqueria, dem großen Lebensmittel- und Blumenmarkt in der Nähe ihres Hotels, gleich an den Ramblas, essen gehen und alles probieren wollen, was der Markt anbot. Oskar hatte sich die Stände schon angesehen und war begeistert von der Qualität und Vielfalt: »Da gibt es alles, einfach alles.« Aber bis sie sich durch die Touristenmassen auf den Ramblas gekämpft hatten, schlossen die Händler bereits ihre Stände, und die vier schwärmten aus, um schnell noch einige Sachen einzukaufen, die sie sich im Säulengang rund um die Boqueria teilen wollten.

Die anderen hatten ihre Schätze bereits auf einer niedrigen Mauer ausgebreitet und mit dem Picknick angefangen, als Irina mit Wein und Wasser dazukam.

»Leider keine Gläser«, sagte sie, »da hinten ist schon alles dicht, die haben alle die Rollläden runtergelassen, das sieht wie eine Geisterstadt aus, dazu diese fahle Beleuchtung, gespenstisch.«

Hyper nahm ihr den Wein ab, klemmte die Flasche zwischen die Knie und zog den Korken heraus.

»Oskar und ich haben weiter hinten Nutten gesehen. Nicht eine, sondern eine ganze Reihe, offenbar ist gerade Schichtwechsel. Gemüsehändler raus, Nutten rein.«

Ellen rollte sich genüsslich eine Scheibe Jamón Serrano um ein Stück gebratene Paprikaschote. »Jetzt weiß ich, warum mich diese schmierigen Männer so begafft haben, ich hatte mich hinten in den Gängen verlaufen, da war auch schon alles geschlossen, aber an einer Ecke stand eine Gruppe Touristen mit Plastikbechern in den Händen und fleckigen T-Shirts über ihren Bierbäuchen, die haben mich angegrinst.«

»Du hättest unsere Urlaubskasse aufbessern können«, lachte Irina, ging mit wiegenden Hüften ein paar Schritte auf und ab und raffte ihr Kleid bis zum Oberschenkel hoch, zeigte ihre Beine. In dem Moment kam eine weitere Gruppe leicht angetrunkener junger Männer um die Ecke, die beim Anblick von Irinas nackten Schenkeln wie angewurzelt stehen blieben, worauf Irina nur lasziv lächelte und sich auf Hypers Schoß setzte, um sich von ihm mit Kokosnussstücken füttern zu lassen. Es wehte eine Wolke Bierdunst herüber, als die jungen Männer im Inneren des Labyrinthes aus geschlossenen Marktständen verschwanden.

»Heiß, sich vorzustellen, dass da drinnen jetzt hinter allen Buden gefickt wird«, sagte Hyper, und Ellen zwinkerte Irina zu. »Was meinst du«, sagte sie, »sollen wir uns einen Toyboy nehmen?« Irinas Augen funkelten, sie sah unentschlossen zwischen Oskar und Hyper hin und her, aber Ellen ging die ganze Sache pragmatischer an. »Wir losen«, bestimmte sie, »Kopf ist Oskar und Zahl Hyper. Wem gehört der Erste Wurf?«

Irina hob die Hand, und Ellen schüttelte die Münze zwischen ihren Händen. Als sie sie öffnete, erschien der Kopf von Juan Carlos.

Irina zog Oskar zum Markt, und Ellen und Hyper sahen ihnen nach, bis sie zwischen den silbrigen Ständen verschwunden waren. Sie warfen die Reste ihres Picknicks weg und liefen hinterher.

Als sie eine dunklere Gasse entdeckt hatten, drängte Hyper Ellen rücklings gegen einen Stapel Holzpaletten. Mit einer Hand öffnete er die Knöpfe seiner Hose, mit der anderen langte er unter Ellens Rock und zog ihren Slip herunter. Sie rieb die Knie aneinander und wackelte mit den Hüften, bis ihr der Slip um die Fesseln fiel. Auch Hypers Hose rutschte, und Ellen griff in seine Pants und rieb seinen Schwanz.

Sie hörte ihn dicht an ihrem Ohr keuchen. Während sie sich küssten, tasteten seine Finger sich zwischen ihre Beine vor und berührten ihre Spalte. Ihre Möse wurde am schnellsten feucht, wenn er sie nur ganz leicht streichelte, nur mit den Fingerkuppen und ohne schon in sie einzudringen. Ihre Zungen spielten umeinander, und Hypers Körper drängte sich so fest an Ellens, dass sie kaum noch ihre Hand bewegen konnte. Sein Schwanz war jetzt hart und zuckte leicht.

Ellen bog ihren Rücken zurück und stellte sich auf die Zehenspitzen.

Während sie für einen kurzen Moment die Augen öffnete, sah sie zwei junge Männer, die sie mit offenem Mund anstarrten, ihre Hände bewegten sich in ihren Hosen, aber da sie nur wichsten und keine Anstalten machten, näher zu kommen, sagte Ellen nichts und beachtete sie nicht weiter. Es erregte sie zu wissen, dass die beiden sie beobachteten, ihre nackten Beine sahen und auch ihre Brüste, denn Hyper hatte ihr Oberteil aufgeknöpft und ihren BH nach unten geschoben. Sein Gesicht verschwand zwischen ihren Brüsten, und als er über ihre Nippel leckte, stöhnte sie und hob ein Bein an, damit er ihre Möse besser erreichte. Einen Moment lang überlegte sie, ob die beiden Jungs von dort hinten ihre Muschi sehen konnten, aber da fühlte sie sich feucht werden, schlagartig, mit einem durchdringenden Ziehen im Unterleib, als würde ihre Möse regelrecht geflutet, und mit der Nässe kam die Lust, und sie keuchte und wollte seine Finger in sich spüren und seinen Schwanz.

»Ich liebe es, wenn deine Fotze so plötzlich nass wird«, raunte Hyper, »jetzt fick ich dich.«

Ellen atmete tief und spreizte die Beine. »Steck mir deinen Schwanz rein, mach schon«, japste sie und knetete ihre Brüste. Kaum war er in sie eingedrungen, legte sie ein Bein um seine Hüften, Hyper fasste unter ihren Hintern und hob sie ein Stück an, so dass er sie trug und sie auch das andere Bein um ihn schlingen konnte. Sie rieben sich aneinander, und sie genoss es, ihm so nahe zu sein und seine Hitze zu spüren.

Seine Hände unter ihrem Hintern zogen ihre Backen auseinander, sie presste sich an ihn und drängte ihm ihr Becken entgegen, und sobald er fester stieß, bei seinen kleinen, harten, schnellen Stößen, fühlte sie, dass ihr eine Träne aus dem Augenwinkel über die Wange lief und in ihrer Möse etwas brannte wie eine Zündschnur, und als es in ihr explodierte, schluchzte sie auf und schlang ihre Arme ganz fest um seinen Kopf. Hyper stieß ein letztes

Mal zu, dann lief ein Zittern durch seinen ganzen Körper, und er entspannte sich.

Ellen rutschte von seinen Händen und lehnte sich gegen die Paletten. »Es soll alles so bleiben, wie es jetzt ist«, flüsterte sie ihm ins Ohr. »Ich will, dass es nie aufhört. Niemals.«

Sie küssten sich, und er wischte mit dem Daumen die Tränenspur von ihrer Wange. Aus den Augenwinkeln sah sie, wie die beiden jungen Männer ihre Hosen wieder hochzogen und hinter einer Bude verschwanden.

Sein Körper verdeckte ihren fast völlig, und sie hätte gern ewig so dagestanden, aber eine Ecke des Holzstapels drückte sich schmerzhaft in ihren Rücken. Sie lösten sich voneinander, sahen sich mit glänzenden Augen an und ordneten dann hastig ihre Kleidung.

Hand in Hand liefen sie durch die leeren Gassen des Marktes, vorbei an dunklen Ecken, in denen Frauen in greller Kleidung vor entblößten Touristen knieten und rhythmisch ihren Kopf vor und zurück bewegten.

Vorn, wo das Licht heller wurde, sahen sie an einer Säule Irina, und hinter ihr Oskar, eng an sie gepresst. In ihrer verkrampften Hand hielt sie Oskars Hemd, mit der anderen stützte sie sich an dem Stein ab. Oskars nackter Oberkörper glänzte in dem schwachen Licht.

»Ich wusste nicht, dass er solche Muskeln hat«, hörte Ellen Hypers Stimme in ihr Ohr flüstern, »und wie muskulös die Oberarme sind, er sieht ja aus wie eine Statue.«

Ellen seufzte leise. »So fühlt er sich auch an.«

Gebannt beobachteten sie die beiden. Oskar fickte Irina von hinten, und sie stieß ihm ihre Hüfte entgegen, die Augen geschlossen, um den Mund ein abwesendes Lächeln. Ihre Brüste wippten und rieben sich an der Säule. Oskar hatte mit einer Hand um Irinas Hüfte herumgelangt und ihr zwischen die Beine gefasst.

Der hohe Singsang, der ihren Orgasmus ankündigte, steigerte sich, beide bewegten sich heftiger, ihre Haut glänzte vom Schweiß, und als sie kamen, schienen sie völlig zu erstarren, bewegungslos standen sie aneinandergeschmiegt da. Mit immer noch geschlossenen Augen drehte sich Irina um und küsste Oskar lange und leidenschaftlich wie beim Beginn eines heißen Quickies und nicht bei dessen Abschluss.

»Sein Schwanz ist auch länger als meiner«, stellte Hyper fest, »und guck dir diese Bauchmuskeln an. Wie musst du das genießen, so einen Körper zu ficken.« Seufzend schlang er die Arme um Ellen, sie knuffte ihn mit dem Ellenbogen.

»Wie alt ist er noch mal?«

»Ende zwanzig, elf oder zwölf Jahre jünger als wir.«

Endlich bemerkte Irina die beiden, winkte sie zu sich und rief: »Hola amantes!«

Noch bevor Oskar sein Hemd wieder anziehen konnte, klopfte Hyper ihm anerkennend auf die Schulter, und Ellen bemerkte aus den Augenwinkeln, wie er ihm auch über den Rücken strich. Irina zog ihr Kleid zurecht, und Arm in Arm bummelten sie zum Hotel.

»Hyper hat mich eben so merkwürdig angesehen, ist was?«, erkundigte sich Oskar flüsternd bei Ellen, als sie einige Schritte hinter den beiden anderen vor einem Schaufenster stehen geblieben waren.

»Er bewundert deinen Körper«, sagte Ellen, »deine Jugend, deine Energie.«

»Ich finde es unglaublich, wie er mit Leuten umgeht.« Oskar drehte im Vorbeigehen an einem Postkartenständer und winkte dem Verkäufer ab, der gleich dazukommen wollte. »Er scheint immer genau zu wissen, was er tun muss. Er sieht einer Verkäuferin eine Sekunde zu lang in die Augen, und sofort macht die alles für ihn. Ich kann es gut verstehen, wenn du sagst, du hast dich noch nie mit ihm gelangweilt. Er hat so viele Ideen, und wenn er etwas erzählt, ist das immer ein ganzer Film.«

Ein paar Schritte weiter hörten sie Hyper aus vollem Hals lachen über etwas, das Irina wohl gerade gesagt hatte. Ellen nickte in ihre Richtung. »Er ist glücklich«, sagte sie in einem Ton, als würde sie das überraschen. »Weißt du, es gab noch nie ein Geschenk, von dem er nicht erst mal enttäuscht war. Er meint das nicht böse, doch in seinem Kopf gibt es derartig gigantische Kategorien, dass die Wirklichkeit nie mithalten kann.«

Eine Gruppe grölender Touristen mit großen Weinflaschen in den Händen und Gebilden aus bunten Strohhalmen auf den Köpfen drängte sich zwischen sie. Erst als sie vorbeigezogen waren, sprach sie weiter.

»Auf der anderen Seite treibt ihn das an, diese Sucht nach dem Ultimativen, seine Inszenierungen wären nicht so magisch, wenn er nicht wirklich für seine Ideen brennen würde. Ihr beide aber«, sie legte einen Arm um Oskars Taille, »also wir vier sind endlich mal ein Geschenk, über das er sich uneingeschränkt freut und staunt, weil er damit nie im Leben rechnen konnte. So was kann man ja nicht planen. Und ich glaube, du bist sein erster wirklicher Freund, seit ich ihn kenne.«

Oskar war ganz plötzlich ernst geworden. »Was wird aus uns vieren?«

Sie küsste ihn und merkte, wie ihre Augen wieder feucht wurden. »Keine Ahnung. Ich weiß es wirklich nicht.«

An ihrem letzten Abend saßen sie in einer Bodega an der Plaza Reial zusammen und teilten sich einen großen Teller Tapas. Irina nahm mit spitzen Fingern eine in Speck eingewickelte Dattel von ihrem Teller und sagte, während sie kaute: »Das hätte hier auch alles ganz anders laufen können. Wir hätten uns richtig auf die Nerven gehen können.«

Sie leckte sich die Finger ab und sah die anderen an. Mit einem Handzeichen bestellte Oskar noch ein Schälchen Papas Bravas. »Wir sollten uns ein Geheimnis erzählen«, schlug er vor, »etwas, das wir noch niemandem verraten haben.«

Irina umfasste Ellens Hand und rutschte näher an sie heran, bis Ellen den Arm um sie legte.

»Gut, ich fange an«, sagte sie und strich sich mit der freien Hand die blondierten Locken aus dem Gesicht. Sie sah Hyper, der ihr gegenübersaß, direkt ins Gesicht.

»Ich stehle. Ich stehle, seit ich acht oder neun bin. Oskar und Ellen wissen das. Ellen weiß es, weil ich sie schon bestohlen habe. Und Oskar weiß es, weil er seit

Jahren die geklauten Sachen an die Läden zurückschickt.« Sie nahm einen Schluck Wein und hob die Hand, als Hyper Luft holte.

»Was die beiden aber auch nicht wissen, und vor allem du nicht, Oskar«, sie löste den Blick von Hyper und sah zu ihrem Mann, »ist, dass ich eigentlich schon damit aufgehört hatte. Ich hatte jahrelang nichts mehr gestohlen. Ich klaue erst wieder regelmäßig, seit du die Idee hattest, die Sachen zurückzuschicken. Immer, wenn ich in einem Laden stehe und denke, ich sollte das nicht tun, weil es Unrecht ist, fällt mir ein, dass du die Sachen zurückschicken wirst und niemand einen Schaden hat – und erst dann kann ich nicht mehr anders und stecke sie ein. Das ist mein Geheimnis. Ich bin eine Elster.«

Ellen zog sie enger an sich und küsste ihre Schläfe. Oskar streckte seine Hand über den Tisch, und Irina legte ihre hinein.

Ellen räusperte sich. »Ich kriege auch nicht den Preis für die Unschuld vom Lande«, sagte sie, und Hyper sah sie überrascht an. »Im Studium wollte ich mal unbedingt eine Assistentenstelle bei einer Professorin haben. Sie hatte zwei Lieblingsstudenten, einen dicken Jungen, der aussah wie ein großes Gary-Larson-Kind, ihr wisst schon, so mit runder Brille, Stoppelhaaren und schlurfendem Gang, und mich. Wir haben Referate gehalten und ihre Bibliothek sortiert, Dias gesichtet und Exkursionen vorbereitet, und dieser Junge war immer ein bisschen besser. Als eigentlich klar war, dass er die Stelle kriegen würde, habe ich bei dieser Professorin angefangen zu heulen und behauptet, er hätte mich vor der Vorlesung in eine Ecke gedrängt und mir an die Brust gefasst. Sie hat ihn dazu verhört, und er war so perplex, dass ihm nichts Vernünftiges einfiel und er nur rumstammelte. Sie hat mir geglaubt, ihm eine Standpauke gehalten und mir die Stelle gegeben.«

Hyper lachte leise und zog ihre Hand in die Mitte des Tisches, während Irina sie ungläubig ansah. Und Oskar begann so schnell mit seiner Beichte, dass Ellen das Gefühl hatte, er wolle sich damit um eine Reaktion herumdrücken.

»Ich war siebzehn«, erzählte er, »meine Eltern waren schon seit vier oder fünf Jahren getrennt, und mein Vater hat gelitten wie ein Hund. Und dann traf er Carola. Er hat sie wirklich geliebt und sie ihn auch, aber ich hab ihr das Leben zur Hölle gemacht. Es war längst klar, dass ich ausziehen würde, als Carola und ich einen riesigen Streit hatten. Ich hab ihr Sachen an den Kopf geworfen, meine Güte, ich glaube, ich hab sie sogar eine dreckige Nutte genannt. Jedenfalls hat sie mir im Affekt eine geschmiert, und ich bin gestolpert und stieß mir die Stirn an einer Tischkante. Meinem Vater hab ich gesagt, sie hätte mich so verletzt. Ich wusste, dass ich für ihn das Wichtigste auf der Welt bin. Er hat sich am selben Tag von Carola getrennt, ohne mit ihr zu sprechen. Und Carola kam zu mir, als er nicht da war, und hat mich auf Knien um Verzeihung für die Ohrfeige gebeten. Ich meine das wörtlich, sie hat vor mir auf dem Küchenboden gekniet und mich angefleht, meinem Vater die wahre Version zu erzählen. Aber obwohl sie da kniete und obwohl ich genau wusste, dass sie sich wirklich liebten, bin ich einfach gegangen und habe sie da knien lassen. Am nächsten Tag ist sie ausgezogen, und mein Vater hatte nie wieder eine Freundin.«

Er stellte sein Glas auf den Tisch, Irina rückte es beiseite und streichelte seinen Arm.

»Na, dann mach ich mich mal als Letzter nackt.«

Hyper lachte leise, doch seine Stimme klang heiser, und Ellen bemerkte, dass sein Augenlid zuckte, und stellte unter dem Tisch ihren Fuß zwischen seine Beine, damit er sie spürte, während er erzählte.

»Ich mach's kurz. Ich hab vor einigen Jahren den Bunker gekauft, und am Tag, als alles geliefert wurde, hab ich die Bestände überprüft – und dabei habe ich mir neben dem Schwarzpulver eine Zigarette angezündet. Nicht aus Versehen, sondern ich wusste genau, dass mir vielleicht das ganze Ding um die Ohren fliegen würde. Hinten im Bunker waren auch noch zwei Arbeiter, die die letzten Regale angedübelt haben, das alles wusste ich, aber ich konnte nicht widerstehen.«

Als die Kellnerin mit den neuen Tellern und Schälchen kam, saßen die vier schweigend am Tisch, die Hände in der Mitte ineinander verschränkt zu einem großen, unentwirrbaren Knoten.

Sie warteten, bis die Bedienung alles abgestellt und sich umgedreht hatte, dann sagte Hyper: »So sieht's also aus mit uns.«

Irina legte ihre freie Hand auch noch auf den großen Knoten und sah alle mit festem Blick an. »Genau. Einer für alle ...« – »... alle mit allen«, fiel Hyper ein, und als sie anstießen und noch einmal »alle mit allen« toasteten, hatte das trotz der Albernheit etwas Feierliches, wie ein Schwur.

Neben dem Tisch an der Wand schlug eine runde goldene Uhr. Es war elf. Bald würde das große Spektakel am Hafen losgehen.

»Was genau sehen wir gleich?«, fragte Oskar. »Also schon klar, ein Feuerwerk, aber was siehst du, was wir nicht sehen?«

Hyper schnaubte und lehnte sich zurück.

»Pyrotechnik ist eine Kunstform, in dreifacher Hinsicht: technisch, ästhetisch und emotional. Man braucht einwandfreies, perfekt verarbeitetes Material und eine Inszenierung, die alle Elemente verbindet, den Raum, die Musik, die Formen und Farben. La Bengala hat keine Ahnung von der Choreographie des Lichts oder der Magie eines Gesamtkunstwerks, der jagt sein Material hoch, Hauptsache, viel Krabumm und schön bunt, aber da stimmt es hinten und vorn nicht.«

Sie bezahlten die Rechnung und machten sich auf den Weg zum Hafen. Die Ramblas waren jetzt so verstopft mit Menschen, dass sie immer wieder im Gedränge stehen bleiben und warten mussten, bis es weiterging. Die beiden Frauen hielten sich an den Händen und versuchten, noch einen Blick auf die Straßenkünstler und Schaufenster zu werfen, die freie Hand immer an der Handtasche, während die Masse sie vorwärtsschob. Alles strömte dem Hafen zu, und es dauerte lange, bis sie eine Stelle gefunden hatten, von der aus sie das Wasser und das gegenüberliegende Einkaufszentrum sehen konnten.

»Das hab ich mir gedacht.«

Hyper stieß Oskar an und zeigte auf das Dach des Zentrums: »Guck mal da hoch, da laufen Leute rum. Er schießt das Feuerwerk also vom Dach aus ab, statt Pontons auf dem Wasser schwimmen zu lassen, totaler Schwachsinn. Man kann hier nirgendwo einen großen Sicherheitsabstand einhalten, weil die Leute direkt am Hafenbecken stehen, deshalb wären jede Menge kleine Effekte wesentlich sinnvoller, aber dazu bräuchte er eine komplizierte Ansteuerung, viel Rhythmus und müsste richtig Mühe investieren. Das ist ihm zu schwierig, typisch.«

Die ersten Klänge der spanischen Nationalhymne setzten ein, und die umstehenden Spanier sangen mit. *¡Viva España! Cantemos todos juntos con distinta voz y un solo corazón.*

Hyper stöhnte. »Als Nächstes spielt er ›Conquest of Paradise‹, wetten?« Oskar lachte, als der schwülstige Chor einsetzte und Hyper sich die Ohren zuhielt.

»Die Musik muss bombastisch sein, du hast einen offenen Raum, zigtausend Leute, die alle Lärm machen, und die Knallerei vom Feuerwerk, da kann man keine Querflöte nehmen, aber das hier, das ist nun echt Kitsch. Ich würde nie eine Musik wählen, bei der ich an Gérard Depardieus Nase oder an Boxkämpfe denken muss. Und achte gleich mal darauf, ob die Effekte musiksynchron laufen.«

Das Feuerwerk begann, und die Leute legten den Kopf in den Nacken, zeigten nach oben und klatschten. Vor dem Einkaufszentrum wurde es hell, und Projektionen erschienen auf drei großen Wasserwänden.

»Siehst du das? Die Projektionen sind mit dem Feuerwerk überhaupt nicht abgestimmt, man weiß gar nicht, wo man hinschauen soll.«

Bilder von Flamencotänzerinnen wechselten sich ab mit Landschaftsaufnahmen. Dann wurde es auf einer Seite plötzlich dunkel. Hyper schnaubte. »Sein Videobeamer ist ausgefallen, bei dem Budget wäre doch eine Tandemprojektion drin gewesen.«

Ellen schob sich zwischen Oskar und Hyper. Mitfühlend streichelte sie Hypers Arm. »Reg dich nicht auf«, sagte sie, »es ist nicht deine Show.«

Er knurrte nur. »Für das Geld, das der Unsinn hier gekostet hat, hätte ich etwas Richtiges machen können.«

Am Himmel öffneten sich über dem gesamten Hafenbecken goldene, rote und blaue Muster. Hyper stieß Oskar an. »Das soll ein flächendeckender Teppich sein, wie eine Blumenwiese, aber da drüben ist alles golden, und hier ist zu viel rot, und da hinten ist es ganz duster, da hat er Lücken.«

Weitere Muster aus Lichtsternen öffneten sich und regneten herab. »Guck dir die Buketts an, die müssen geometrisch sein, gleichmäßig, und sie sollen die Farben alle zur selben Zeit wechseln, doch das hier flimmert und flirrt nur, das meinte ich mit Netzhautablösung.«

Oskar nickte und starrte mit leicht offenem Mund nach oben.

»In diesen Bomben sind graue Kügelchen aus Schwarzpulver, das nennt man Dragieren, Reiskörner oder Baumwollsamen kommen in eine Trommel und werden mit angefeuchtetem Schwarzpulver vermischt. Die unterschiedlichen Farben entstehen durch Metallverbindungen und Salze. Strontium nimmst du für Rot, Barium für Grün, Natrium für Gelb. Kupfer ergibt Blau und Aluminium Weiß. Die Kugeln werden dann in einem Kreis um das Schwarzpulver herum angeordnet, per Hand, das muss ganz exakt gemacht werden, damit sich möglichst geometrische und symmetrische Formen ergeben. Die Kugeln brennen von außen nach innen ab, und da!«

Er zeigte hektisch nach links: »Da hat es zum Beispiel wieder nicht geklappt. Siehst du, wie oval das Bukett ist? Und da vorn bei dem roten, da fehlte eine ganze Seite. Die Bomben sind einfach schlecht gebaut.«

Er sah sich verärgert nach allen Seiten um. »Aber den Leuten gefällt's. Denen gefällt alles, was blinkt. Ich fass es nicht.«

Ellen streichelte seinen Rücken. »Fahr die Stacheln wieder ein!« Er schüttelte ihre Hand ab, als Jet-Skifahrer erschienen und durch Laserstrahlen fuhren. »Der glaubt echt, dass er hier *Krieg der Sterne* veranstaltet«, schnaubte Hyper.

Als die letzten Töne verklungen waren und wenig später auch der Himmel dunkel blieb, klatschte und johlte die Menge und verlief sich dann langsam. Die vier standen im Gedränge und warteten darauf, dass die Massen sich verteilten und sie zurück zum Hotel gehen konnten.

Hyper presste die Lippen zusammen und schwieg, bis Oskar ihm auf die Hüfte klopfte und Irina sich bei ihm einhängte. Ellen nahm Oskars Hand und sagte: »Manche Pyrotechniker sind reine Dienstleister. Die setzen das

Konzept eines anderen Lichtkünstlers um, aber Hyper ist Künstler, Regisseur und Techniker in einem. Bei seinen Shows stimmt immer alles auf die Sekunde.« Sie beugte sich vor, um Hypers Blick einzufangen. »Weißt du noch, dieses Open Air in Tallin 2002?« Er lächelte.

»Da hatte er eine Originalkomposition von einem estnischen Musiker, extra für das Feuerwerk geschrieben. Und es fing an mit zwölf Meter hohen Feuersäulen, die synchron auf und ab flammten, und kaum waren sie verloschen, gab es einen flimmernden Funkenregen von oben, wie ein Wasserfall aus Lichtern.«

Hyper nickte: »Fünfhundert Goldbrokatweiden als Auftakt, das war ein richtiger Goldrausch.«

»Und danach hattest du Laserbeams und ein Muster aus Sternen, das sah aus wie ein Gemälde.«

Hyper wandte sich wieder an Oskar: »Du musst den Koordinatenraum nutzen. Effekte von unten und solche, die von oben runterkommen, immer miteinander im Wechsel, außerdem harte, grafische Laser und dagegen die fast organischen Lichtbuketts aus Sternen. Wenn die Choreographie stimmt, dann ist das wie eine Vision, das legt einen Schalter im Kopf um, man registriert gar nicht mehr, was man eigentlich sieht, oder überlegt, was das Ganze gekostet hat, sondern man lässt sich einfach überwältigen, hineinziehen in das Licht, das hat was Religiöses.«

Ellen lachte: »Oder Sexuelles. Jedenfalls sieht dein Gesicht ganz ähnlich aus, wenn du kommst.«

Irina schmiegte sich an Hyper, das Hotel war schon in Sichtweite, und sie kramten nach ihren Zimmerkarten.

»Das ist doch ein schönes Stichwort«, lächelte sie, »mal sehen, ob wir dich wenigstens überwältigen können, wenn es La Bengala schon nicht geschafft hat.«

Irina hatte einen Musiksender im Fernsehen gefunden, das Bild abgestellt und den Ton dafür aufgedreht. Sie griff Hypers Hand und tanzte mit ihm auf dem engen Stück zwischen Bett und Schreibtisch eine Mischung aus Flamenco, Lapdance und pantomimischen Verrenkungen. Oskar und Ellen zündeten eine Reihe dicker Kerzen auf dem Fensterbrett und dem Schreibtisch an und schenkten den Sekt, den sie im Supermarkt besorgt hatten, ein. Gemeinsam stießen sie auf die vergangene Woche an.

Irina klatschte in die Hände und rief: »Modenschau! Ihr habt noch gar nicht gesehen, was Ellen und ich alles Tolles gekauft haben. Die Lieferungen fürs Wunder kommen ja erst in ein paar Wochen, aber wir haben etwas für den Hausgebrauch mitgenommen.«

Sie drückte Oskar ihr Glas in die Hand, scheuchte die beiden Männer aufs Bett und zog ihr buntes Sommerkleid über den Kopf. Mit einem resoluten Schubser drängte sie Ellen zum Bad.

»Zieh dich aus, wir wollen es ihnen vorführen.«

Hyper und Oskar machten es sich auf dem Bett bequem und gossen sich noch einmal Sekt nach.

Als Erste erschien Irina aus dem Bad und stolzierte in einem pfirsichfarbenen Korsett mit passenden langen Handschuhen und federbesetztem Negligé vor ihnen auf und ab. Ihr Spitzenslip bestand hinten nur aus einem dünnen Bändchen, das zwischen ihren Hinterbacken verschwand. Nachdem sie ein paar Schritte getanzt und ihre Hüften geschwenkt hatte, öffnete sie die oberen Häkchen des Korsetts und ließ durch schnelle, ruckartige Bewegungen ihrer Schultern die Brüste wackeln. Die beiden Männer klatschten und johlten.

Anschließend hatte Ellen ihren Auftritt in einem Paar oberschenkelhoher Schnürstiefel und einem schwarzen Lederbustier. Der Stoff ihres schwarzen Tangas glänzte, als sie einen Fuß auf das Bett stellte und Hyper anherrschte: »Bell, du Hund!« Er bellte und jaulte, und Oskar versuchte, Ellen aufs Bett zu ziehen, aber die entwischte schnell wieder ins Bad, um ihren Platz mit Irina zu tauschen.

Die trug jetzt ein Schnürmieder aus besticktem Brokatstoff, darüber Unmengen von grünlich schillernden Ketten. Einige davon endeten genau über ihrer Möse, die, wie die Männer gleich sahen, nackt war. Irina zuckte gespielt entschuldigend die Achseln. »Ich hatte nichts Grünes, das dazugepasst hätte.«

Während ihre Finger mit dem Schmuck spielten, trat Ellen neben sie, eingeschnürt in ein dunkelviolettes Samtkorsett, das mit breiten roten Bändern zusammengehalten wurde. Ihr Slip war ebenfalls rot und, wie die Männer jetzt sehen konnten, in der Mitte offen.

Oskar schluckte, als sie vor ihm tanzte, und versuchte, ihr den Oberschenkel hinaufzustreichen, aber sie entzog sich, nahm ihm das Glas mit dem Sekt ab, gab es an Irina weiter und krabbelte mit ihr aufs Bett, wo sie den Männern gegenübersaßen, sich über die feuchte Stirn pusteten und wieder zu Atem kamen.

Hyper und Oskar klatschten. Obwohl das Fenster offen stand, war es schwül im Zimmer geworden. Ellen fühlte die Feuchtigkeit in ihren Achselhöhlen und an der Stelle, wo sich ihre lang ausgestreckten Beine überkreuzten. Hyper hatte eine Hand auf ihren Fuß gelegt und spielte mit ihren Zehen. Seine andere Hand lag lässig in seinem Schritt. Irina lehnte sich leicht an Ellen. »Wir vier«, sagte sie leise, und obwohl sie den Satz nicht beendete, nickten die anderen.

Der Lärm von den Ramblas drang ins Zimmer, das Klirren von Glas, Rufe und Gelächter, Gitarrenmusik, Motorräder und Autohupen.

Irina legte den Kopf auf Ellens Schulter, und Ellens Hand glitt wie von selbst durch die blonden Locken, drehte sich das Haar um den Finger oder strich es ihr hinters Ohr. Ohne etwas zu sagen, wandte Irina ihr das Gesicht zu, und Ellen küsste sie. Als sie ihren Mund ein wenig öffnete und mit der Zungenspitze vorsichtig über Irinas Lippen leckte, kam die ihr entgegen und küsste sie.

Ellen erinnerte sich an die Nacht im Club. Seltsam, dass sie sich damals, als sie sich noch gar nicht gekannt hatten, ganz selbstverständlich berührt hatten, dass sie aber seit dem Club, seit nun zehn gemeinsamen Wochen, nie mehr miteinander geschlafen hatten. Ellen war so berauscht gewesen von den beiden Männern, mit denen sie abwechselnd vögelte, dass sie gar nicht auf die Idee gekommen war, aber jetzt wurde ihr bewusst, wie sehr sie es sich die ganze Zeit gewünscht hatte. Als Ellens Finger zu dem Korsett glitten und die Bänder lösten, half ihr Irina sofort, fast ungeduldig streifte sie den Stoff ab und schmiegte sich an Ellen. Ihre Brüste fühlten sich prall und schwer an, und die Brustwarzen richteten sich sofort auf, als Ellen ihren Kopf senkte und vom Hals abwärts küsste und schließlich darüberleckte und zu saugen begann.

Oskar räusperte sich heiser, und Ellen konnte auch Hyper schwerer atmen hören.

»Macht euch locker, Jungs«, sagte sie lächelnd, »und zieht was aus, hier drin ist es irrsinnig schwül.«

Oskar zögerte, aber Hyper stieß ihn an, sagte: »Ich hab dich schon ficken sehen«, und zog sich das Shirt über den Kopf. Schließlich lachte Oskar leise und knöpfte sein Hemd auf.

Ohne den Kuss mit Irina zu unterbrechen, löste Ellen die Bänder an ihrem eigenen Korsett und schob es vom Bett. Sie stöhnte, als Irina ihre Brüste umfasste und die Spitzen zwischen den Fingern zwirbelte. Das Gefühl der weichen Haut war überwältigend, Ellen konnte nicht genug davon bekommen, sich an Irina zu reiben. Ihre Fingerkuppen erkundeten die feuchten Stellen unter ihren Brüsten und Achseln, die Wölbung ihres Halses und die Vertiefungen um die Schlüsselbeine herum, und Irinas Rücken überzog sich mit einer Gänsehaut. Ihre Augen glänzten, und die Wangen waren gerötet, als wäre sie eine lange Treppe hinaufgesprintet.

»Ihr beide seht so schön miteinander aus«, sagte Oskar, und seine Stimme klang dunkel und brüchig.

Ellen sah lächelnd zu den Männern hinüber. »Es wäre auch nett, wenn ihr zwei nicht wie aufgebahrte Mumien nebeneinandersitzen würdet. Wir beide finden euch auch schön, oder?« Fragend, mit hochgezogenen Augenbrauen sah sie Irina an, die nickte und sich über Ellen beugte, um eine feuchte Spur von ihren Brüsten zum Nabel hinunterzuzüngeln.

Hyper knöpfte seine Hose auf, hob den Hintern etwas an, um sie darüberzustreifen, und warf sie aus dem Bett. Oskar zögerte, aber Ellen streichelte seine Wade, und er seufzte und warf seine Jeans ebenfalls zu Boden.

»Küssen«, befahl Irina und spielte weiter an Ellens Brüsten, »alle für einen.«

»Und alle mit allen«, ergänzte Ellen und küsste Irinas frischen, großen roten Mund wieder und wieder.

Sie saßen sich jetzt gegenüber, die Beine weit gespreizt und eines über die Oberschenkel der anderen gelegt, so dass sie beide Hände frei hatten, um sich gegenseitig die Brüste zu streicheln oder ins Haar zu greifen. Gespannt beobachteten sie die Männer, die sich zögernd einander zuwandten.

Oskar sah plötzlich noch viel jünger aus, als er eigentlich war, und Ellen zwinkerte Hyper zu. Sie wusste, dass er die Initiative ergreifen würde, wie er es immer tat. Neue Erfahrungen reizten ihn einfach viel zu sehr, ganz sicher wollte er sich diese nicht entgehen lassen, und sie behielt Recht.

Hyper beugte sich zu Oskar, legte ihm die Hand auf die Schulter, und instinktiv schien er zu wissen, dass er Oskar nicht wie eine unerfahrene Frau küssen durfte, nicht vorsichtig und zärtlich, sondern fordernd, wie einen Partner, dem man das zumuten kann. Er küsste ihn ohne weitere Umstände hart und leidenschaftlich auf den

Mund, und Oskar wurde weicher in seinem Arm, erwiderte den Kuss und legte ihm schließlich die Hand in den Nacken, um ihn zu sich zu ziehen.

Das Schmatzen und Schlürfen, das schwere Atmen und Stöhnen von zwei ineinander verschlungenen, knutschenden Pärchen erfüllte das Hotelzimmer.

Ellen hatte ihre Hand wieder auf Oskars Bein gelegt und streichelte seine Haut, und plötzlich wünschte sie sich, überall zugleich zu sein. Sie wollte weiterhin Irina küssen und ihre Brüste betasten, sie wollte ihre Finger zwischen ihre Beine schieben, um zu sehen, ob sie auch so feucht wie sie selbst war, sie wollte zwischen Hyper und Oskar liegen, sie wollte von beiden gefickt werden, sie wollte Irina lecken und dabei zusehen, wie Hyper und Oskar sich anfassten, wie sie es mit Irina trieben.

Aus den Augenwinkeln sah sie, dass Oskar und Hyper beide einen Ständer hatten und zwischen ihren Küssen immer wieder zu den Frauen sahen, und sie rutschte ein Stück von Irina weg und schloss die Beine, damit die ihr den Slip abstreifen konnte. Auch die anderen zogen sich ganz aus.

Mit einer Bestimmtheit, die sie so an sich nicht kannte, drängte sie Irina auf den Rücken und bog ihre Knie auseinander. Irinas Locken fielen über den Bettrand, und sie rutschte ein Stück näher zu Hyper hin, damit der mit einer Hand ihre Brüste anfassen konnte. Ellen legte sich zwischen Irinas Beine und betrachtete die rötlichen Schamlippen, die nass glänzend und prall vor ihr lagen. Behutsam spreizte sie die Mösenlippen mit den Fingern und strich sich die Haare auf die andere Seite, damit die

Männer auch alles sehen konnten. Nachdem sie einige Male mit der Zungenspitze Irinas Möse rauf und runter geleckt und Irina angefangen hatte, tiefer zu atmen und immer, wenn Ellen die Klitoris berührte, einen leisen, hohen Laut auszustoßen, tastete sich Hypers Hand über Oskars Oberschenkel auf dessen Schwanz zu und umfasste ihn.

Oskar stöhnte und legte den Kopf in den Nacken, und während er Hypers Hals küsste, nahm er dessen Schwanz in die Hand und bewegte die Hand auf und ab.

»Unsere Männer wichsen sich gegenseitig«, lachte Irina zwischen zwei Stöhnern, und Ellen nuschelte in ihre Möse: »Wurde ja auch Zeit.«

Irina öffnete die Knie weiter, so dass Oskars ausgestrecktes Bein dazwischenlag und sein Fuß die Innenseite ihres Oberschenkels berührte und immer höher bis zu ihrer Möse vordrang. Ellen kam ihm entgegen, senkte ihr Becken so weit, bis sie auf seinem Fuß saß und ihre Klit daran reiben konnte. Vor ihr wand sich Irina, die wiederum griff nach dem Schwanz von Hyper, legte ihre Hand noch über Oskars und löste ihn ab.

Irina kam als Erste, als Ellen ihr zwei Finger in die tropfnasse Möse geschoben und angefangen hatte, sie beim Lecken zu stoßen. Sie lag eine Weile keuchend und lachend da, dann rollte sie sich zu Hyper und fing an, seinen Schwanz zu lutschen.

Oskar zog Ellen zu sich heran, bis sie auf allen vieren vor ihm kniete.

»Deine Muschi ist so heiß, das kann ich bis hierher fühlen«, raunte er und steckte seinen Schwanz in sie. Die

Bettfedern ächzten bei jedem Stoß, und das Quietschen wurde nur dumpfer, als Hyper sich näher zu ihnen lehnte, gerade so weit, dass Irina ihn weiterlutschen und er mit der einen Hand an Ellens Klit und mit der anderen an Oskars muskulösem Hintern spielen konnte. Er massierte gerade Oskars Loch, als Irina besonders heftig saugte und seine Eier drückte und Hyper mit einem Schrei kam. Oskar stieß noch einige Male in Ellens Möse, wartete auf ihren Orgasmus und spritzte dann ebenfalls ab.

Erschöpft dösten sie kreuz und quer übereinander. Die Kerzen waren bis zur Hälfte heruntergebrannt, und zwei Flammen waren in flüssigem Wachs ertrunken, so dass nur noch Schatten und Silhouetten im Zimmer erkennbar waren: Irinas Locken auf Hypers Oberschenkel, dessen Arm um Oskars Schulter, Ellens Beine, die mit Irinas verschlungen waren.

Die Geräusche, die von den Ramblas ins Zimmer hinaufwehten, waren noch genau die gleichen wie zu Beginn des Abends, und es gab keinerlei kühlenden Wind. Hinter Ellens geschlossenen Lidern wechselten sich Bilder in schnellem Rhythmus ab wie bei einer Diashow: Körperteile, Standbilder, kurze Filme.

Sie fühlte, wie die Hitze zwischen ihren Beinen wieder anstieg, und nachdem sie einen Schluck aus einem der Gläser genommen hatte, kroch sie zwischen Hyper und Oskar und begann, beide zu streicheln. Die Männer stiegen schnell darauf ein, rückten eng zusammen, so dass sie Ellen zwischen sich pressten, und küssten sich über deren Kopf hinweg. Irina saß mit weit gespreizten Beinen am Bettende, spielte in ihrer Muschi und beobachtete die drei.

Ellen legte ein Bein über Hypers Hüfte und führte sich seinen wieder harten Schwanz ein. An ihrem Hintern fühlte sie Oskar, der sich an ihr rieb und ihr den Nacken küsste. Nach einer Weile drehte sie sich um und ließ sich einige Stöße lang von Oskar ficken, aber auch ihm entzog sie sich wieder, legte sich zwischen die Männer auf den Rücken und lächelte Irina zu: »Mach du's mir.«

Irina rutschte herüber, kniete sich zwischen ihre Beine und steckte ihr den Daumen in die Möse. Ihr Zeigefinger rutschte in Ellens Poloch, und während sich ihre Finger in ihr bewegten, saugte sie an ihrer Klitoris wie an einer Kugel Eis, mit vorgestülpten, fast geschlossenen Lippen und genießerischem Summen.

Als Ellen gekommen war, schloss sie ihre Beine, zeigte auf die beiden Männer und bot sie Irina an: »Jetzt bist du an der Reihe.«

Irina drehte Oskar den Rücken zu, setzte sich rittlings auf seinen Schwanz. Seine Hände griffen unter ihren Armen hindurch und pressten ihre Brüste. Sie drehte den Kopf zu Hyper und befahl ihm, sie zu lecken. Gehorsam legte Hyper seinen Kopf auf Oskars Bein, und während sie Oskar ritt, züngelte er an Irinas Klit, bis sie kam. Ellen wichste ihn währenddessen und kratzte ihm über die Oberschenkel. Irina stieg ab, schmiegte sich an Oskar und küsste ihn.

Hyper blieb liegen, wo er war, ließ sich den Schwanz von Ellen reiben und leckte über Oskars Schaft, bis der seinen Kopf nahm und führte und Hyper ihn in voller

Länge lutschte, einen Arm aufgestützt, damit er mit der Hand noch an Oskars Eier herankam.

»Ich bin der Letzte in Runde zwei«, sagte Hyper, als Oskar gekommen war. »Leckt mich, alle drei.« Sie krochen um seinen Körper herum. Ellen drehte ihn auf die Seite und legte sich sein Knie über die Schulter, um seinen Schwanz zu lutschen. Irina beugte sich über ihn und küsste ihn so heftig, dass ihr Atmen wie fast erstickt klang. Und Oskar küsste seinen Rücken hinunter und züngelte zwischen seinen Pobacken, spreizte sie mit den Händen und leckte die Ritze und das Poloch, das leicht zuckte.

Nachdem Hyper abgespritzt hatte, lagen sie japsend und verschwitzt da, streichelten sich gegenseitig im jetzt vollständig dunklen Zimmer, ohne zu wissen, wessen Arm oder wessen Schenkel sie gerade berührten.

»Ich liebe euch«, sagte Ellen. Und die anderen drei wiederholten es im Chor.

KAPITEL FÜNF

He left at dawn
And as I slept I felt him go

DIDO

»Geh mal ein paar Schritte von dem Bunker weg, ich kann dich sonst kaum verstehen.« Ellen klemmte sich das Handy zwischen Schulter und Ohr und versuchte mit der freien Hand, die Haustür in der Nostitzstraße aufzuschließen, um Irina die Kleidungsstücke ins Studio zu bringen, die jetzt erst, zwei Wochen nach ihrer Barcelona-Reise, von den Designerinnen geliefert worden waren.

Beladen mit Taschen und Kleiderbügeln war das nicht einfach, und schließlich ließ sie es bleiben und konzentrierte sich auf das, was Hyper sagte.

»Hast du die Unterlagen zum Notar gebracht? Und bei der Bank war auch alles in Ordnung? Wann können wir anfangen?«

Ein Laster rauschte vorbei, und sie verdrehte die Augen, weil sie wieder einen Satz nicht gehört hatte. Sie trat ungeduldig von einem Fuß auf den anderen. »Prima, küss Oskar von mir. Was? Ja, würde ich, leider ist Irina mit ihrer Truppe auf der Aphrodite-Messe am Funkturm, die treffe ich jetzt gar nicht.«

Die Verabschiedung ging wieder in Rauschen und Knacken unter, Ellen seufzte und schaltete das Handy aus, verstaute es in ihrer Handtasche, packte alle Taschen und Kleidungsstücke über den linken Arm und schloss endlich die Haustür auf. Sie war gereizt und bedrückt, denn morgens war eine ganze Reihe von Stalkermails in ihrem Postfach gelandet, und diesmal war der Ton anders als bei den bisherigen, weniger biblisch und sehr viel konkreter. »Weißt du, was vorgeht? Erkennst du dein Unglück nicht?«, stand in der ersten. »Unternimm was, das wird böse ausgehen und Elend über alle bringen«, in einer weiteren. Aber den Rest gegeben hatte ihr die letzte Mail. »Ellen, mach die Augen auf«, hatte der Stalker geschrieben, »es ist alles Lüge. Ganz zerbrochen werden alle enden, die stehlen und die Wahrheit in den Dreck ziehen.«

Der Stalker hatte sie bisher nie persönlich angesprochen.

Ab jetzt würde sie sich nicht mehr damit beruhigen, dass sie nicht unbedingt persönlich gemeint sei. Irgendjemand bedrohte sie, aber sooft sie auch darüber nachdachte, sie konnte sich nicht vorstellen, wer ein Interesse daran haben sollte, sie mit diesen Botschaften zu belästigen. Das mit den Mails hatte Mitte April angefangen, vier Wochen bevor sie mit Hyper in dem Club war. Sie hatte schon überlegt, ob dort jemand sie gesehen haben könnte und etwas gegen ihr Liebesleben hatte, aber das passte zeitlich nicht.

Innen kam ihr Beata entgegen und nahm ihr einen Teil des Gepäcks ab. Dankbar seufzte Ellen: »Sie sind ein Engel!«

Gemeinsam stiegen sie die vier Etagen bis zum Studio hoch, Beata stemmte ihr die Tür mit dem Ellenbogen auf und schob sich in den Empfangsraum. Wie immer lächelte Ellen über die Plüschigkeit des Salons und das Fresko mit der tanzenden Irina im Vordergrund und überlegte, dass Irinas Studio, so überladen und schwül es auch gestaltet sein mochte, im Grunde ihrem Frollein-Wunder ähnlich war. »Und was heißt überhaupt Irinas Studio«, dachte sie weiter, »eigentlich ist das jetzt auch ein bisschen mein Studio.«

Die Grundschuldbestellung für den Kauf der beiden Etagen hatte sie nun unterzeichnet. Als Sicherheit hatten sie außer Oskars Hof auch Ellens Apartment angegeben, das sie vor einigen Jahren für sich und Hyper gekauft hatte. Wenn die Tanzkurse und Auftritte weiterhin so gut liefen, würde Irina die Kaufsumme bald abbezahlt haben. Und mit dem Erlös der nächsten Jahre könnte Ellen vielleicht ein drittes Frollein-Wunder in Köln eröffnen, und dann müsste sich Hyper überhaupt keine Sorgen mehr machen, falls einmal eine Show platzte.

Ellen sah durch das kleine Fenster in den Vorführraum, in dem eine Gruppe Anfängerinnen offenbar ihre erste Stunde hatte. Unsicher stöckelten sie auf High Heels durch den Saal, schwangen Federboas, wackelten mit der Hüfte, und zwei ganz Mutige versuchten vor dem Spiegel die rüttelnde Schulterbewegung, mit der man die Troddeln auf den Brustwarzen zum Rotieren brachte, aber es ähnelte eher hilflosen Zuckungen. Die beiden Schülerinnen lachten und äfften sich gegenseitig nach.

Beata stellte sich neben Ellen.

»Tassel Twirling, schon was für Fortgeschrittene. Mit Quiver und Shimmy haben die meisten auch Schwierigkeiten, eigentlich mit allem, was sie kontrolliert zum Zittern bringen sollen, dabei ist es leicht, wenn man es mal raushat. Wäre das mein Kurs, würde ich lieber mit dem Grind anfangen und erst die Hüften lockern oder mit einer ganz einfachen Choreographie, damit die schnell ein Erfolgserlebnis haben und ein paar Minuten am Stück tanzen können, aber die Trainerin, die Irina engagiert hat, sieht das anders. Die da vorn sind immer noch beim Trailer, das ist das Herumstolzieren, bevor die eigentliche Stripnummer losgeht.«

Als hinter ihnen Teilnehmerinnen für die nächste Stunde hineindrängten und sich bei Beata einschrieben, Karten für Vorführungen kaufen und Schuhe probieren wollten, winkte Ellen ihr kurz zu und schleppte die Einkäufe durch den dunklen, engen Gang. Sie öffnete die Tür zu Irinas Garderobe, in der Irina oft geschlafen hatte, wenn es ihr nach einem Auftritt zu spät geworden war, um noch zu Oskar nach Gatow rauszufahren.

Jetzt übernachtete sie in solchen Fällen bei ihr und Hyper, und Ellen überlegte, ob sie den beiden vielleicht das Gästezimmer leerräumen sollte, damit sie es so gestalten konnten, wie es ihnen gefiel. Meistens schliefen sie zwar zu dritt oder zu viert im Ehebett, aber auch das müsste bald durch ein größeres ersetzt werden, damit sie alle vier Platz darin hatten, also warum nicht gleich einige Veränderungen in der Wohnung planen? Den Wandschrank im Flur zu erweitern, konnte auch nicht verkehrt sein, denn Irina hatte jede Menge Kleidungsstücke und kam nie ohne eine große, vollgestopfte Tasche zu ihnen.

Ellen überlegte und beschloss, es Irina in ihrer Garderobe besonders nett zu machen. Sie räumte die herumliegenden Kostüme zusammen, hängte sie in den Schrank und klappte das Bett herunter. Wie sie erwartet hatte, war die Bettwäsche noch nicht bezogen. Sie seufzte. Während sie das Kissen aufschüttelte und den Bettbezug zuknöpfte, sah sie sich die Fotos an, die an der Wand klebten, vor der normalerweise die Matratze hochgeklappt war.

Da waren sie alle in Barcelona auf dem Dach der Casa Milà, und direkt daneben tranken sie das letzte Glas Cava am Flughafen. Dann ein älteres Bild, das Irina und Oskar im Garten in Gatow zeigte, Irina auf einer Schaukel, und Oskar, der lachend hinter ihr stand und sie anschubste. Auch ein Foto von Ellen gab es, konzentriert über eine Bestellung gebeugt im Frollein-Wunder, beleuchtet wie eine Genreszene aus dem Golden Dutch. Dann ein Polaroid von Irina und Hyper: Sie schmiegte ihren Kopf an seine Schulter, und er schaute mit seinem stechenden Blick direkt in die Kamera, ein kleines Lächeln auf seinen Lippen, sein Arm um ihre Schulter gelegt, seine Hand mit dem silbernen Armband lässig über ihrer Brust liegend. Und ganz rechts in einer Reihe klebten weitere Schnappschüsse von Hyper, Ellen und Irina auf dem Balkon,

Oskar im Garten, Oskar und Ellen, Ellen und Irina und noch einige Szenen von Auftritten und Proben. Ellen schlug eine Kerbe ins Kopfkissen und legte einen Zipfel des Plumeaus um, kramte in ihrer Tasche nach einem Bonbon, fand einen Kaugummi und legte ihn aufs Kopfkissen. Zufrieden begutachtete sie ihr Werk. Sie knüllte die Einkaufstüten zusammen, verstaute sie im Mülleimer und schloss sorgfältig die Tür hinter sich. Beata telefonierte und verabschiedete sich mit einem Winken.

Ihr Wagen war ganz in der Nähe geparkt, und gierig sog sie den Duft aus der Crêperie ein. Der Bürgersteig flirrte vor Hitze. Schon auf der langen Treppe nach unten hatte sie ein Kribbeln im Magen gespürt, aber noch während sie darüber nachdachte, ob sie einen Crêpe mit Ahornsirup kaufen sollte, wölbte sich ihre Magenwand nach oben, und ihr wurde schwindlig.

Ihr Inneres krampfte sich so zusammen, dass sie sich gegen die Hauswand lehnen musste. Tief atmete sie ein und aus und versuchte, sich darüber klarzuwerden, was gerade mit ihr passierte.

Sie schloss bemüht logisch alles aus, was es sein könnte. Habe ich Hunger, ist mir schlecht, habe ich mich geärgert, habe ich etwas Wichtiges vergessen? Und dann kam sie darauf, dass es Panik war, nackte Angst, die ihr die Luft abschnürte, das Gefühl eines bodenlosen Falls, eines Risses, der einmal von oben nach unten durch sie hindurchging.

In ihrem Kopf drehte sich alles, Gedankensplitter und völlig irrationale Gefühle von Wut und Entsetzen, Scham und Angst, dann Bilder und Erinnerungen, immer wieder Bilder, schnell wechselnd wie in einem Zeitraffer, und eines kehrte immer wieder, bis es schließlich vor ihrem inneren Auge stehen blieb: das Polaroid von Hyper und Irina, oben an der Rückwand des Klappbettes. Sie hatte ihren Kopf an ihn geschmiegt, er seine Hand auf ihrer Schulter. Ellen schlug sich mit dem Handballen gegen die Stirn und merkte, dass ihre Augen tränten, verstand aber nicht, wieso.

Was sollte das?

Sie hatte doch schon oft gesehen, wie Hyper Irina umarmte, wie sie ihn anhimmelte, wie sie sich küssten, wie sie fickten, das war alles nichts Neues. Warum dann dieses Herzrasen?

Irgendetwas, das wusste sie jetzt, stimmte nicht an dem Bild, etwas war nicht so, wie es sein sollte.

Sie zwang sich zur Konzentration und ging die Details wieder und wieder durch. Irinas leicht geschlossene Augen, das türkisfarbene Oberteil mit den Glitzersteinen, das sie auch in Barcelona getragen hatte, ihr Lächeln, ihre blonden Locken, Hypers durchdringend violette Augen, sein Blick, der fast belustigt oder triumphierend zu sein schien, aber Ellen wusste ja auch nicht, in welcher Situation das Foto aufgenommen worden war. Seine Hand auf Irinas Schulter. Das silberne Armband. Seine Hand auf ihrer Schulter. Das Armband.

Seine Hand auf ihrer Schulter.

Und plötzlich wusste sie es.

Und mit dem Verstehen traf sie noch einmal ein Schlag mitten in die Magengrube, und sie beugte sich vor und erbrach sich direkt auf den Bürgersteig.

Seine Hand.

Und die Verletzung.

Vernäht, mit roten Wundrändern, die wie getackert aussahen. Die Wunde, die er sich bei dem Unfall mit dem herausstehenden Nagel vor dem Fiasko des Freudenfeuers gerissen hatte. Und die in Gemmas Club, als sie zusammen Irina kennenlernten, längst verheilt war. Im Taxi hatte er sie gefragt, ob man die Verletzung noch sehe und ob die Narbe irgendwie eklig sei, aber sie hatte ihn beruhigt, dass man praktisch nichts mehr erkennen könne und in dem schummrigen Licht sowieso nicht.

Aber auf diesem Foto von ihm und Irina war die Narbe ganz deutlich zu sehen.

Hyper und Irina kannten sich lange vor ihrem angeblich zufälligen Treffen bei Gemma.

Ellen sah wie in einem Film Irina neben ihr an der Bar, ihre Locken, ihr Korsett, die Krinoline, wie sie sich Ellen vorgestellt und sie kurz darauf aufgefordert hatte, ihr ins Haar zu fassen. Hypers Vorschlag, sie doch mal zu sich nach Hause einzuladen.

Sie schliefen schon miteinander, bevor sie sich zum ersten Mal offiziell trafen.

Der ganze Vierer, ihre Liebesgeschichte, ihre Ehe, alles eine Lüge. Sie hatten sie hintergangen, vorgeführt, betrogen, lächerlich gemacht, mit ihr gespielt und sie benutzt, wie es ihnen passte. Ellen erbrach sich ein zweites Mal, aber es kam nur noch bittere Galle.

Zitternd und schwitzend sank sie auf eine Treppenstufe und versuchte, klar zu denken. Wann hatten sich Hyper und Irina wirklich kennengelernt? Lief das schon seit Jahren? Wieso hatte sie nichts bemerkt? Gab es keinerlei Anzeichen? Und warum das alles? Warum ging Hyper nicht einfach fremd, wenn er das denn tun musste, und verheimlichte es vor ihr? Warum musste er es überhaupt? Hatte sie nicht immer alles für ihn getan? Hatte sie ihn nicht finanziell abgesichert? War sie nicht immer für ihn da gewesen? War sie im Bett nicht experimentierfreudig und sinnlich genug? Was sollte diese Vierergeschichte? Welche Rolle spielte Oskar dabei?

Ellen wurde es für eine Sekunde schwarz vor Augen. Sie hatte das Gefühl, als werde sie auf der Stelle wahnsinnig, als müsse sie eine sich an den Haaren reißende, speichelnde, geifernde Verrückte werden ohne Kontrolle über sich oder ihre Gedanken.

Vor allem wollte sie verstehen, was eigentlich passiert war. Hatte sie sich den Spaß, den sie in den letzten Monaten miteinander gehabt hatten, nur eingebildet? Die Liebe? Wenn Irina ihr Hyper ausspannen wollte, wenn Hyper sie ersetzen wollte, warum suchte Irina dann so ihre Nähe? Warum war Hyper dann im Umgang mit Ellen ausgeglichener, liebevoller und leidenschaftlicher als jemals zuvor? Wieso hatten sie sich alle vier zu diesem Bürgschaftsvertrag verpflichtet, der sie auf unbestimmte Zeit aneinanderbinden würde, beruflich, finanziell und privat natürlich auch?

Ellen zog sich langsam an einem Regenrohr hoch und wartete, bis sie nicht mehr schwankte, dann ging sie mit langsamen, kleinen Schritten wie eine Kriegsversehrte zu ihrem Auto. Sie zwang sich, ruhig zu atmen und all die Fragen und Überlegungen, die auf die einstürmten, auszublenden. »Eins nach dem anderen«, sagte sie sich. »Aufhören zu zittern, Luft bekommen, Füße und Hände fühlen, den Magen beruhigen. Erst das. Nur atmen und ruhig werden. Solange ich das nicht hinkriege, fahre ich nirgendwohin und denke an gar nichts.«

Fast eine halbe Stunde saß sie in ihrem kleinen Auto und ignorierte die ärgerlichen Fahrer, die immer wieder neben ihr hielten und sie mit Handzeichen oder bei heruntergelassenen Scheiben fragten, ob sie nicht wegfahren wolle.

Als sie glaubte, sich einigermaßen unter Kontrolle zu haben, suchte sie ihr Handy, um es auszuschalten, und sah, dass Hyper ihr eine SMS geschickt hatte.

Liebste! Irina schläft doch bei uns. Sie bringt dir Goodies von der Aphrodite-Messe mit. Küsse, H.

Sie überlegte, was passieren könnte, falls sie jetzt nach Hause fuhr. Irina würde schon da sein oder bald eintreffen. Hyper würde beim Japaner anrufen und Sushi bestellen. Sie säßen zusammen am Tisch. Hyper und Irina würden lachen und erzählen, was sie den Tag über gemacht hatten. Vielleicht kam Oskar aus Gatow, vielleicht hätten sie später Sex, alle zusammen in ihrem großen Ehebett, verknäult ineinander, wie sie es liebten, alle für einen, alle mit allen.

Sie schluckte.

Und irgendwann müssten die Karten auf den Tisch, und dann hätte alles ein Ende. Sie fühlte, wie sie anfing zu weinen, zwang sich aber, die Tränen wegzublinzeln, und kniff sich so heftig in den Oberschenkel, dass sie leise aufstöhnte.

Der Autofahrer hinter ihr bedankte sich mit Lichthupe, weil sie endlich aus der Parklücke fuhr. Obwohl sie noch gar nicht wusste, was sie tun wollte, musste sie erst einmal in Bewegung kommen. Und noch bevor sie die Bergmannstraße kreuzte, wusste sie, dass sie den Anblick von Hyper und Irina jetzt nicht ertragen würde.

Statt geradeaus nach Hause zu fahren, bog sie links ab, an den bunten Läden und Kneipen der Bergmannstraße vorbei, den Touristenmassen und den Ständen mit Postkarten, arabischen Kacheln, Gewürzen, Filzhüten, Olivenöl und Büchern, und fuhr auf den Mehringdamm zu. Sie wollte mit jemandem zusammen sein, der sie nicht betrogen hatte, bei dem sie sich sicher fühlen konnte, jemandem, der in der gleichen Situation war wie sie. Und sie blinkte links, um zu Oskar nach Gatow zu fahren.

Der Feierabendverkehr hatte eingesetzt. Ellen kam nur langsam voran. Immer wieder dachte sie, sie müsste rechts halten, dann schlug ihr das Herz bis zum Hals, und die Übelkeit stieg in ihr hoch, aber sie zwang sich, weiterzufahren, den Blick starr geradeaus gerichtet und die Hände um das Lenkrad geklammert. Sie versuchte, sich gedanklich auf Oskar zu konzentrieren, seine Ausgeglichenheit, seine Stärke und Wärme und darauf, dass sie gemeinsam eine Lösung finden würden.

Links neben ihr kamen die drei Zinken der Hungerkralle des alten Flughafens Tempelhof in Sicht, die ihr plötzlich bedrohlich und aggressiv erschienen.

Sie bog auf die Autobahn ein, fuhr am Artemis-Bordell und den Messehallen vorbei, in denen Irina jetzt vielleicht noch herumlief, eingeschnürt, mit hochgepressten Brüsten und gepuderter Haut, um ihre Handzettel zu verteilen und für Fotografen zu posieren.

Der Schmerz über Irinas Verrat fühlte sich anders an als der über Hypers. Neben der Wut und der Angst kam hier auch eine besondere Bitterkeit dazu. Ellen war immer eingespannt gewesen zwischen der Arbeit im Frollein-Wunder und Hypers Ansprüchen. Für unbeschwertes Albernsein oder Verspieltheit hatte es da kaum Platz gegeben. Und eine richtig enge Freundin hatte sie seit dem Studium nicht mehr gehabt. Ihre alten Freundinnen sah sie ein- oder zweimal im Jahr, sie wohnten in alle Himmelsrichtungen verstreut, man schrieb sich oder telefonierte, aber das war immer ein besonderer Aufwand – Irina dagegen konnte sie einfach mal mit einem Crêpe von der Tanzschule abholen, mit ihr ging sie einkaufen oder saß zu Hause auf dem Balkon. Obwohl sie gerade niemanden so sehr hasste wie Irina, nicht einmal Hyper, wusste sie jetzt schon, dass sie Irina vermissen würde, ihre Leichtigkeit und ihr unbekümmertes Lachen, ihre direkte Art und auch ihren Blick, mit dem sie zu Ellen aufsah.

Endlich bog sie in die Heerstraße ein, ab hier musste sie sechs Kilometer nur geradeaus fahren, ihre Hände entspannten sich etwas, und sie sah zu, wie das Licht ganz langsam trüber wurde, während trostlose, bunkerähnliche Bauten rechts und ein nicht enden wollendes Waldstück links vorbeiglitten. Mit jedem Block nahm ihre Traurigkeit zu. Über ihr regelten die Leuchtzeichen, welche der fünf Fahrbahnen in welche Richtung führte, und mehr als einmal widerstand sie mühsam dem Impuls, den Wagen einfach nach links driften zu lassen, auf die Gegenfahrbahn, und nach einem großen Knall einfach schlafen zu können.

Beim großen Mast bog sie links in die Gatower Straße ab und überlegte, wie sie Oskar die Nachricht eigentlich überbringen sollte. Was sagt man denn, wenn man im Begriff ist, jemandem das Leben zu zerstören? Eigentlich, dachte sie bitter lächelnd, müsste es vorgedruckte Grußkarten geben, mit einer traurigen Maus vorn drauf, die eine geknickte Tulpe in der Pfote hielt und dem Schriftzug *So sorry* darüber, und innen dann ein gezeichneter Strick mit den Worten: *Dein Leben ist vorbei*. Irina bedeutete ihm alles. Und sooft er auch sagte, er liebe sie beide, war Ellen immer klar gewesen, dass er sich, wenn er sich entscheiden müsste, für Irina entscheiden würde, und das hatte sie ihm auch nie übelgenommen, weil es ihr mit Hyper genauso ging. Wie würde er reagieren?

Und was – abrupt trat sie auf die Bremse und lenkte das Auto an den Straßenrand, der nachfolgende Fahrer hupte mehrmals und fuhr wild schimpfend an ihr vorbei –, was, wenn alles ganz anders war? Wenn Hyper und Irina sich zwar bereits kannten, aber vielleicht keine Affäre miteinander gehabt hatten? Wenn sie sich das ganz falsch zusammenreimte? Dann würde sie Oskar völlig umsonst kirremachen. Das würde er ihr nie verzeihen.

Sie überlegte noch einmal und versuchte, alles möglichst sachlich zu beurteilen. Entweder Hyper und Irina hatten alles eingefädelt, wie und warum auch immer, und Oskar und sie waren die Dummen, dann hing nicht nur ihre Würde, sondern ganz nebenbei auch ihr gesamtes Vermögen davon ab, wie sie aus der Sache herauskamen. Falls Irina nicht nur das Geld gewollt hatte, sondern sogar plante, sie zu beseitigen, konnte es sehr gefährlich sein, sie damit zu konfrontieren, dass sie jetzt alles wusste.

Ellen legte ihren Kopf auf das Lenkrad und flüsterte: »Ich bin völlig paranoid. Wie krank muss man sein, um sich so was einzubilden?« Sie beseitigen? Ganz wegschieben ließ sich die Idee, wo sie einmal im Raum stand, allerdings auch nicht mehr. Sie kam zurück auf ihre ursprüngliche Überlegung.

»Wenn ich jetzt mit Oskar spreche, wo ich noch gar nichts Genaues weiß«, sagte sie laut vor sich hin, »zerstöre ich sein Leben. Und falls ich mich irre, wird er mir das nie verzeihen.«

Sie saß über eine halbe Stunde im Auto und sah zu, wie es dunkler wurde und zu regnen begann. Vor dem Haus neben ihr wurde die Außenbeleuchtung eingeschaltet. Sie drehte den Kopf, um nicht immer nur auf die Tachonadel zu starren, und stellte fest, dass sie neben einer Kunstgalerie oder etwas Ähnlichem parkte. Im Vorgarten steckte eine Lanze, auf die rücklings ein Körper aufgespießt war. »Passt ja«, murmelte sie, drehte den Zündschlüssel, wartete die nächste Lücke im Verkehr ab und wendete. In weniger als zehn Minuten wäre sie auf Oskars Hof gewesen, aber sie konnte einfach nicht mit ihm sprechen, bevor sie nicht klarer sah.

Sie fuhr den gleichen Weg zurück, sehr viel langsamer und zögerlicher, weil sie nicht wusste, wo sie hinsollte. Irgendwen musste es doch geben, mit dem sie jetzt reden konnte, der sich mit so was auskannte. Und sie erinnerte sich an das Gespräch mit Sophias Männern, als sie ihr Gemmas Club empfohlen hatten. Sophia selbst mochte sie nicht fragen, immerhin arbeiteten sie zusammen.

Aber Gemma.

Nach allem, was Sophias Männer gesagt hatten, war sie genau die Richtige für zwischenmenschliche Verwicklungen. Ellen fühlte sich ein bisschen besser und klammerte sich an die Vorstellung, dass Gemma eine Lösung haben würde, eine Erklärung, einen Trost, irgendwas.

Mit einem Auge auf der Fahrbahn und dem anderen auf ihrem Handy tippte sie eine SMS an Hyper, sie habe zufällig Sophia getroffen und würde bei ihr essen, um noch einiges wegen der neuen Lieferung für das Wunder zu besprechen, und er solle nicht auf sie warten. Zu dem üblichen *Küsse*, mit dem sie ihre Mails und SMS beide immer abschlossen, konnte sie sich nicht durchringen. Bei einfachen Grüßen wäre er jedoch vielleicht misstrauisch geworden, also löschte sie die letzten Buchstaben und schickte die SMS so ab, als sei sie versehentlich auf die Sendetaste gekommen. Dann schaltete sie das Handy aus und tippte die Adresse von Gemmas Club in das Navigationsgerät.

An der Pforte war alles dunkel, aber durch die Bäume hindurch konnte Ellen einen schwachen Lichtschein sehen, der von der Villa kommen musste. Sie klingelte mehrfach, und irgendwann summte es, das Tor schwang auf. Sie ging mit unsicheren Schritten durch die Dunkelheit über den Kiesweg. An der Tür stand Gemma, in einem schlichten schwarzen Body und weiten Hosen, so dass sie fast wie eine Tänzerin beim Training aussah. Ihr Kopf war kahl rasiert, und jetzt, wo sie keine Perücke trug, sah Ellen die Tätowierung, die von einem Ohr ausgehend über den Hinterkopf gestochen war. Ihre Piercings in Braue, Nase und Unterlippe blinkten. Ihre schlanken weißen Hände zeigten hinter sich, als sie sagte: »Du weißt bestimmt, dass der Clubbetrieb erst in ein paar Stunden anfängt?«

Ellen sah von unten zu ihr hoch und nickte. »Ich wollte zu dir.«

Und dann fing sie an zu weinen, so jämmerlich, dass es sie durchschüttelte und sie kaum merkte, wie Gemma zu ihr kam, den Arm um sie legte und sie ins Haus führte.

Sie fand sich auf einer Polstergruppe im großen Saal wieder, der jetzt leer und mit normaler Beleuchtung eher nach einer Kulisse aussah als nach einem Club. Zwei ältere Frauen wischten den Boden und staubten die Kronleuchter ab, und Gemma schob Ellen einen Becher Kakao hin, eine Flasche Grappa und einen Teller mit großen, noch dampfenden Keksen. Sie wartete geduldig, bis Ellen stockend zu erzählen anfing.

»Eigentlich weißt du also gar nichts«, stellte sie fest, als Ellen alles berichtet hatte, von ihrer Nacht im Club bis zum Polaroid hinter Irinas Klappbett. »Eine Sache aber erscheint mir viel wichtiger«, fuhr Gemma fort, »egal, wie euer Vierer entstanden ist: Wie geht es dir denn damit? Hast du bei deinem Mann irgendwas vermisst? Hat er dich schlecht behandelt oder vernachlässigt?«

Ellen schniefte. »Das war eine der schönsten Zeiten in meinem Leben. Als wären wir vier füreinander gemacht. Jeder hat etwas, das den anderen fehlt, es passt alles so gut. Mit Hyper ist es harmonisch wie schon lange nicht mehr, er verhält sich so aufmerksam und liebevoll. Und gekommen bin ich wirklich oft.«

Gemma lächelte und zuckte mit den Schultern. »Und ist das etwa nichts wert? Vielleicht hast du Recht, und den Anfang machte eine Intrige, vielleicht war das alles ganz anders gedacht, vielleicht wollte dich dein Mann wegen dieser Frau verlassen, aber: Er hat es nicht getan. Wieso willst du das, was ihr habt, jetzt wegwerfen?«

An Ellens Nase blieb ein Tupfen Milchschaum hängen, als sie den frischen Kakao trank. Sie wischte ihn mit dem Handrücken weg. »Weil alles gelogen ist. Was soll das für eine Liebe sein, die so zustande kommt? Wie soll ich den beiden wieder vertrauen? Was ist, wenn alles nur gespielt war?«

»Hat es sich denn gespielt angefühlt?«

Ellen zögerte mit der Antwort. In Gedanken ging sie nochmal ihre gemeinsame Zeit durch, die Tage in Barcelona, die erste Nacht, die sie zu viert verbracht hatten, die Momente, die sie mit jedem der drei allein gewesen war.

»Nein, es hat sich echt angefühlt.«

Sie setzte sich mit einem Ruck auf. »Genau das ist es ja gerade. Betrogen zu werden, finde ich schlimm genug, aber nicht zu wissen, ob ich mich auf mein Gefühl verlassen kann, ob ich so wenig mitkriege von dem, was passiert, nicht mehr unterscheiden zu können, ob etwas wahr ist oder nicht, das macht mich noch verrückt.«

Eine der älteren Frauen kam mit einer großen Schachtel und schüttete direkt neben ihnen einen Schwall Kondome in eine Kristallvase. Gemma wartete, bis sie weiter zur nächsten Vase gegangen war, bevor sie antwortete. »Dann wirst du ein bisschen Detektiv spielen müssen. Wer könnte zum Beispiel das Polaroid geschossen haben? Wer immer es war, er kannte Hyper und Irina, bevor sie sich hier angeblich zum ersten Mal trafen. Diese Person weiß mit Sicherheit mehr.«

Ellen schloss die Augen und versuchte, sich an das Foto zu erinnern. Hyper und Irina, ihre Gesichter und vor allem Hypers Hand standen ihr ganz deutlich vor Augen, aber der Hintergrund des Bildes war verschwommen. Dann wurde ihr klar, dass die beiden in einem Raum stehen mussten, denn Irina hatte nur ihr kleines, dünnes, türkisfarbenes Oberteil an, und als Hypers Verletzung so ausgesehen hatte, war es Anfang oder Mitte April gewesen. Wahrscheinlich handelte es sich bei den Linien hinter ihren Köpfen, die sie für Zweige gehalten hatte, doch um etwas anderes. Geschwungene, schwarze, dicke Striche sah sie in ihrer Erinnerung, und plötzlich wusste sie es.

»Das Foto«, sie beugte sich zu Gemma, »wurde in Irinas Studio aufgenommen, vor dem Wandgemälde mit den tanzenden Pin-ups. Ich hab es nicht gleich erkannt, weil das Bild jetzt farbig ausgemalt ist, aber damals gab es wohl nur die schwarzen Konturen. Die Künstlerin hat da gearbeitet, als der Saal renoviert wurde, Irina hat es mir erzählt.«

Gemma schenkte Ellen und sich ein Wasserglas halb mit Grappa voll und stieß mit ihrem Glas an Ellens. »Dann war es jemand aus der Schule, und zwar jemand, der dort angestellt ist, denn der Kursbetrieb lief offenbar noch nicht. Außerdem besitzt diese Person eine Polaroidkamera, und die hat heute nicht mehr jeder. Jetzt fragt es sich natürlich«, sie ließ ihre Stimme in der Luft schweben, »ob du dir so lange nichts anmerken lassen kannst, bis du Bescheid weißt. Und ob du das, was du herausfindest, wirklich wissen willst.«

Ellen schüttete den Grappa in einem Zug hinunter und stellte das Glas hart aufs Tablett zurück. »Wenn man so lange mit einem Mann wie Hyper zusammen ist, dann weiß man, wie man eigene Bedürfnisse zurückstellt.«

Gemma winkte einer der älteren Frauen. »Bringen Sie meine Freundin doch bitte ins Gästezimmer.« Sie stand auf und drückte Ellen fest an sich. »Du bist immer noch du. Du wirst nicht verrückt. Schreib eine SMS, dass du heute Nacht nicht nach Hause kommst, da muss dir irgendwas einfallen. Die Pause wirst du brauchen.«

Ein Geräusch hatte sie geweckt. Ellen drehte sich im Bett herum und versuchte, einen Orientierungspunkt in der Dunkelheit zu finden. In ihrem Kopf drehte sich alles, und an ihren Schläfen klopfte es. Dann wurde ihr bewusst, wo sie war: Gemma hatte ihr das Gästezimmer gegeben. Sie richtete sich auf und tastete auf dem Nachttisch nach der Lampe. Rotes Licht flutete den Raum wie in einer Dunkelkammer. Da hörte sie es wieder: Gelächter und eine Tür, die zuschlug. Ellen setzte vorsichtig erst einen Fuß auf den Boden, dann den anderen.

Plötzlich war sie hellwach.

Ihre Zunge klebte am Gaumen. Sie ging in Unterwäsche zu dem kleinen Waschbecken, öffnete die Folie, in die die Zahnbürste eingeschweißt war, und putzte sich kurz die Zähne. Mit gespreizten Fingern fuhr sie sich durchs Haar und überlegte. Schlafen konnte sie jetzt sowieso nicht mehr. Eine Treppe tiefer, neben dem Wintergarten, in dem sie damals mit Hyper und Irina gelegen hatte, gab es eine kleine Bar. Sie stellte sich vor, wie sie ein Glas Champagner trank oder auch eine ganze Flasche, genau das war es jetzt: sich um den Verstand trinken, vielleicht endlich alles vergessen, was heute passiert war, und bleischwer ins Bett fallen. Sie kam sich vor wie in einem Alptraum. Zögernd zog sie das Unterhemd über den Kopf und streifte den Slip ab, denn in ihrer sportlichen weißen Wäsche konnte sie da unten nicht umherlaufen. Nachdem sie einen Moment unschlüssig und nackt neben dem Bett gestanden hatte, bückte sie sich und zog nur ihre Pumps an.

Auf dem Weg nach unten begegnete ihr niemand, auch nicht in dem dunklen, engen Gang, der zu der Tapetentür führte. Dieser Teil des Hauses war Gemmas Privatreich und für Gäste unzugänglich. Sie schlüpfte durch die Tür und fand sich direkt in einer Gruppe nackter, lachender Frauen wieder. Ellen ließ sich einfach wie von einem Schwarm Fische mittreiben.

In einem Sling aus schwarzem Leder lag ein junger Mann und ließ sich von einem älteren mit einem großen, surrenden Vibrator ficken, während ihm eine hübsche blonde Frau den Schwanz lutschte.

Ellen rieb sich die Schläfen und ging durch die tanzenden, küssenden und vögelnden Menschen, als wäre eine Blase um sie herum.

An der Bar nahm sie sich zwei Gläser vom Tablett und trank sie hastig. Sie wurde in ein weiteres Zimmer gespült, in dem sich eine Frau mit drei Männern auf einem runden, rotierenden Bett vergnügte, während andere Paare darum herum saßen, die Männer in tiefen Sesseln, ihre Partnerinnen auf dem Schoß. Die hatten die Beine über die Sessellehnen gelegt und zeigten den anderen in der Runde ihre Möse, während die Männer ihnen den Kitzler oder die Brüste streichelten. Eine Frau stand tief gebückt vor ihrer Freundin und ließ sich von hinten die Möse lecken, während sie sich selbst mit einem Dildo fickte und ein Mann wichsend daneben auf dem Boden lag und zusah.

Ellen wurde schwindlig, die vielen Menschen, das bunte Licht, das sich in Kristallleuchtern und Vasen brach, die Musik, das Gestöhne. Sie sehnte sich nach der Ruhe und Dunkelheit ihres Zimmers und schlüpfte bei nächster Gelegenheit durch einen dicken Vorhang.

Dahinter war es stockdunkel, sehr warm und bis auf schmatzende Geräusche und heftiges Atmen ruhig. Sie tastete sich an der Wand entlang, bis sich ihre Augen an die Dunkelheit gewöhnt hatten, und erkannte, dass sie im Darkroom des Clubs gelandet war. Die einzige Lichtquelle waren schwach leuchtende, mit Kondomen gefüllte Glasquader. Sie nahm nur Schemen wahr, Körper, die an der Wand lehnten, und andere, die auf verschiedenen Ebenen lagen, manchmal auch einen Arm oder ein Bein, das sich bewegte.

Ihre Schulter berührte warme Haut, sie zuckte zurück, aber eine andere Hand griff nach ihr und zog sie tiefer in das Dunkel. Die Hand wanderte zu ihren Brüsten. Eine andere Hand berührte jetzt ihren Rücken und griff zwischen ihre Pobacken. Sie blieb einfach so stehen, immer noch schwindlig, und ließ es geschehen, ohne selbst etwas zu tun, lieferte sich den Händen aus, die sich an ihren Nippeln und zwischen ihren Beinen zu schaffen machten. Ihr Arm wurde angehoben, und sie fühlte, wie eine Zunge über ihre Achselhöhle leckte. Ein Finger schob sich zwischen ihre Schamlippen und drang weiter vor, bis sie ihn tief in ihrer Möse spürte, wo er Kreise beschrieb. Zu den Händen kamen zwei Körper, vielleicht auch drei, das konnte sie nicht genau sagen. Ihre Hand wurde über einen Schwanz gelegt, den sie umfasste und langsam zu wichsen begann. Jemand drängte sich von hinten nah an sie heran, presste und knetete ihre Pobacken und steckte einen Schwanz zwischen ihre Oberschenkel. Eine Zunge glitt über ihre Schamlippen und züngelte bis zu ihrer Klitoris. Ob sie zu dem Finger in ihrer Möse gehörte, konnte sie nicht sagen. Sie spreizte die Beine und stand einfach da, während sie befingert, geleckt und geknetet wurde.

Dann war eine raue Stimme an ihrem Ohr: »Ich hab einen Schwanz für dich, komm her!«, sie wurde aus der Gruppe herausgezogen und gegen einen Polsterberg gedrückt, der unter ihr nachgab, bis sie halb darauf lag. Ihre Knie wurden gegen ihre Brüste gepresst. Sie fühlte, wie etwas ihre Möse berührte, und dann den Schwanz, der sich in sie schob und ohne weiteres Abwarten begann, sie zu ficken, mechanisch und hart.

»Du Fickfotze«, sagte die raue Stimme, »du geiles Fickfötzchen.« Sie kam ihm nicht entgegen, blieb ganz passiv und veränderte ihre Lage auch nicht, als sich der Mann zwischen ihren Beinen besonders heftig gegen sie drückte und sich dann zurückzog.

Sofort war da ein neuer Schwanz, etwas dicker als der letzte, und auch er schob sich in sie und fickte sie. Er drehte ihren Körper dabei leicht auf die Seite und legte seine Hände unter ihren Po, um sie anzuheben. Ein langgezogenes Stöhnen drang zu ihr. Noch während der Schwanz in sie stieß, stülpte sich ein Mund über ihren Kitzler und begann, ihn sanft zu saugen, eine Zunge leckte darüber mit schnellen breiten Bewegungen, und Ellen fühlte, wie sich etwas in ihr anspannte. Das Summen in ihren Ohren nahm zu.

Als der Mann seinen Schwanz aus ihr herauszog, rutschte der Mund tiefer, Finger spreizten ihre Mösenlippen, und eine Zunge stieß in ihren Möseneingang, bis sie wimmerte, und kehrte dann wieder zu ihrer Klit zurück. Sie wand sich bei ihrem Orgasmus, machte aber keinen Laut, sondern schloss nur die Schenkel, und der Mann oder die Frau, sie wusste nicht, wer sie gerade geleckt hatte, zog sich zurück.

Sie wollte sich gerade aufsetzen, als sich ein schwerer Körper über sie legte und erneut ihre Beine auseinanderdrängte. Ein Penis stieß gegen ihren Mund, sie öffnete die Lippen und saugte ihn, während sich der Mann zwischen ihren Beinen zu schaffen machte, sie aber nicht leckte, sondern ihr die Finger in die Möse schob und mit dem Daumen oder der anderen Hand ihren Kitzler rieb. Sie schmeckte das Gummi des Kondoms im Mund, das Reservoir kitzelte sie am Rachen, während sie saugte. Der Mann rutschte plötzlich von ihr herunter und blieb schwer atmend neben ihr liegen, seine Finger immer noch in ihrer Möse. Sie nahm die Hand weg und stand auf.

Nach ein paar Schritten, während sie eigentlich den Ausgang suchte, merkte sie, wie nass sie zwischen den Beinen war und wie sehr es kribbelte, und sie streckte die Arme aus und fühlte an der Wand entlang, bis sie über die Brusthaare eines Mannes strich, der etwas unterhalb ihres Oberschenkels ausgestreckt auf einem Polster lag. Sie griff nach seiner Hand und legte sie sich zwischen die Beine, wo die Finger sofort in ihre Möse schlüpften und sie anwichsten. Sie stieg über den Mann, der ihr unverständliche Sätze ins Ohr flüsterte, aus denen sie nur »Pussy« und »bumsen« in immer neuen Kombinationen heraushörte, nahm seinen harten Schwanz und führte ihn sich ein. Sie rieb ihren Kitzler selbst dabei und ritt ihn so lange, bis sie kam. Männer und Frauen, die an ihnen vorbeigingen, befühlten ihre Brust, rieben ihre Nippel oder strichen durch ihr Haar.

Als sie von dem Mann herunterstieg und einen dünnen Lichtstrahl sah, wusste sie, dass sie nah am Ausgang war, und schob alle weiteren Körper weg, die nach ihr fassten, sie an sich ziehen oder ihr einen Schwanz in die Hand geben wollten.

Die Stille oben in ihrem Gästezimmer war so überwältigend und das Kopfkissen fühlte sich im Gegensatz zu ihrer fiebrigen Stirn so angenehm kalt und trocken an, dass sie einschlief, noch bevor sie sich richtig zugedeckt hatte.

KAPITEL SECHS

I was in the wrong place at the wrong time
For the wrong reason and the wrong rhyme

DEPECHE MODE

Im Hausflur roch es nach frischem Kaffee und Bagels. Ellen zog ihre Schuhe aus und stieg auf Strümpfen über Herrn Siebezahl, der zusammengerollt mit entblößtem Unterkörper neben der Bäckereitüte vor seiner Tür lag.

Vorsichtig drehte sie oben den Schlüssel im Schloss herum und betrat, ohne Licht zu machen, ihre Wohnung. Drinnen war es dämmrig. Durch die großen Fenster im Wohnzimmer fiel das erste Licht herein.

Ellen zog so leise wie möglich die Tür zu und lehnte sich einen Moment gegen die Wand. Sie konnte sich nicht überwinden, ihre Schuhe abzustellen, den Schlüssel aufzuhängen und nachzusehen, wen sie in ihrem Schlafzimmer antreffen würde. Aber einfach zu duschen, ohne die anderen zu begrüßen, ging auch nicht, denn dann wüssten sie sofort, dass etwas passiert war. Außerdem würden sie durch das fließende Wasser auf jeden Fall wach, und wenn sie ihnen dann im Bad gegenüberstand, wäre sie nackt, und das wollte sie unbedingt vermeiden.

Sie straffte die Schultern und versuchte, ein freundliches Gesicht zu machen. Als sie sich dem Schlafzimmer näherte, hörte sie Gemurmel. Die Tür stand offen, sie lugte hinein und sah Irina zwischen den beiden Männern liegen.

Alle drei waren nackt. Hyper streichelte Irinas Brust, und Oskar küsste ihr Haar und schob die Bettdecke tiefer, bis er ihren Oberschenkel berühren konnte. Ihre schläfrigen Bewegungen waren träge und stockten immer wieder. Im Halbschlaf hatten sie die Augen geschlossen und bemerkten Ellen nicht. Ein Lichtstrahl fiel durch die halb geöffneten Vorhänge und ließ Irinas Haare glänzen und die helle Haut leuchten. Obwohl Ellen sich um nichts in der Welt dazugelegt hätte, fühlte sie sich ausgeschlossen. Sie sah, dass Hyper sich an Irina rieb, wie er es morgens auch oft bei ihr tat, und genau wie sie lächelte Irina und fasste rücklings an seinen Schwanz. Oskar tastete sich zwischen ihre Beine vor. Irina drehte sich langsam auf den Rücken und legte ein Bein über Oskars Hüfte. Oskars Hand strich über den Bauch auf ihre Möse zu, und Hyper begann, mit immer noch geschlossenen Augen an ihrer Brustwarze zu saugen.

Ellen hasste Irina und Hyper in diesem Moment und konnte sich gleichzeitig nicht dagegen wehren, das Bild von den dreien schön zu finden.

Hyper versuchte, Irina auf den Mund zu küssen, aber Oskar knabberte gerade an ihrem Ohr, gleichzeitig berührten sich die Hände der beiden Männer zwischen Irinas Beinen. Irina kicherte und räkelte sich.

»Zwei Männer am frühen Morgen überfordern mich«, kokettierte sie, »schade, dass Ellen nicht da ist.«

Oskar nickte, und Hyper sagte: »Das holen wir heute Abend nach, dann sind wir vier wieder komplett.«

Ellen schlich zurück durch den Flur, öffnete die Haustür, fuhrwerkte mit dem Schlüssel im Schloss, zog sie fester als nötig zu und trat beim Gehen so laut auf, wie sie das in Strümpfen konnte. Sie lehnte sich gegen den Rahmen der Schlafzimmertür und zwang sich zu lachen. Es klang ein bisschen zu hoch und ein bisschen zu hektisch.

»So früh am Morgen schon so aktiv?«

Oskar zog Irina gerade über sich, damit sie sich auf seinen steifen Schwanz setzen konnte, und Hyper winkte Ellen zu sich. »Komm her, mein schönes Frollein, du hast mir jetzt gerade gefehlt.«

Ellen winkte ab und hoffte, dass es nicht zu schroff klang, als sie sagte: »Geht leider nicht. Ich hab einen ganz frühen Termin mit einer Lieferantin. Ich hab bei Sophia verschlafen. Ich dusche nur schnell, und dann bin ich schon wieder weg, aber habt viel Spaß. Irina schafft sicher euch beide.«

Sie wiederholte den letzten Satz im Kopf, ob er möglicherweise schnippisch klang, und lief aus dem Schlafzimmer.

Noch bevor das Stöhnen und Keuchen abgeebbt war, hatte sie sich schon abgetrocknet und wieder angezogen und fluchtartig die Wohnung verlassen.

Im Wunder sah sie immer wieder auf die große Bahnhofsuhr, die über der Kasse hing, und konnte sich nicht konzentrieren. Mehrere Kundinnen betraten das Geschäft, ohne dass sie sie angesprochen oder in ein Gespräch über das Konzept des Wunders verwickelt hätte.

Und als eine ältere Dame wissen wollte, was »Burlesque« eigentlich sei, und auf das Plakat von Irinas Cool Cats tippte, fertigte Ellen sie mit einem barschen »Striptease« ab. Endlich wurde es Mittag, sie gab Xaver schnell die nötigsten Anweisungen und sagte ihm, sie werde eine neue Lieferantin für eine schwierige Verhandlung treffen und deshalb das Handy ausschalten. Es hielt sie keine Minute länger im Laden.

Sie sah zum dutzendsten Mal in ihrem Terminkalender nach, ob Irina auch wirklich heute wieder auf der Aphrodite-Messe zu tun hatte, und fuhr geradewegs zu ihrem Studio.

Der Empfang war nicht besetzt, als sie eintrat, aber im Übungssaal spielte ein Lied, das sie kannte. »Goin' Home to My Old Used to Be«, das längste und langsamste Stück von Irinas Truppe und das einzige, das sie außer den »3 Cool Cats« allein tanzte.

Sie hatte es ihnen im Wohnzimmer vorgeführt, ohne Requisiten oder besondere Kleidung, und ihnen dabei erklärt, wie schwierig es war, sich auf diese langsame, schwüle Musik zu bewegen, ohne dabei unwillkürlich schneller zu werden. Ellen lugte durch das Fenster in den Saal und erstarrte.

Weit hinten an der Stange, mit dem Rücken zu ihr, sah sie Irinas blonde Korkenzieherlocken unter einem kleinen, schräg aufgesetzten Hut, in der Hand einen Sonnenschirm und an dem dunkelroten Korsett befestigt die Krinoline, die sie auch an dem Abend in Gemmas Club getragen hatte. Wieso war sie nicht auf der Aphrodite? Aber obwohl Ellen ihr keinesfalls begegnen wollte und sich ihre Anwesenheit auch nicht erklären konnte, musste sie hinschauen.

Das war die Stelle, an der sie die langen Handschuhe mit den Zähnen auszog, und jetzt stellte sie einen Fuß auf einen Hocker, um ihren langen Strumpf vom Straps zu lösen und herunterzurollen. In der Show würde das später ein auf allen vieren kniender Mann aus dem Publikum mit den Zähnen tun. Jetzt kam die komplizierte Folge aus Jimmies, Bumps und Tanzschritten, die ganz leicht und spielerisch aussehen mussten, aber extrem anstrengend waren.

Und da bemerkte Ellen, dass etwas nicht stimmte. Die Krinoline war zu kurz, man sah zu viel Bein. Und der Hüftschwung wirkte viel eckiger als sonst, die Jimmies härter, es fehlte das Katzenartige, Schmeichlerische, übertrieben Kindliche, das Irina beim Tanzen ausstrahlte. Und als die Tänzerin in einer schnellen Schrittfolge auf sie zukam, sich auf ihren jetzt zugeklappten Schirm stützte und mit dem Hintern wackelte, zu schnell und zu sportlich, wusste sie, dass es nicht Irina war, die da tanzte, sondern Beata.

Die Musik war jetzt vorbei, und Beata stand heftig atmend vor dem großen Spiegel. Selbst aus dieser Entfernung konnte Ellen sehen, wie sich ihre Schultern hoben und senkten. Beata war zwar dünner als Irina, aber nicht derartig durchtrainiert. Irina tanzte jede Figur so kraftvoll, als könne sie sie direkt danach ohne Mühe wiederholen.

Beata nahm die blonde Perücke vom Kopf und blieb damit regungslos vor dem Spiegel stehen. Ellen hatte plötzlich Mitleid. Sie konnte sich gut vorstellen, dass Beata in diesem Moment herauszubekommen versuchte, was nicht stimmte, wieso um Irina so ein Glanz und Glamour erstrahlte, wenn sie tanzte, und sie selbst immer aussah, als würde sie rhythmische Sportgymnastik vorführen. Und noch etwas wurde Ellen klar, als sie im Spiegel sah, wie Beata die blonde Lockenperücke an sich drückte: dass Beata Irina liebte.

Sie atmete tief durch und klopfte fest an die Tür. Beata fuhr herum, die Wangen flammend rot, aber Ellen kam klatschend auf sie zu und sagte so begeistert, wie sie konnte, das sei eine tolle Vorstellung gewesen und sie habe sie nur nicht stören wollen. »Ich hab wirklich gedacht, Irina tanzt, die Stelle mit dem Schirm ist hinreißend, und die Passage in der Mitte, wenn du die Korsagenbänder aufziehst, meine Güte.«

Beata strahlte. »Findest du? Ich kann das oft gar nicht beurteilen, wie eine Sequenz aussieht. Man müsste Augen überall haben, nicht nur den Frontspiegel, aber Irina will keine zweite Spiegelwand.«

Ellen tat nachdenklich. »Vielleicht würde es dir helfen«, fing sie langsam an, »wenn ich ein paar Fotos von den wichtigsten Posen schieße. Das mache ich immer, wenn ich ein Kleidungsstück kaufe, ich fotografiere mich von allen Seiten, das sagt viel mehr als ein Spiegel.«

Beata nickte. »Gute Idee, aber wir haben hier nur eine alte Polaroidkamera, und ich weiß gar nicht, ob überhaupt noch Filme da sind. Irina hat die digitale mit auf die Messe genommen, um ihre Mädels zu knipsen.«

Es klang bitter. Und tatsächlich sah Beata jetzt auch so offensichtlich verärgert aus, dass Ellen glaubte, sie könne es wagen, etwas tiefer zu bohren.

»Das ärgert dich, wenn sie ohne dich auf die Messe geht, oder?«

Beata schüttelte den Kopf. »Ich weiß, ich bin keine Rampensau. Die Mädels in ihrer Truppe sind alles Kätzchen, schnurren und fauchen auf Kommando. Dafür«, sie sog hörbar die Luft ein und seufzte, »bin ich eine wirklich gute Lehrerin. Ich kann die Technik vermitteln und einen Kurs aufbauen, der am Ende nach was aussieht. Aber Irina will eine, die ihr vorn den Laden schmeißt. Dass sie mich keine Kurse machen lässt, liegt nicht daran, dass ich das nicht könnte, sondern dass Irina beim Empfang jemanden braucht, der Ordnung in ihr Chaos bringt.«

Ellen nickte mitfühlend. »Das ist unfair. Da handelt Irina ja sehr nach ihren eigenen Interessen.«

»Das tut sie immer. La Diva Irina. Süß wie ein Stück Karamell und ebenso schlecht zu beißen.«

Ellen lachte und drückte Beata an sich. Beata mochte in Irina zwar verknallt sein, aber mindestens gleichermaßen hasste sie sie. Mit fahrigen Gesten machte sich Beata frei.

Sie klang nervös: »Ich bin völlig verschwitzt.«

Ellen gab keinen Schritt nach. »Das macht doch nichts.« Und dann, nach einer kleinen Pause, in der Beata sie verwirrt ansah: »Du fühlst dich gut an, so warm.«

Beata lachte unsicher. »Also soll ich jetzt mal die Kamera suchen, oder geh ich gleich duschen?«

Mit einer einladenden Handbewegung zeigte Ellen zum Umkleideraum. »Geh gleich duschen, vielleicht komm ich mit?« Sie küsste sie ohne weitere Vorwarnung auf den Mund und genoss das Gefühl, Irina zu hintergehen, obwohl es der, wie sie sich auch vorstellen konnte, egal gewesen wäre, hätte sie es gewusst.

Beata schälte sich aus der Kleidung und sah Ellen bittend an. »Du sagst Irina nicht, dass ich ihre Sachen benutzt habe, ja?«

Mit zwei Fingern zog Ellen einen unsichtbaren Reißverschluss über ihrem Mund zu, während Beata den verbliebenen Strumpf herunterrollte und vorsichtig in einem Wäschesäckchen verstaute.

»Sag mal«, Ellen versuchte so gleichmütig wie möglich zu klingen, »Irina hat da so ein Foto in ihrer Garderobe, auf dem sie mit meinem Mann vor dem unfertigen Wandgemälde steht. Davon hätte ich zu gern einen Abzug. Meinst du, ich könnte es mir mal ausleihen und kopieren?«

Beata zuckte mit den Schultern. »Klar, wenn du willst.«

»Hast du das aufgenommen?« Und damit es nicht wie ein Verhör klang, fügte sie noch dazu: »Hyper hat mir erzählt, das sei ein besonders schöner Moment gewesen.«

Beata untersuchte das Korsett, ob sich ein Häkchen gelöst hatte und ob die Nähte in Ordnung waren, und legte es in einen Korb am Eingang der Garderobe. »Ach ja, da war sie happy, dass das Bild am Empfang schon als Skizze so toll aussah. Sie hat direkt deinen Mann angerufen, damit er es sich ansehen kommt. Ich hab noch gedacht, na, deshalb wird er wohl kaum alles stehen und liegen lassen. Hat er aber.«

»Ja, Hyper ist ein großer Fan von Pin-up-Bildern.« Mit dem nächsten Satz wagte sie sich weit vor, denn der war frei erfunden. »Er hat ihr, glaube ich, die Künstlerin sogar vermittelt.«

»Ah«, Beata nickte, »daher kannten die sich. Das hab ich mich nämlich immer gefragt. Er kam irgendwann ins Studio und fragte gleich nach Irina und meinte, dass sich seine Frau, also du, für Burlesque-Kurse interessieren würde.«

Ellen nahm Beata die langen Handschuhe ab und legte sie langsam, Finger auf Finger, zusammen. »Genau, in meinem Laden haben wir auch Korsetts.«

»Jedenfalls hab ich mich sehr gewundert, Irina kam dann zum Empfang, und ich dachte, meine Güte, baggert der, also dein Mann, die an. Als wäre sie die einzige Frau auf der Welt. Mich hat noch nie jemand so angemacht. Er hat ja diese unglaublichen, violetten Augen.« Beata zog sich aus und faltete ihre Kleidung sorgfältig. »Jedenfalls hat er Irina gleich zum Essen eingeladen und sie mit Komplimenten überhäuft. Aber wenn du sagst, dass ihr vorher schon irgendwie befreundet wart, dann hab ich das wohl falsch eingeschätzt. Für mich sah es aus, als wolle er sie unbedingt ins Bett kriegen. Klassischer Fall von Samenstau, dachte ich noch.«

Ellen zwang sich zu lachen. »Er ist ein sehr leidenschaftlicher Mann, und wir haben eine tolerante Beziehung.«

Beata ging nackt an Ellen vorbei zu den Duschen, drehte eine auf und stellte sich darunter. Sie mussten jetzt lauter sprechen. »Also mein Ding wär das nicht. Na, wenn das für dich okay ist. Er war dann ja auch dauernd da. Fast jeden Tag. Manchmal hat Irina mich angewiesen, Oskar anzulügen, wenn sie mit Hyper in ihrer Garderobe rummachte. Aber das war wahrscheinlich ein Teil des Spiels.«

Ellen nickte. »Genau, es ist alles ein Spiel unter Paaren.«

Sie betrachtete Beatas überschlanken, fast zerbrechlichen, blassen Körper unter dem Wasserstrahl. Den schwarzen Zopf hatte sie gelöst, so dass ihr die Haare bis zur Hüfte herabfielen. Die Haut war so blass, dass sie fast durchsichtig aussah, und Ellen bemerkte erst jetzt, als Beata so entspannt unter der Dusche stand, wie fein ihre Gesichtszüge waren. Ein sehr junges, sehr nasses Schneewittchen.

Kurzerhand zog Ellen sich aus, ließ ihre Kleidung einfach auf den Boden der Garderobe fallen und stieg zu Beata unter die Dusche.

Sie wusste nicht genau, warum sie das tat, denn sie hatte schon alles erfahren, was sie wollte. Bis zu dem Moment hatte sie wohl immer noch gehofft, es gäbe eine andere Erklärung für das Foto, etwa dass die beiden sich womöglich kannten, aber nur befreundet waren, doch jetzt wusste sie, wie lächerlich dieser Strohhalm gewesen war.

Sie atmete tief ein, als der warme Wasserstrahl sie traf, und legte den Kopf in den Nacken, damit Beata sie nicht weinen sah. Dass dabei ihr Make-up völlig verwischte, war ihr egal. Sie stellte sich vor, sie und Beata seien zwei Schülerinnen hier in der Tanzschule oder in einem Internat, blutjung und ohne irgendwelche Bindungen. Es überraschte sie, wie sehr sie diese Fantasie erregte. Und dabei fand sie Beata wirklich schön. Ihre Taille war extrem schmal, ihre Brüste waren kaum gewölbt, mit großen harten Nippeln, und als Ellen sich vorbeugte, um daran zu saugen, stöhnte Beata heiser. Das Wasser prasselte in warmen dicken Tropfen auf die beiden Frauen.

Wie in Zeitlupe strich Ellen Beatas Hüfte hinunter, über ihren Po und ihre Oberschenkel. Beata legte die Arme um Ellens Schultern und schmiegte sich an sie. Ihr Kuss war trotz ihrer schmalen Lippen sinnlich und leidenschaftlich, und Ellen genoss das Gefühl ihrer fordernden Hände auf ihrem Körper.

Beata, das wusste Ellen, hatte sich nie für Männer interessiert und würde es auch nie tun, das beruhigte sie gerade ungemein.

Sie strich mit festen Bewegungen über Ellens Körper, ihre Hände legten sich um ihre Brüste und fuhren durch ihr nasses Haar. Sie presste sich an sie und ging dabei langsam in die Knie. Das Gefühl ihrer harten, kleinen Brüste auf Ellens Bauch war überwältigend.

Obwohl der Boden der Dusche kalt und unbequem sein musste, kniete sich Beata hin und sah zu Ellen hoch. Die lächelte und lehnte sich gegen die Wand, als Beata ihr Gesicht zwischen ihre Beine presste und begann, sie zu lecken. Ihre Finger wussten genau, was zu tun war. Sie spreizten die Schamlippen, rieben die Klit, wenn Beatas

Zunge am Möseneingang leckte, und drangen in die Möse ein. Sie führte nur die fünf eng aneinandergepressten Fingerkuppen einer Hand ein und ließ sie vorn am Möseneingang, wo Ellen am meisten spürte, pulsieren. Ellen stöhnte so laut, dass es selbst durch das Geprassel des Wassers hörbar war, und ging leicht in die Knie. Beata verstärkte den Druck ihrer Finger, bis Ellen das Gefühl hatte, ihre Möse werde vor Lust jeden Moment gesprengt. Ihre Zunge trommelte ein Stakkato auf ihrem Kitzler, fuhr dann wieder kleine harte Kreise darum, bevor sie die Klit zwischen die gespitzten Lippen nahm und daran saugte.

Ellen hielt es nicht mehr aus und zog Beata an den Schultern zu sich hoch, legte die Arme um sie und küsste sie, der salzige Geschmack ihrer eigenen Möse vermischte sich mit dem Wasser. Sie hatte Beata eng an sich gedrückt, aber die schob ihre Hand bestimmt und sicher wieder zwischen Ellens Beine und fuhr dort auf dem Kitzler auf und ab. Als Ellen ebenfalls anfing, sie zu wichsen, lehnte sie sich laut stöhnend gegen die Kacheln. Ellen rieb sie mit der ganzen Hand, teilte beim Runterstreichen die Schamlippen, bis tief zwischen ihren Beinen zwei Finger in ihre Möse rutschten, und glitt wieder hoch.

Immer schneller wurden Ellens Bewegungen, und als es Beata kam, spannte sie den ganzen Körper an, bevor sie ihren Kopf gegen Ellens Schulter legte.

Bevor Ellen reagieren konnte, ging Beata wieder auf die Knie und leckte sie mit wenigen Zungenstrichen fertig. Ellen rutschte an der Kachelwand hinunter und zog

Beata in ihre Arme. Sie saßen noch eine Weile so aneinandergeschmiegt da, während die warmen Wassermassen auf sie herabströmten.

Nachdem Ellen sich in Irinas Studio einigermaßen hergerichtet und Xaver angerufen hatte, um ihm zu sagen, dass sie heute nicht mehr ins Geschäft käme, war sie zur Bank gefahren. Die SMS von Hyper, dass er ohne sie nicht gut geschlafen habe und sie vermisse, ignorierte sie genauso wie seinen Anruf im Wunder, von dem ihr Xaver berichtet hatte.

In der Bank erkundigte sie sich nach ihrer Grundschuldbestellung, mit der sie Irinas Studioerweiterung absicherte, und fragte, was passieren würde, sollte Irina die Raten nicht zahlen. Außerdem wollte sie wissen, ob sie von dem Vertrag noch zurücktreten könne, aber der Bankangestellte hatte nur schlechte Nachrichten für sie. Der Vertrag war wasserdicht, Ellen bürgte für Irinas Pläne mit ihrer Wohnung und würde diese, genau wie Oskar seinen Hof, verlieren, falls alles schiefging.

Als sie daran dachte, wie sie geackert hatte, um das Frollein-Wunder zu etablieren, und wie lange es gedauert hatte, bis sie die Münchner Filiale eröffnen und die Wohnung abbezahlen konnte, packte sie eine wahnsinnige Wut auf sich selbst, dass sie das alles riskiert hatte, nur weil sie dachte, die ganze Welt sei von Liebe und Glück erfüllt.

Auch ihre Wut auf Hyper steigerte sich noch. Er hätte sie davon abhalten müssen. Immerhin hing auch seine Existenz am Wunder, und auch er wohnte in ihrem Apartment. Und all das setzte er aufs Spiel wegen einer –

Ellen benutzte gedanklich zum ersten Mal dieses Wort für Irina –, wegen einer Stripperin.

Sie kam sich unsagbar dämlich vor und fuhr ziellos am Monbijou-Platz und der Synagoge vorbei und weiter zur Friedrichstraße, bis sie eine SMS von Oskar erhielt. Er sei in Gatow, schrieb er, und koche gerade Quittenmarmelade ein, die er als »Frollein Ellens Quittenwunder« verkaufen wolle, weil sie im Sommer doch immer so gern unter dem Baum gelegen habe. Bei seiner letzten Zeile »In Liebe, Oskar« lächelte sie traurig. Ihm musste sie irgendwann die Wahrheit sagen.

Und irgendwann musste sie auch noch einmal nach Hause. Sie sah auf die Uhr. Eigentlich jetzt, denn wenn sie, ohne sich zu melden, so viel später als üblich kam, würde Hyper direkt merken, dass etwas nicht stimmte, und ein Gespräch mit ihm wollte sie erst führen, wenn sie sich mit Oskar besprochen hatte. Sie erinnerte sich an die Szene mit den Jugendlichen am Hermannplatz. Da hatte Oskar so besonnen gehandelt, vielleicht konnte er das in dieser Situation auch.

Sie seufzte und wendete, um erst einmal nach Hause zu fahren.

Zu Hause war Hyper in bester Laune. Er hatte sogar gekocht. Im Ofen brutzelte ein Auflauf vor sich hin, die dicke Käsekruste warf schon Blasen, und es roch köstlich bis in den Flur. Mit einem Küchentuch über der Schulter kam er auf Ellen zu, küsste sie und fing sofort an zu reden, während er sie ins Wohnzimmer schob und ihr ein Glas Champagner einschenkte.

»Blaze und Drake haben sich gemeldet. Ich hab dich im Wunder angerufen, aber du warst unterwegs. Die beiden machen eine riesige Show zur Eröffnung eines Luxushotels in Oman, Geld gibt's in großen Fässern. Und angeblich soll der nächste James Bond dort gedreht werden, hat wohl Gosh erzählt, weißt du, der, der immer Filmwetter macht, auch Explosionen, Einschüsse und so was. Jedenfalls heuern Blaze und Drake gerade die Pyrotechniker für ihr Team an. Hydra aus Antwerpen wird mitmachen, die hatte ja diesen Reinfall neulich. Und: Sie wollen mich. Ich soll mit Hydra zusammen das Hochfeuerwerk choreographieren und vor Ort sein.«

Ellen gratulierte ihm, trank ihr Glas in einem Rutsch leer und hielt es Hyper wieder hin. Solange er redete, konnte sie ihn wenigstens nicht fragen, wieso er sie betrogen und ihr Leben zerstört hatte, also setzte sie sich in einen Sessel und prostete ihm zu.

»Hat sich Hydra wieder ganz erholt?«

Die niederländische Kollegin war im Vorjahr fast bankrott gegangen, als ein Verrückter am Königinnentag in die Besuchermenge raste und daraufhin das Königshaus das Feuerwerk absagte. Sie war zwar bezahlt worden, aber Hydra hatte seitdem eine Pechsträhne. Sie war berühmt für ihre Laserbeams und damit die ideale Partnerin für Hyper, sie würden sich gut ergänzen.

Hyper überging ihre Frage und wedelte ungeduldig in der Luft. »Ich hab gleich danach Gosh angerufen, und«, Hyper zog das »u« in die Länge, »er hat gesagt, er wollte sich eh bei uns melden. Er macht nämlich das Wetter für einen Kinofilm, was Deutsches, nicht Hollywood, aber immerhin, und die suchen noch einen tollen Laden, weil das Ganze in einem Geschäft spielen soll, und da hat er direkt an dich gedacht. Wär das nicht toll? Er sagt, das Frollein-Wunder hat vielleicht genau die Mischung aus schräg und schick, die sie sich vorstellen. Sie würden den Namen verwenden und auch dein Firmenschild zeigen. Das könnte der Bringer für dich werden!«

Er trank in großen Schlucken, schenkte ihnen beiden nach und berichtete weiter, Blaze und Drake hätten in Oman praktisch schon alles geregelt, sprächen gerade mit dem Militär wegen der Genehmigungen für das Event und hätten auch schon eine chinesische Fabrik mit der Fertigung der Bomben beauftragt.

Er setzte sich zu ihr auf die Sessellehne.

»Und das bedeutet für uns, meine Schöne, dass wir mindestens zwei Wochen Urlaub dranhängen können. Wenn du dem kleinen Xaver eine so lange Vertretung zutraust, vielleicht sogar drei. Stell dir die Sonne vor und die Hitze, wir fahren in die Wüste raus, und ich wäre endlich wieder im Geschäft. Na, was sagst du? Lauter gute Nachrichten!«

Er legte einen Arm um sie und stieß noch einmal mit ihr an.

»Großartig«, sagte sie und trank so hastig, dass sie husten musste.

Er klopfte ihr auf den Rücken, das Klopfen ging in ein Streicheln über, und als er ihren Nacken küsste, war klar, worauf es hinauslaufen sollte.

»Mein Frollein wird ein Kino-Wunder.«

Sie überlegte, wie sie aus der Situation herauskommen könnte, denn keinesfalls würde sie jetzt mit ihm auf dem Teppich landen und sich von ihm ficken lassen, als wäre nichts passiert.

Sie dachte an Oskar, der auch betrogen worden war und der hoffentlich eine Lösung fand, und verdrängte ihre Wut. Mit hartem Griff nahm sie Hyper am Handgelenk und zog ihn vom Sessel und hinter sich her ins Schlafzimmer.

Sie merkte, dass sie sich unter Kontrolle hatte, solange sie handelte, also herrschte sie ihn an, er solle sich ausziehen, und streifte ebenfalls ihre Kleidung ab. Hyper grinste erwartungsvoll und warf sich nackt aufs Bett.

Ellen wählte einige Seidenschals vom Garderobenständer und fesselte ihn, während sie breitbeinig über ihm kniete. Ihr harter Gesichtsausdruck passte zum Spiel, und Hyper räkelte sich erregt unter ihr.

Sie band ihm auch die Füße an den Bettpfosten fest, bis Hyper praktisch bewegungsunfähig dalag. Mit dem letzten Tuch verband sie ihm die Augen. Sie wollte dieses Violett jetzt nicht sehen, und sie wollte nicht, dass er sie beobachtete, denn sie würde sich sonst verraten.

Sie rieb sich an ihm. Sein Körper war so attraktiv wie immer, das konnte sie nicht wegschieben. Sie biss in seine vollen Lippen, sie kratzte über seine Brust, kniff ihn in die Nippel und umfasste seinen Schwanz. Sie dachte an Oskar, an seine Muskeln, seine gebräunte Haut, sein weiches Haar, daran, wie er sie umfasste, sie hochhob, massierte und streichelte, und sie wurde zunehmend erregter.

Sie senkte ihr Becken und führte sich Hypers Schwanz ein. Er stöhnte und lächelte unter der Augenbinde. Er kam ihr mit dem Becken entgegen, aber sie schloss die Knie enger um ihn und klemmte ihn ein. Beim Vorbeugen fand sie eine Position, wie sie ihren Kitzler an seinem Schaft reiben konnte, und begann zu schaukeln. Sie ritt ihn so, wie es ihr gefiel, ohne auf ihn Rücksicht zu nehmen, und er wehrte sich nicht, sondern stöhnte und lächelte weiter, auch als ihre Bewegungen heftiger und schließlich fast roh wurden und ihre Kratzer jetzt deutliche Spuren auf seinem Brustkorb hinterließen.

Bei ihrem Höhepunkt stellte sie sich Oskars Gesicht vor, und obwohl Hyper die Lippen spitzte, küsste sie ihn nicht, ließ ihn auch nicht kommen, sondern sah zum Flur, wo sie ein Geräusch gehört hatte.

Irina stand in der Tür und zeigte auf Hypers zerkratzten Brustkorb.

»Hey!«, rief sie, »gib's ihm, Babe!«

Und noch bevor sie Ellen küssen konnte, stieg die von Hyper ab und präsentierte Irina seinen aufgerichteten Schwanz.

Irina lachte: »Na, das ist ja mal eine Begrüßung!«

Sie zog Rock und Schlüpfer aus und setzte sich mit gespreizten Beinen auf ihn. Sie schloss die Augen und seufzte tief, als sie Hypers Schwanz in ihrer Möse versenkte.

»Stell dir vor«, sagte sie zu Ellen und verdrehte die Augen, als sie langsam begann, ihn zu reiten, »ich habe auf der Aphrodite die Leiterin einer Tanzschule in Belgien kennengelernt, nicht wackeln, Hyper, lieg mal still, die machen auch Burlesque, und sie arbeiten eng mit einem Londoner Nachtclub zusammen. Ja, so ist das geil, fühlst du, wie klatschnass ich bin?« Hyper wollte etwas sagen, aber Irina lehnte sich vor und legte ihm die Hand auf den Mund. »Still, Liebster, ganz still.« Sie wandte sich wieder Ellen zu, während sich ihr Körper auf Hypers hob und senkte. »Und die suchen Korsettdesignerinnen. Sie wollen sich nächste Woche bei dir melden, da könnte ein Riesenauftrag auf dich zukommen.«

Ellen zwang sich zu lächeln. »Toll«, sagte sie etwas heiser, »erzähl's mir später genauer, ich muss dringend ins Wunder, der Elektriker sieht sich die Kühlschränke an.«

Schon war sie aus dem Zimmer und hörte nur noch, wie Irina ihr unter Keuchen nachrief: »Heute Abend bin ich in Gatow!«

Ellen wusste nicht, wie lange sie wegbleiben konnte, ohne dass es Hyper merkwürdig vorkommen würde. Sie wäre gern zu Oskar gefahren, aber ihr Gespräch musste bis morgen warten.

Sie betrachtete sich in dem kleinen Café, in dem sie jetzt schon seit fast drei Stunden saß, im Spiegel und fand, dass sie unnatürlich blass und abgespannt aussah. Unter ihren Augen lagen dunkle Ringe, und auch ihr Haar war nicht so glänzend wie sonst.

Sie zahlte und ging zurück nach Hause, wo sie Irina und Hyper beim Abwasch fand. Sie sagte ihnen, sie habe einen Migräneanfall und werde sich ins Gästezimmer zurückziehen. Mit einem Coolpack auf der Stirn legte sie sich ins dunkle Zimmer und hoffte, dass die beiden sie in Ruhe lassen würden. Irina schlich einmal herein und stellte ihr einen Espresso mit einer halben Zitrone auf den Nachttisch, und auch Hyper öffnete leise die Tür, sie tat aber schlafend.

Als sie flüsternde Stimmen im Wohnzimmer hörte, schlich Ellen zur Tür und presste sich dagegen.

»Migräne passt gar nicht zu ihr«, sagte Irina, »ich finde, sie ist irgendwie komisch.«

Hyper räusperte sich, und Irina überlegte weiter: »Seit sie neulich eine Nacht bei dieser Sophia war. Kann da irgendwas passiert sein? Die lebt doch mit fünf Männern zusammen. Vielleicht ist da einer grob geworden?«

Hypers Stimme war heiser, und Ellen wusste, noch bevor sie es roch, dass er sich einen Joint angezündet hatte.

»Quatsch. Ich kenne Sophias Männer. Aber ich denke auch, dass was nicht stimmt. Normalerweise sehen wir uns nach dem Sex immer in die Augen.« Er inhalierte tief, und seine Stimme klang höher als sonst. »Wenn es dunkel ist, machen wir kurz ein Feuerzeug an. Das ist ein Ritual zwischen uns. Aber heute Nachmittag war sie so schnell weg, sie konnte es ja gar nicht erwarten, mit dir zu tauschen.«

Wieder Irinas Stimme, vom Hasch gepresst wie bei einer Cartoonfigur: »Vielleicht hatte sie da schon Migräne.«

Nach einer Pause, die so lang war, dass Ellen bereits dachte, das Gespräch sei beendet, sagte Hyper: »Oder sie weiß was.«

Schlagartig wurde Ellen schlecht. Sie rutschte an der Wand entlang, zitterte und fühlte, wie ein kalter Schweißfilm sie überzog. Ihr Herz hämmerte, und ihr Atem ging keuchend. Sie hielt die Luft an, um nichts zu verpassen.

Irinas Stimme wechselte zu einem Kleinmädchenton: »Das ist nicht meine Schuld. Mein Plan hätte niemandem wehgetan. Ich hab mir das nur für dich ausgedacht. Für uns. Und meine Idee war gut.«

»Ellen ist nicht blöd. Sie hat Antennen wie eine Fledermaus. Ich muss bescheuert gewesen sein, da mitzumachen.«

Irina weinte jetzt fast.

»Das war doch alles ganz anders geplant. Ich dachte halt, wenn sich Ellen und Oskar im Club kennenlernen und toll finden, dann müssen wir beide kein schlechtes Gewissen haben, und alle sind glücklich. Dich hat die ganze Sache doch angeturnt. Ich dachte, ich erledige zwei Probleme auf einmal. Dass Oskar nicht mitkommen würde, konnte ja keiner ahnen. Und dass sich das mit uns vieren so entwickeln würde, erst recht nicht. Du hast mir auch nie erzählt, dass Ellen praktisch Spanierin und dass sie so nett ist. Ich hab endlich eine Freundin, und mit Oskar läuft alles viel besser.«

Hyper schnaubte. »Bestens. Nur meine Frau verhält sich komisch! Ich weiß nicht, vielleicht war das Ganze ein Riesenfehler.«

»Ich wollte doch nur, dass wir beide zusammen sind. Wir könnten weggehen, wenn wirklich etwas sein sollte. Wahrscheinlich bilden wir uns das bloß ein, und sie hat einfach ihre Tage.«

Hyper stieß den Rauch mit einem harten Zischen aus. »Wir beide allein? Du bist ein süßes, heißes Mädchen, ich mag dich wirklich gern, und diese Sache zu viert ist das Geilste, das ich je erlebt habe, aber ich würde Ellen niemals wegen dir verlassen, wie kommst du auf so was?« Er lachte bitter.

Bis ins Gästezimmer hörte Ellen Irinas Schluchzen. Das Hämmern in ihren Schläfen nahm zu, ein kalter Schraubstock legte sich um ihren Hinterkopf und schien die Augen vorzupressen. Jetzt hatte sie wirklich Migräne.

KAPITEL SIEBEN

In your head,
in your head they are fighting

THE CRANBERRIES

Glücklicherweise hatte die Crêperie schon geöffnet. Ellen bestellte zwei große Milchkaffee und Crêpes zum Mitnehmen und stieg die Treppe zum Studio hinauf. Sie hatte sich aus der Wohnung geschlichen. Selbst aufs Duschen und Zähneputzen hatte sie verzichtet, um Hyper und Irina nicht zu wecken, und jetzt fühlte sie einen pelzigen Geschmack im Mund und kam sich schwitzig und ungepflegt vor.

Beata saß schon telefonierend am PC, als Ellen eintrat und das Papptablett mit den Kaffeebechern hochhielt. Beata lief ihr entgegen, nahm ihr die dampfenden Becher ab und küsste sie auf die Wange. Mit Gesten deutete sie an, dass der Mensch am anderen Ende der Leitung redete wie ein Wasserfall, und Ellen hielt sich eine Hand über den Kopf und stellte pantomimisch eine Dusche dar. Beata nickte und winkte sie in Richtung des großen Saals.

Es musste bei einer Katzenwäsche bleiben, denn Ellen wollte keinesfalls noch hier sein, wenn Irina zu ihrem

Kurs kommen würde. Beata erwartete sie mit einem großen Handtuch am Durchgang zur Garderobe und wickelte sie darin ein. »Schlimme Nacht gehabt?«

Nach einem Blick in den Spiegel wusste Ellen, wieso Beata das dachte, und nahm dankbar das Täschchen mit dem Make-up und die eingeschweißte Zahnbürste, die Beata ihr gab. Sie richtete sich in aller Eile her, fasste die nassen Haare mit einer Spange zusammen und ging zurück zur Rezeption, wo Beata die Crêpes ausgepackt hatte.

Marmelade lief ihr übers Kinn, als sie Ellen freundlich ansah und sagte: »Das ist doch nicht alles so easy mit den zwei toleranten Paaren und ihren Spielen, oder?«

Sie wischte sich die Marmelade vom Kinn, reichte Ellen einen Becher und schob ihr den zweiten Bürostuhl hin. Der Kaffeeduft mischte sich mit dem typischen Geruch nach Talkumpuder und Turnhalle.

»Ich muss es gar nicht genauer wissen, aber ich mag dich. Und wenn ich dir irgendwie helfen kann, dann tue ich das gern.«

Ellen strich ihr dankbar über die Hand. »Ich mag dich auch. Und wenn es nach mir geht, und möglicherweise habe ich hier demnächst auch etwas mitzureden – du weißt, dass wir finanziell in den Ausbauplänen mit drinhängen? Also wenn ich was zu sagen habe, geht das klar mit deinen Kursen. Ich tue dir sicher gern jeden Gefallen.«

Beata lächelte. »Verstehe. Und kann ich dir denn auch einen Gefallen tun?«

Das Telefon klingelte, aber Beata hatte das Headset in den Nacken geschoben und beachtete es nicht. Ellen druckste herum. »Zwischen Irina und meinem Mann ... es ist anders, als ich gedacht hatte.«

Sie brach ab und zuckte hilflos mit den Schultern. Beata wickelte einen weiteren Crêpe aus und schob ihn auf einem Stück Silberfolie zu Ellen. Die zerpflückte ihn mit spitzen Fingern. »Ich versuche rauszukriegen, ob die beiden heimlich zusammen verreist sind, als ich mal nicht konnte. Da war diese eine Woche Mitte oder Ende April, da hat Hyper Freunde besucht, Blaze und Drake, ein schwules Paar, beides Pyrotechniker, jedenfalls wollte ich nicht mitfahren, und ich frage mich jetzt, ob statt mir Irina mitgekommen ist.«

Beata klappte einen dicken Terminplaner auf, der so groß war wie ein Zeichenblock und dessen Seiten mit ihrer peniblen Schrift gefüllt waren. »Wann soll das gewesen sein?«

Ellen überlegte einen Moment. »Im April, zweite oder dritte Woche, glaub ich.«

Beata blätterte das Buch durch und fuhr mit ihrem Zeigefinger die Zeilen entlang. Eine Woche war rot markiert. »Neunzehnter bis dreiundzwanzigster, so was?« Ellen nickte, ihr wurde schwummrig im Magen.

Beata schüttelte den Kopf. »Keinesfalls. Das war die Woche, in der Irina krank war. Kurz vorher hatte dein Mann sie das erste Mal im Studio besucht. Aber in dieser Woche lag Irina flach. Ich meine sogar«, sie überlegte eine Weile, »ich glaube, Irina hat gesagt, dass ihr das ganz gut passt, dass das nicht mit ihrem neuen Privatleben kollidiert. Sie hat wohl irgendwas machen lassen. Moment ...«

Ellen schluckte hastig ein Stück Crêpe hinunter und sah Beata gespannt an. Die hatte sich zu einem Regal umgedreht und kramte in einer großen pinkfarbenen Papierbox. Sie hielt Ellen einen Zettel entgegen. »Hier ist die Krankenhausrechnung. Es steht aber nichts Genaues drauf. Und ich hab nicht nachgefragt. Irina schätzt es nicht, wenn man zu viel fragt oder ihr zu nah auf die Pelle rückt. Oskar macht das wohl öfter, er ruft ständig hier an, er fragt sie dauernd, wie es ihr geht, er will immer alles ganz genau wissen. Und sie war eh unleidlich, da hab ich mich lieber rausgehalten und ihr nur Tee und was zu essen gebracht. Peinlich war es halt, als ihr Mann an der Rezeption stand und mich fragte, ob ich wüsste, wo Irina ist, und dann musste ich ihn anlügen, obwohl Irina ja die ganze Woche hinten in ihrer Garderobe war. Gott sei Dank hat er nicht nachgesehen.«

Ellen faltete den Zettel zusammen.

»Kann ich den mitnehmen?«

Obwohl Irinas Kurs in weniger als einer halben Stunde losging, stand ihr Wagen noch vor Oskars neuem Gewächshaus. Ellen hätte ihn fast übersehen. In letzter Sekunde fuhr sie an der Auffahrt vorbei und parkte hinter der nächsten Kurve. Vorsichtig ging sie zum Haus und lugte um eine Ecke. Oskar und Irina waren im Gewächshaus. Hören konnte sie nichts, aber das musste sie auch nicht.

Irina saß mit hochgeschobenem Kleid auf einem Tisch zwischen Oskars Orchideenzüchtung, die er stolz *Irina Divina* genannt hatte, weil er fand, die purpurnen Blütenblätter mit dem gelb getupften Saum seien so elegant und sexy wie seine Freundin. Ihre Füße, die in den knöchelhohen Schnürstiefeln steckten, die Hyper so scharf machten, hatte sie auf die Tischkante gestellt und die Beine weit gespreizt.

Mit trägen kreisenden Bewegungen streichelte sie ihre Möse und stützte sich dabei mit einer Hand ab, um das Gleichgewicht zu halten. Ihr Kleid war bis zur Taille aufgeknöpft und gab den Blick auf ihre Brüste frei. Ellen sah, wie Irinas Finger zwischen den Schamlippen verschwanden, wie sie sich einen Finger hineinsteckte. Ihr gegenüber lehnte Oskar an einer Säule, die Hose auf den Knöcheln, mit leicht geöffnetem Mund zwischen Irinas Schenkel starrend, und rieb heftig seinen harten Schwanz.

Irina sagte jetzt irgendetwas und lachte, sie legte sich auf dem Tisch zurück. Oskar kam einen Schritt näher und beugte sich vor. Irinas Hände spreizten ihre Mösenlippen, zwei Finger der linken Hand drangen in sie ein, mit dem Mittelfinger der anderen strich sie über ihren Kitzler.

Oskars Kreuz spannte sich, Irina rief ihm etwas zu, sie hob das Becken und fiel dann in sich zusammen. Ein Sonnenstrahl traf Oskars Haar, als er den Kopf in den Nacken legte, die Augen zukniff und sein Sperma über Irinas Schenkel spritzte.

Irina richtete sich lachend auf, knöpfte ihr Kleid zu, wischte ihr Bein mit Papier von einer herumliegenden

Küchenrolle ab und sprang vom Tisch. Dann nahm sie ihren Slip, der über einer Gießkanne hing, und küsste Oskar. Er wollte sie festhalten, aber sie wand sich immer noch lachend aus seinem Arm und öffnete die Tür des Gewächshauses. Oskar schüttelte den Kopf und zog seine Hose hoch.

Mit klopfendem Herzen wartete Ellen, bis Irina weggefahren war, und ging dann die paar Schritte zum Gewächshaus. Sie musste an einem ganzen Stapel Holzkisten vorbei, die randvoll mit Obst und Gemüse dastanden. Oskar drehte sich zu ihr um. Falls er erstaunt war, sie zu sehen, ließ er es sich nicht anmerken. Sie umarmte ihn lange, drückte ihn fest an sich und überlegte ein letztes Mal, ob es keine andere Möglichkeit gab.

»Ist das eine Lieferung da draußen?«, fragte sie, um irgendwas zu sagen.

Oskar nickte. »Hyper hat wohl dem Mann, dem das Grundstück neben dem Bunker gehört, von mir erzählt. Der hat einen kleinen Laden und will auf Bio umsteigen. Das ist die erste Probefuhre.« Ellen strich ihm über den Rücken. »Toll. Und bist du mit dem neuen Gewächshaus zufrieden?«

Oskar zeigte umher, als stünden sie in einem Palast. »Großartig, oder? Das läuft alles so gut, da hab ich gedacht, ich investier einfach was. Und *Irina Divina* geht's hier hervorragend. Endlich hab ich die optimalen Bedingungen für meine sensible Schöne.« Fast zärtlich strich er über ein purpurnes Blütenblatt. »Sieh mal, wie herrlich die Zeichnung ist.«

Ellen nahm einen Eimer von einem massiven Eisenstuhl und schob Oskar den Stuhl hin. »Setz dich.« Sie selbst nahm auf dem umgedrehten Eimer Platz.

»Du weißt doch noch, wie das alles angefangen hat mit uns vieren.«

Oskar nickte und wusste offenbar nicht, welches Gesicht er machen sollte. Ellen hörte selbst, dass ihre Stimme zitterte und dass sie in kurzen hastigen Zügen einatmete. Sie versuchte, es ihm so sachlich wie möglich zu erzählen und ihre eigenen Gefühle auszusparen, denn vielleicht reagierte Oskar ganz anders als sie, vielleicht fühlte er sich nicht verraten, oder Irina hatte es ihm längst erzählt, und er konnte damit umgehen.

Sie wusste nicht, was sie erwartet hatte. Irgendwie hatte sie gehofft, er würde sie in den Arm nehmen und irgendetwas tun oder sagen, das die Sache erträglich machte. Wenn jemand vernünftig und sanft war, dann doch wohl er.

Sie konnte auf Oskars Gesicht ablesen, wie sein Ausdruck von ungläubig zu fassungslos wechselte und dann jede Regung verschwand, bis nur eine leere Maske zurückblieb. Noch immer sprach sie und war gerade bis zu dem Punkt gekommen, als sie allein zu Gemmas Club gefahren war.

Da konnte sie plötzlich das Blut in ihren Ohren rauschen hören, nahm aber weder Oskars Stimme noch irgendwelche Geräusche wahr. Die nächsten Momente dehnten sich, und Ellen war völlig bewegungsunfähig.

Oskar sprang auf, griff den metallenen Stuhl, Mund und Augen so weit aufgerissen, dass sein Gesicht ihm gar nicht mehr ähnlich sah. Er schwang den schweren Stuhl an der Lehne herum, sie fühlte, wie sie sich zurücklehnte, um nicht getroffen zu werden, und dabei das Gleichgewicht verlor. Sie fiel hintenüber, spürte ihre Hände auf dem Betonboden aufkommen und dann das Gewicht ihres Oberkörpers. Ein Schmerz fuhr durch ihr Handgelenk und ihre Schulter, ohne dass sie ihn hätte einordnen können. Immer noch in Zeitlupe löste sich der Stuhl aus Oskars Händen und flog zwei Meter gegen die nächste Glaswand. Das Glas zersprang und regnete in Hunderten blinkenden Scherben herab. Oskars Körper spannte sich, fast glaubte Ellen, er würde hinterherspringen, aber er schlug mit ausholenden Bewegungen die Orchideen von den großen Holztischen.

Mit dem Zerschellen der Tontöpfe kamen die Geräusche in Ellens Bewusstsein zurück und füllten ihren Kopf komplett aus. Dass ein einzelner Mann diesen Lärm veranstalten konnte, hätte sie nie gedacht. Oskar schrie und tobte durch das Gewächshaus, warf Tische um und schmiss alles, was ihm in die Hände kam, Heckenscheren, Rechen, Gießkannen, durch die umliegenden Scheiben. Sein Schreien ging in ein Heulen über, laut und unmenschlich, aber schließlich blieb er schwer atmend mit hängenden Schultern stehen, wie erstarrt, und machte keinen Schritt mehr.

Ellen stand eine Weile unschlüssig und verkrampft da und war sich nicht sicher, ob sie es wagen konnte, zu ihm zu gehen.

Sie streckte eine Hand nach ihm aus. Schließlich näherte sie sich ihm, ganz vorsichtig, mit kleinen Schritten, wie einem fremden Tier, und merkte kaum, dass sie angefangen hatte, beruhigend zu flüstern, unzusammenhängendes Zeug, immer wieder seinen Namen und was ihr gerade einfiel.

Als sie ganz leicht seinen Rücken berührte, schnappte er nach ihrer Hand und presste sie eng an sich. Sie hielten sich fest, bis Ellen merkte, wie die Kälte in ihren Körper kroch. Sie machte sich sanft los und zog ihn hinter sich her ins Haus.

Ohne ein Wort führte sie ihn in den ersten Stock und brachte ihn dazu, sich auf das Bett im Gästezimmer zu setzen, dessen Läden geschlossen waren. Das Licht ließ sie aus. Sie holte den dicken Quilt aus der Truhe, legte sich zu ihm und breitete die Decke über sie beide.

Eng umschlungen blieben sie einfach so liegen. Als sie hörte, dass sein Atem regelmäßiger und tiefer wurde, fühlte sie eine Erschöpfung, als hätte sie seit Tagen nicht geschlafen. Sie legte die Stirn an seine Schulter, atmete seinen Duft nach Kräutern und Seife ein und ließ sich in eine tiefe, traumlose Stille gleiten.

Es war heiß unter dem dicken Quilt, und oft schreckte Ellen hoch, ohne wirklich wach zu werden. Benommen und mit geschlossenen Augen zog sie ihre Kleidung aus und später auch ihre Unterwäsche und schlief sofort wieder ein. Manchmal spürte sie im Schlaf, dass Oskar sich neben ihr bewegte, oder sie träumte es nur. Sie wusste nicht, wie lange sie schon so dalagen.

Plötzlich zuckte Oskar einige Male, sein Atem änderte sich, seine Augenlider flatterten leicht, dann war er auch schon aufgewacht und zog sie mit einem Seufzer noch näher an sich.

Sein nackter Körper drängte sich an ihren, und sie gab sich ganz seiner festen Umarmung hin. Oskars Hand glitt über ihren Rücken und zu ihrem Oberschenkel und zog ihr Bein auf seine Hüfte.

Er löste sich kurz, griff hinter sich und nahm ein Kondom aus der kleinen Dose, die neben der Nachttischlampe stand. Ellen schloss die Augen, und als er sich wieder an sie drängte, hob sie ihr Knie hoch und ließ seinen Schwanz in sie eindringen. Er glitt ohne Widerstand hinein, und sie drehte das Becken etwas, bis sie die ideale Position hatte und er sich in ihr bewegen konnte. Er stützte sich mit dem Ellenbogen auf, während sein anderer Arm sie weiterhin festhielt, und beugte sich vor, um ihre Brust zu küssen. Ohne den Kontakt zu unterbrechen, verlagerte Ellen ihr Gewicht und rutschte über ihn. Den Quilt schob sie vom Bett, so dass Luft an ihre verschwitzten Körper kam. Oskar umfasste ihre Brüste und schaukelte sie. Ellen zog ihn mit sich und rollte wieder auf den Rücken. Sie wollte sein Gewicht auf ihrem Körper spüren und über die Muskeln an seinem Rücken und seiner Brust streichen, während er sie fickte. Er richtete den Oberkörper etwas auf, damit er mehr Bewegungsfreiheit hatte, und ließ seinen Schwanz wie in Zeitlupe in ihrer Möse hin und her gleiten.

Ellen fasste sich zwischen die Beine und legte die Fingerspitzen auf ihren Kitzler. Langsam zog sie die Knie an und kreuzte die Beine über seinem Rücken.

Beide hatten die Augen geschlossen, sie fühlte seinen Atem an ihrem Hals, der schneller wurde wie seine Stöße, sie ließ sich von dem Rhythmus mittragen und konzentrierte sich auf das Brennen zwischen ihren Schamlippen, das vom Kitzler bis in ihren Bauch wanderte, auf die Spannung, die jetzt ihre ganze Möse erfasste, so dass sie glaubte, jedes einzelne Fältchen fühlen zu können, und dann, als sie kam, auf das Zusammenziehen der Muskeln, ihre Möse, die sich tief innen anspannte, und die weiche, leicht zittrige Erleichterung unmittelbar hinterher.

Sie schluchzte und hob den Kopf, um ihre Stirn an seinem Hals zu vergraben und sein Schlüsselbein zu küssen. Er stieß noch einige Male heftiger und schneller in sie und bäumte sich auf.

Er zog sie, ohne seinen Schwanz aus ihr rutschen zu lassen, mit sich, so dass sie wieder beide auf der Seite lagen.

Sein Atem an ihrem Ohr war heiser und wurde mit jedem Zug tiefer. Die Wärme in ihrer Möse breitete sich in ihrem ganzen Körper aus, und schon war auch sie erneut eingeschlafen.

Oskar hatte wohl gehört, wie ihr unten in der Küche der Löffel heruntergefallen war, denn die Nachttischlampe brannte, und er stützte sich auf einen Ellenbogen, als sie zurück ins Gästezimmer kam. Auf einem Tablett trug sie einen Teller mit dunklem Brot, das sie in der Backmaschine gefunden hatte, Besteck und ein großes Glas mit Quittenmarmelade.

Sie kroch neben ihn unter den Quilt und stellte das Tablett auf seine Knie. Nachdem sie fast das ganze Brot verschlungen hatten, gierig große Bissen kauend, kratzten sie die letzten Reste der Früchte aus dem Glas und saßen dann voll und satt da, leise schnaufend, als hätten sie etwas Schweres getragen.

»Was machen wir jetzt?« Sie wischte ihm einen Krümel vom Kinn.

Er atmete tief ein und aus. »Es ist ja so«, begann er langsam und schien selbst noch nicht zu wissen, was er sagen wollte. »Es geht uns vieren gut. Du weißt nicht, wie angespannt es mit Irina war. Seit Jahren will ich eine Familie mit ihr gründen, das wollte ich immer, und sie weiß das auch. Aber sie hat mich immer wieder vertröstet und sich zurückgezogen. Seit sie mit Hyper zusammen ist, kann sie ihre wilde Seite da ausleben, und wenn sie dann bei mir ist, verhält sie sich viel ruhiger und sanfter. Wir passen besser zusammen, seit sie Hyper hat.«

Ellen strich über den Quilt. Das Material des Jeansflickens fühlte sich rau und warm an im Gegensatz zu dem kälteren, pinkfarbenen Satinstück daneben.

»Und was ist mit mir?«

Oskar legte den Arm um sie.

»Ich liebe dich. Irina liebt dich, wie sie nur kann, das weiß ich. Und ich bin mir auch sehr sicher, dass Hyper dich liebt. Vielleicht war das mal anders, das kann ich nicht sagen, aber so wie er dich ansieht, liebt er dich. Und seit ich dich habe, verlange ich von Irina nicht mehr, dass sie vernünftig und rational und warm ist, sich um mich sorgt und kümmert.«

Er räusperte sich.

»Eigentlich ist jeder jetzt viel ehrlicher er selbst. Vielleicht hat sich Monogamie wirklich überholt. Sieh mal«, er rückte ein Stück von ihr ab und sah ihr ins Gesicht, »beruflich läuft es bei uns allen besser. Privat läuft es besser. Sexuell läuft es besser. Die Erfahrung, mit Hyper zu schlafen, war für mich eine echte Bewusstseinserweiterung. Ich hatte mir nie vorstellen können, etwas mit einem Mann zu haben, vielleicht war ich wirklich etwas spießig vorher. Und du genießt es, mit mehr als einem Partner zu vögeln, das sieht man dir an. Auch und gerade mit Irina. Sicher ist das Ganze unschön zustande gekommen, und wir müssen mit den beiden darüber reden, aber wäre es nicht verrückt, alles wegzuwerfen?«

Die senkrechte Linie zwischen Ellens Augenbrauen wurde tiefer. Sie hatte gehofft, dass er so etwas sagen würde, und gleichzeitig mochte sie es nicht glauben.

»Kannst du ihr das einfach verzeihen?«

Er legte seine flache Hand auf ihren Oberschenkel.

»Das werde ich. Wir werden es. Wir werden uns anhören, was sie zu sagen haben. Und was sie wollen. Und dann sehen wir, was wir wollen. Und wenn es dasselbe ist, dann wäre es doch völliger Unsinn, darauf zu verzichten.«

Ellen schmiegte sich an ihn und wiederholte seine Worte immer wieder in ihrem Kopf. Dann rutschte ihr, fast gegen ihren Willen, heraus: »Aber du bist der Einzige, dem ich jetzt noch vertraue.«

Sie schluckte schwer, weil sein Blick so hoffnungsvoll war und sie das nicht zerstören wollte. »Außerdem sind wir beide diejenigen, die alles riskiert haben, finanziell, meine ich. Dein Hof ist deine Existenz, und die Wohnung will ich keinesfalls verlieren. Was ist, wenn da noch mehr Überraschungen auf uns warten? Wenn uns die beiden über den Tisch ziehen wollen?«

Er zog sie an sich, strich ihr über den Rücken und sagte immer wieder beschwörend: »Das wird nicht passieren, alles wird gut.«

Sie machte sich frei. »Ich muss nach Hause und mit Hyper reden.«

»Und ich simse Irina, dass sie aus dem Studio zu mir kommen soll. Dann habt ihr Zeit für euch, und wir klären unsere eigene Sache, bevor wir uns zu viert zusammensetzen, vielleicht morgen oder übermorgen.« Sie nickte und zog sich an.

Als sie die Autoschlüssel in ihrer Handtasche suchte, fand sie den Zettel, den Beata ihr gegeben hatte, und hielt ihn Oskar hin. »Hier, das beruhigt dich vielleicht. Mitte April war Irina abgetaucht – aber nicht mit Hyper unterwegs. Der hatte Kollegen besucht, um sich ein Feuerwerk anzusehen. Irina lag in einer Klinik, es steht nichts Näheres auf der Rechnung.«

Oskar betrachtete nur kurz das Blatt und ließ es dann aufs Bett fallen. Er zog Ellen an sich und umarmte sie.

»Wir kriegen das hin«, sagte er, »wir werden das ganz vernünftig regeln, wie Erwachsene, Irina und Hyper stehen uns Rede und Antwort, und vielleicht lachen wir irgendwann darüber. Jedenfalls haben wir beide uns, und darüber bin ich sehr froh.«

Er sah ihr tief in die Augen.

»Ich meine das ernst. Du bist keine Zugabe für mich, damit ich Irina bändigen kann. Du bist ein Wunder, und ich liebe dich.«

Sie strich ihm über die Wange und ging durch das zerstörte Gewächshaus hinaus. Der Metallstuhl lag draußen mit einem verbogenen Bein auf dem Rasen und sah im abendlichen Dämmerlicht aus wie eine moderne Skulptur.

KAPITEL ACHT

I see the sun
She dawns
She burns

SOAP&SKIN

In der Wohnung war es so still, dass Ellen schon in der Diele den Kühlschrank summen hörte. Hyper hatte die kleine rote Lampe neben der Garderobe eingeschaltet, weil er wusste, dass sie nicht gern in eine völlig dunkle Wohnung kam. Einen Zettel hatte er allerdings nicht hinterlassen.

Sie durchsuchte alle Räume, um vielleicht doch einen Hinweis zu finden, wohin er gegangen sein konnte, aber es gab keinen. Sie versuchte, sich zu beschäftigen und die Übelkeit in ihrem Magen zu ignorieren, doch weder die neuen Kataloge ihrer Lieferantinnen noch die Bestelllisten fesselten sie.

Sie setzte sich auf das Sofa, blätterte in einem Bildband, stand auf, sah aus dem Fenster, setzte sich erneut und erhob sich bald wieder, um ziellos in der Wohnung herumzulaufen.

Als sie endlich hörte, wie Hyper die Tür öffnete, rauschte ihr das Blut in den Ohren, und obwohl sie die ganze

Zeit auf ihn gewartet hatte, wünschte sie sich, er wäre es nicht und sie hätte noch eine Weile Aufschub, bevor sie mit ihm sprechen musste.

Er stand in seinem Mantel vor ihr wie ein Fremder, der sich in der Wohnung geirrt hat: verwirrt, schweißüberströmt, leichenblass.

»Ich weiß das mit Irina«, sagte sie nur.

Sie sahen sich an, bis er schief lächelte und die Achseln zuckte. Sie wusste nicht, ob sie Mitleid haben oder sich ekeln sollte, und sagte schließlich, nachdem sie sich einen langen Moment angeschwiegen hatten: »Nimm dir erst mal ein Handtuch oder geh gleich duschen.«

»Bevor du etwas sagst, lass mich was erzählen.« Er wischte sich den Schweiß von Gesicht und Kopf und winkte sie ins Schlafzimmer, wo er frische Kleidung anzog. An seiner Hand sah sie eine frische Wunde direkt neben der alten Narbe. Blut war in die Ärmel seines Hemds gesickert, und seine Hände zitterten. Er bemerkte ihren Blick.

»Ich bin gegen so ein Scheißfahrrad gerannt.«

Er knüllte das Hemd in den Korb mit der Schmutzwäsche und hob abwehrend die Hände, als sie ihn unterbrechen wollte.

»Wir reden gleich, doch das muss ich dir vorher sagen, weil es mit uns nichts zu tun hat.«

Er saß auf dem Bett, während sie am Türrahmen lehnte, als würde sie unter keinen Umständen hereinkommen. Er atmete tief durch.

»Gosh hat angerufen. Die Filmleute wollen deinen Laden wirklich. Sie haben ihn schon von außen gesehen und sind begeistert, auch von der Lage. Du bekämst ein bisschen Geld als Aufwandsentschädigung, aber vor allem zeigen sie das Firmenschild und werden den Namen ein paarmal in Dialogen verwenden. Es kann sogar gut sein, je nachdem, wie es läuft, dass es Merchandising-Artikel gibt.«

Er redete jetzt immer schneller, als würde das, was er zu sagen hatte, irgendetwas ändern, als könne er damit abwenden, was ihm drohte.

»Gosh hat uns eine Agentur empfohlen, die das alles für dich verhandelt. Die Regisseurin wird sich morgen Vormittag im Wunder umsehen, und dann will sie dich näher kennenlernen und einigen Leuten vorstellen, Investoren und so weiter, und zwar auf der Aphrodite-Messe. Die haben da eine Lounge gemietet, weil sie irgendwas feiern, und wir sollen dazukommen, damit du alle triffst. Die Regisseurin will mich auch dabeihaben, es kann sein, dass sie noch jemanden fürs Wetter braucht, es gibt ein oder zwei Gewitter, Sturm und Regen, das ganze Programm. Ich hätte dich vorher fragen müssen, aber ich konnte dich nicht erreichen und habe zugesagt. Völlig klar, dass du gerade wenig Lust hast, morgen das Traumpaar zu spielen, aber es ist zu wichtig für dich. Um halb zwölf ist der Termin im Laden und um drei auf der Messe.«

Sein Redefluss brach ab.

»Das wollte ich dir nur sagen.« Er schnaufte.

Ellen sah ihn an, seinen sehnigen Körper, sein Gesicht mit den violetten Augen, den hohen Wangenknochen und den ungewöhnlich weichen, fast mädchenhaften Lippen, die er jetzt aufeinandergepresst hatte.

Sie drehte sich um und ging ohne ein Wort zurück ins Wohnzimmer, an den Esstisch. Er kam kurz darauf nach und setzte sich ihr gegenüber. Zwischen ihnen stand eine leere Kristallschale, in der ein einzelner Kirschkern lag, und Ellen versuchte sich zu erinnern, wann sie Kirschen gekauft hatte. Die Frage erschien ihr so dringend, dass sie grübelte, bis Hyper sich räusperte.

»Du wolltest mit mir reden?«

Sie schluckte und zwang sich, ihm in die Augen zu sehen. »Natürlich machen wir die beiden Termine morgen. Mein Leben wird nicht komplett den Bach runtergehen, nur weil du mich betrogen hast. Und um es kurz zu machen: Ich weiß, dass du Irina schon länger kennst, als du vorgegeben hast. Ich weiß, dass Irina mich in Gemmas Club nach Strich und Faden verarscht hat. Dass das alles ihr Plan war und dass du mitgemacht hast, weil du dir wohl toll dabei vorgekommen bist, zwei Frauen gleichzeitig zu haben. Ich weiß, dass sie Oskar hintergangen hat und dass du keine Hemmungen hattest, dich mit ihm anzufreunden und mit ihm ins Bett zu steigen. Ich weiß, dass unsere ganze Liebesgeschichte zu viert ein großes Schmierentheater ist. Hab ich was vergessen?«

Hyper versuchte, an der Kristallschale vorbei ihre Hand zu nehmen, aber sie legte sie unter dem Tisch in ihren Schoß.

»Dass ich dich liebe, hast du vergessen. Denn das tue ich. Es stimmt, ich kenne Irina schon länger. Nach dem Fiasko mit dem Freudenfeuer war ich so fertig, dass ich was mit ihr angefangen habe – aber ich wollte dir nie wehtun. Und dass sich dann mit uns vieren alles so entwickelt hat, das war nicht geplant.«

Ellen sprang auf und wischte mit dem Handrücken die Schale vom Tisch. Sie zerbrach zwar nicht, aber Hyper zuckte bei dem plötzlichen Lärm zusammen, als hätte sie ihn geschlagen.

»Du lügst mich schon wieder an!«, schrie sie ihm ins Gesicht, »du bist Irina nicht zufällig begegnet und hast dich auf sie eingelassen, weil du frustriert warst. Sie hat dich nicht verführt. Du hast sie gezielt angebaggert.«

Überrascht sah er sie an. Und dieser Blick war es, der für Ellen das Fass zum Überlaufen brachte. Sie schrie jetzt so laut, dass sie ihre eigene Stimme nicht mehr erkannte. »Du lügst! Wir reden miteinander, es ist längst alles klar, du behauptest, dass du mich liebst, und dann lügst du schon wieder! Du bist der größte, egoistischste, hinterfotzigste Arsch, den ich kenne. Was glaubst du, wer ich bin, du verfickter Idiot?«

Er wollte antworten, doch sie schlug mit den Armen um sich und ließ ihn nicht zu Wort kommen.

»Wag es nicht, dazu was zu sagen. Du lügst sowieso nur. Du kotzt mich an. Ich will keine Sekunde länger mit dir in einem Raum sein. Ich unterstütze dich seit Jahren. Ich päppel dich hoch, wenn dein Riesenego den kleinsten Kratzer abkriegt, ich arbeite mir den Arsch ab für dich, ich habe immer geglaubt, dass du was Besonderes bist. Aber du bist nur jämmerlich!«

Schwer atmend stand sie vor ihm, die Wimperntusche durch Tränen verschmiert. Im Mund schmeckte sie Blut.

Offenbar hatte sie sich auf die Zunge gebissen, ohne es zu merken.

Hyper saß am Esstisch mit gesenktem Kopf und schwieg, bis Ellen ins Schlafzimmer ging und den Schlüssel von innen umdrehte. Wenig später klopfte er einmal sacht gegen die Tür. »Es tut mir leid. Frollein? Es tut mir so leid.«

Er hatte schon Kaffee gemacht, als Ellen am nächsten Morgen in einen bunten Kimono gewickelt in die Küche kam. Er stellte ihr eine große Tasse auf den Tisch, mit Zimt und frisch geschlagener Sahne, so mochte sie ihn am liebsten.

Noch in der Nacht hatte sie ihm eine SMS ins Gästezimmer geschickt:

Die Gesetze für heute: Auszeit! Sie und ich reden nicht. Sie und ich vergessen alles für einen Tag. Ich will den Filmdeal. Lenken Sie mich nicht ab. Danach wird man weitersehen.

Es war nicht das erste Mal, dass sich Ellen und Hyper siezten, auch wenn es schon lange nicht mehr vorgekommen war. Ganz am Anfang ihrer Beziehung hatten sie einen Streit gehabt, bei dem sie sich so lange angeschrien hatten, bis sie beide völlig erschöpft gewesen waren. Um irgendwie miteinander umgehen zu können, hatte Ellen damals vorgeschlagen, sich zu siezen, und aufgrund der ungewohnten Höflichkeit hatten sie sich schließlich vertragen. Vielleicht würde das wieder passieren. Deshalb hielt sich Hyper an die Anweisung, auch wenn es ihm sicher bizarr vorkam. Er ging nicht so weit, sie zu küssen und ihr einen guten Morgen zu wünschen, aber er setzte sich neben sie und suchte ihr den Wirtschaftsteil und die Kleinanzeigen aus der Zeitung, wie er es immer machte. Er war wohl schon im Bioladen gegenüber gewesen, denn er hatte Mandelmus und Brioches besorgt, und Ellen aß zwei Scheiben, dick bestrichen, die sie in den Kaffee tunkte.

»Gibt es noch etwas, das ich über das Filmprojekt wissen muss, hat Gosh Ihnen weitere Details verraten?«, fragte sie steif und ließ dabei die Zeitung sinken. Ihre Stimme klang distanziert, aber nicht unfreundlich, und Hyper räusperte sich und wiederholte ihr den gesamten Anruf.

»Wird der Film eher schräg oder bieder? Was ziehe ich da am besten an?«

Er überlegte. »Ich denke, Sie sollten aussehen wie eine Frau, mit der man professionell arbeiten kann. Und gleichzeitig sollten Sie etwas tragen, das auch zum Wunder passt, immerhin verkaufen Sie ja nicht nur Klamotten, sondern ein Konzept. Wie wäre es mit dem engen Rock von La Gouvernante und der violetten Taftbluse dazu? Sie haben doch letztens diesen schweren Silberschmuck reinbekommen, von der südafrikanischen Designerin. Den vielleicht auch.«

»Ich bin überrascht, dass Sie meine Lieferantinnen kennen.«

Er räusperte sich. »Irina hat mir viel über das Wunder erzählt, was Sie da eigentlich machen und was es Neues gibt. Ich hab mir auch Ihre Pressemappe angesehen und die Zeichnungen für die Schaufensterdeko.«

Er beobachtete sie genau, ob sie auf die Erwähnung Irinas reagierte, aber ihr Gesicht blieb unbewegt freundlich.

»Das freut mich. Und La Gourvernante ist eine gute Idee von Ihnen.«

Sie schluckte den letzten Rest Kaffee im Stehen hinunter und ging, um sich anzuziehen. Hyper blieb regungslos sitzen und atmete hörbar aus, als sie die Badezimmertür hinter sich schloss.

»Stammt das Outfit von einer Ihrer Designerinnen?«

Die Regisseurin bewunderte die violette Bluse. »Sie passt zu den Augen Ihres Mannes.«

Ellen lächelte, und Hyper legte den Arm um ihre Taille. »Alles an ihr passt zu mir«, sagte er, und Ellen machte sich frei und führte die Regisseurin zu der Garderobenstange, wo es das gleiche Modell noch einmal in einem dunklen Grün gab.

Die Assistenten der Regisseurin, die im Laden herumgingen, Steckdosen zählten, Skizzen vom Schaufenster anfertigten, den Kronleuchter fotografierten, das Licht begutachteten und die Wände abmaßen, waren Ellen zwar vorgestellt worden, aber sie hatte die Namen und ihre Funktion gleich wieder vergessen. Hyper war immer an ihrer Seite, reichte ihr die Schaltpläne der Elektroeinrichtungen, die Pressemappe oder ein Tablett mit Pralinen, je nachdem, was im Gespräch gerade verlangt wurde.

Nach über zwei Stunden, in denen Ellen nebenher noch die Kundinnen bediente, denen Xaver nicht helfen konnte, kaufte die Regisseurin die grüne Bluse und küsste erst Ellen und dann Hyper auf die Wange.

»Ich bin so froh, dass wir Sie gefunden haben. Es ist genau die Mischung aus sophisticated und sexy, die wir wollten. Hier kauft die neue emanzipierte Frau ein, eine sinnliche Amazone, die jagt, weil es ihr Spaß macht, und ich sage Ihnen: Das ist die Zukunft.«

Ellen lachte: »Vielleicht sollte ich Pfeil und Bogen ins Programm nehmen.«

Einer der Assistenten hielt den silbernen Vibrator hoch, den Ellen auch zu Hause hatte, und schaltete ihn an. »Wenn auf Pfeil und Bogen dann auch Kristalle drauf sind, garantiere ich Ihnen, dass Sie das verkauft kriegen.«

Die Filmcrew verabschiedete sich, ein Assistent kam noch einmal zurück, drückte ihnen hektisch die Tickets für die Aphrodite-Messe und die VIP-Pässe in die Hand, »Sonst kommen Sie ja gar nicht rein«, und grinste schief.

Mit zittrigen Knien sank Ellen auf den Hocker hinter der Kasse und seufzte. »Ich bin völlig durchgeschwitzt.«

»Aber Sie haben es geschafft!« Hyper goss ihr einen eisgekühlten grünen Tee aus dem Kühlschrank in ein Glas und stellte eine Papiertüte daneben.

»Was ist das?« Sie trank das Glas in einem Zug leer.

»Unterwäsche. Die gleiche, die Sie jetzt schon anhaben. Sie ziehen doch gern zwischendurch frische an, wenn Sie im Stress sind.«

Mit einem Handgriff drehte sie den Slip und den BH in der Tüte um und sah, dass es tatsächlich genau das gleiche schwarzweiße Set war. Ellen ging zur Umkleidekabine. »Was Sie so alles wissen.«

Rund um die Messehallen am Funkturm herrschte Chaos, und Ellen war froh, ein Taxi genommen zu haben. Die Aphrodite-Messe hatte nach einigen Fachbesuchertagen jetzt auch für das zahlende Publikum geöffnet, und die Massen strömten hinein.

»Als gäbe es sonst keine Sexshops«, wunderte sich Ellen, »was soll man da drin anderes zu sehen kriegen?«

Aber schon als sie am Eingang in der VIP-Schlange standen, wo ihre Pässe kontrolliert wurden, ahnte sie, dass das keine übliche Produktschau sein würde.

Eine Gruppe Frauen stöckelte ihr und Hyper entgegen, nackt bis auf die halsbrecherisch hohen Plateauschuhe aus durchsichtigem Plastik, die Körper von oben bis unten mit einem bläulichen Reptilienmuster besprüht. Schlängelnd und zischelnd glitten sie vorbei und warfen sich in Pose, sobald sie einen Fotografen entdeckten. Bei einem Kamerateam gaben sie sich besonders Mühe, eine der blauen Frauen ging in den Handstand und wand sich über Kreuz die Füße um den Hals. Ihr rötlicher Mösenspalt leuchtete im Kontrast zur blauen Haut. Auch die anderen verbogen sich artistisch, streckten ein Bein neben ihr Ohr oder verrenkten ihre Taille, als hätten sie den Oberkörper einmal um sich selbst gedreht.

Der Kameramann lachte und winkte einen jungen Mann mit Kopfhörer näher, der die Stange mit dem Tonpuschel trug. Er filmte der einen Schlangenfrau direkt zwischen die Beine, eine andere wies er an, sich in die Nippel zu kneifen, damit die schön hart wurden, dann rief er ein knappes »Danke!«.

Das eingefrorene Lächeln auf den blauen Gesichtern verschwand, und die Frauen dehnten und streckten sich, um gleich darauf weiterzuschlängeln.

Mit einem süßen Lächeln, als würde sie Glückskekse anbieten, hielt eine ganz junge Chinesin Ellen einen Flyer entgegen.

»Wir ficken live in Halle fünf«, zwitscherte sie, »Live Fuck, viele Mädchen, auch Gangbang, immer zur vollen Stunde.«

Ellen konnte nicht anders, nickte artig und nahm den Prospekt.

Hyper hatte inzwischen von einem Toyboy in prall gefüllten, goldenen Shorts eine Gleitcremeprobe erhalten und war aufgefordert worden, in Halle drei »die geilste Show mit den geilsten Schwänzen« anzusehen.

Sie verstauten alles in ihrer VIP-Tüte, überlegten, welche Halle sie jetzt nehmen sollten, und wagten sich vor in die erste links.

Im dichten Gedränge kamen sie nur langsam vorwärts. Die Halle war erfüllt von Musik, Lautsprecherdurchsagen, Gestöhne vom Band und der üblichen Geräuschkulisse aus Gesprächen und gerufenen Ankündigungen. Direkt vor ihnen lüftete ein Mädchen mit blonden Zöpfen und Ringelstrümpfen sein Faltenröckchen und präsentierte seine blankrasierte Möse, über der ein weißes Kaninchen gemalt oder tätowiert war.

»Alice in Fuckland«, rief sie, »der neue Film von Rammelrabbit-Productions.« Zwei Artisten in schwarzen Lackkostümen staksten auf Stelzen herum und warfen Kondome in die Menge.

An einer Ecke drängten sich die Leute so, dass Hyper und Ellen eingepfercht stehen bleiben mussten. Hyper griff nach Ellens Hand, aber sie schüttelte ihn ab. Die Männer neben ihnen hielten wie ferngesteuert ihre Handys über die Köpfe und starrten auf die winzigen Displays.

»Was sieht man denn da?«, fragte Ellen einen älteren Mann in Popelinjacke neben ihr, der sein Portemonnaie an einem Lederband um den Hals trug.

»Das ist Magic Marnie von Suck Movies, die amerikanische Fisting Queen, die steckt sich ganze Baseballschläger in die Fotze. Hey«, plötzlich brüllte er, und Ellen zuckte zusammen, »schieb's dir rein, du geile Sau!«

Hyper zog sie zum Rand und fand einen Weg durch einen Dildoverkaufsstand, an dem man einen Vibrator nach eigenen Vorstellungen designen konnte. »Den finde ich ganz gut«, sagte Ellen und nahm einen schmalen schwarzen in die Hand. Die Verkäuferin sah den VIP-Pass an ihrer Bluse und beeilte sich, zu ihr zu kommen.

»Der ist toll«, schwärmte sie, »sehen Sie: Sie können Länge und Umfang selbst bestimmen, außerdem, ob Sie Noppen, Rillen oder weiche Stachelchen wollen. Auch die Farbe und das Material machen wir nach Ihren Wünschen und natürlich die technische Ausstattung. Was Sie da gerade in der Hand halten, ist die Basisversion.«

Sie nahm Ellen den Vibrator ab und gab ihr einen dicken aus einem pinkfarbenen, biegsamen Material, der oben eine Öffnung hatte.

»Dieses Modell heißt Captain Nemo, Sie füllen hier ein bisschen warmes Wasser ein, dann kann der auf Knopfdruck richtig abspritzen, aber vor allem hat der den Turbomotor.«

Sie drehte an einem Rädchen, und der große pinkfarbene Dödel in Ellens Hand brummte mit der Stärke einer Bohrmaschine. Ellen lachte und ließ ihn fast fallen.

»Möchten Sie ihn abspritzen lassen?« Die Verkäuferin war sehr bemüht.

Ellen schüttelte den Kopf. »Danke, grad nicht.«

Hyper wurde von einem dunkelhäutigen Mann im Designeranzug am Ärmel zur nächsten Koje gezerrt.

»Hier, stecken Sie Ihre Finger rein, das flutscht wie eine echte Muschi, sehr juicy, sehr ficki.«

Zögerlich schob Hyper seinen Zeigefinger in die Taschenmöse, die der Verkäufer ihm entgegenhielt, und lachte. »Die ist kalt!«

Der Verkäufer guckte beleidigt. »Aber flutschig.«

Der Strom der Besucher drängte Ellen und Hyper weiter, vorbei an Hüpfbällen, an denen oben Dildos befestigt waren, S/M-Möbeln, Dessous und noch mehr Vibratoren in allen Varianten.

Zwischen zwei Hallen verschnauften sie kurz und beobachteten, wie zwei Männer in Holzfällerhemden auf ein Mädchen in einem weißen, durchsichtigen Hemd zusteuerten, das an einem Imbissstand gerade von einer Waffel abbiss.

Der eine nahm sie am Arm und zeigte auf seinen Freund. Das Mädchen nickte, schluckte schnell das Stück Waffel hinunter und stellte sich neben den einen Holzfäller. Der legte ihr den Arm um die Schulter und packte mit der Hand ihre Brust. Sie riss die Augen und den Mund auf, bis sie aussah wie eine aufblasbare Sexpuppe.

»Dat is jod«, rief der Fotograf in breitestem Kölsch. »Ma du miesch ma.«

Sie wechselten die Plätze.

Auch der zweite Holzfäller griff dem Mädchen an den Busen und herrschte sie gleich darauf an: »Mach ma dat Röckschen hoch, Liebelein.«

Das Mädchen zog den Saum ihres Hemds bis zum Nabel und zeigte ihre Möse. Zwei andere Männer waren dazugetreten und schossen ebenfalls Fotos von ihr mit ihren Handys.

»Das Knie hoch«, rief ein dritter.

Und der Holzfäller hielt das Bein des Mädchens, so dass die Männer, die jetzt näher herangekommen waren und sich vor sie knieten, direkt in ihre Möse fotografieren konnten. Die Männer lachten und klopften dem Mädchen noch einmal kräftig auf den Hintern. Sie drehte sich um und widmete sich wieder ihrem Essen.

»Jetzt ist die Waffel kalt«, sagte Ellen, und Hyper murmelte: »Vielleicht gehen wir mal in die Fachbesucher-Area?«

Sie suchten auf dem Plan nach dem gesperrten Bereich, der Händlern, Presseleuten und VIPs vorbehalten war, und stellten fest, dass er zwei Hallen weiter lag. Wie selbstverständlich nahm Hyper ihre Hand und schob sich vor ihr durch das Gewühl.

An einem Stand, der lebensgroße Silikon-Liebespuppen anbot, die nach Körperscans gegossen wurden, blieben sie kurz stehen und hörten dem Verkäufer zu, der beteuerte, die Dolls seien nicht nur mit drei Körperöffnungen ausgestattet, sondern hätten je nach Wunsch auch Körperheizung, Herzschlag und Atemfunktion. Außerdem könne man mit ihnen baden und ihre gesamte Ausstattung bis hin zum Augen-Make-up und den manikürten Fingernägeln bestimmen.

Das Prunkstück seines Angebots war ein lebensgroßes Modell, das aus dem Oberkörper eines Pornostarlets und dem Hinterteil eines Pferdes bestand, inklusive Hufe, Schweif und Fell. Gerade als Ellen fragen wollte, welche Kunden den Wert eines Neuwagens für diese Dolls ausgaben, gab es hinter ihnen ein so lautes Gejohle, dass sie sich umdrehten.

Auf einer Bühne begann das »Blaskonzert«, zwei Pornodarstellerinnen und ein Toyboy boten ihre Dienste jedem Besucher an, der bereit war, vor dem grölenden Publikum die Hosen herunterzulassen. Der erste Kunde, ein pickliger junger Mann in Camouflage-Uniform, musste die Bühne bereits nach wenigen Minuten verlassen, weil er trotz intensiver Bemühungen der beiden Starlets keinen Ständer bekam. Die Menge lachte, vergaß ihn aber bald, als die folgenden Freiwilligen erfolgreicher waren.

Ellen zog es zur nächsten Halle, wo der Geräuschpegel niedriger zu sein schien. Der S/M-Bereich war erstaunlicherweise schwächer besucht, und bis auf einen Mann in weißem Anzug und mit weißem Zylinder, der sich in einer Rikscha von einer nackten Frau durch die Gänge ziehen ließ, und einem Gerät, das Freiwillige zwischen zwei Folien vakuumierte, gab es hier nichts Spektakuläres zu sehen.

Ellen erkannte eine Korsettmacherin wieder, mit der sie früher einmal Kontakt gehabt hatte, die aber lieber im Fetischbereich arbeiten wollte und damit zu strange für das Wunder wurde.

Endlich erreichten sie die Fachbesucher-Area, zeigten ihre Pässe und gingen durch den dicken Vorhang, der die Halle von den anderen abteilte.

Hier war es etwas dunkler und vor allem sehr viel ruhiger als in den öffentlichen Hallen. Elegante, schwarze Ledersofas standen in den Ecken, und die Hostessen waren komplett angezogen und verteilten Prospekte und kleine Geschenke. Sie schlenderten an den Tischen mit Toys vorbei, an denen Geschäftsleute in Maßanzügen saßen und lange Listen ausfüllten, bis sie zu einer Koje weiter hinten kamen, in der ein Spielzeug angeboten wurde, das Ellen noch nie gesehen hatte.

Der Verkäufer, ein riesiger Mann mit niederländischem Akzent, hielt ihr eins dieser Dinger entgegen, das Ellen an eine Muschel oder einen kleinen Baseballhandschuh erinnerte.

»Zuerst drücken Sie hier an der Seite des Superorgasmic, sehen Sie, dann fährt dieser kurze biegsame Dildo aus angenehmem Kautschukmaterial aus. Sie positionieren das Gerät über der Vagina so, dass Sie sich den Dildo bequem einführen können. Er dringt nur etwa fünf Zentimeter ein, damit vor allem die empfindliche Region am Scheideneingang stimuliert wird. Jetzt halten

Sie den Superorgasmic auf der Vagina fest und betätigen den Knopf ein zweites Mal etwas länger, so dass der Dildo eine leichte Stoßbewegung macht. Er schiebt sich immer wieder zurück in das Gerät, sehen Sie hier, und stößt dann vor, das ist sehr angenehm. Zusätzlich können Sie, wenn Sie das Knöpfchen ein drittes Mal drücken, eine Vibration auslösen. Das Großartigste am Superorgasmic, und darauf halten wir das weltweite Patent, ist diese Funktion hier.«

Er drehte das Gerät um, und während der kurze Dildo rhythmisch vor- und zurückstieß, als wolle sich ein kleines Tier erfolglos paaren, betätigte der Verkäufer einen weiteren Schalter. Er fuhr mit seinen riesigen Fingern über die Innenseite, wo sich unter einem Streifen dünneren Materials kleine Kugeln bewegten wie ein Rollband.

»Die Bewegung der Kugeln simuliert auf der Klitoris das Gefühl eines Cunnilingus«, erklärte er und ließ Ellen mit den Fingerkuppen nachfühlen.

Auch Hyper strich über die rotierenden Kügelchen. »Das kann ich mir schon vorstellen, dass sich das gut anfühlt.«

Und dann leiser zu Ellen: »Vielleicht ist das was für Sie, Sie sind doch ein Toy-Fan. Wissen Sie noch, dass wir früher jedes Spielzeug ausprobiert haben, das dem Wunder angeboten wurde?«

Der Verkäufer hatte inzwischen unter dem Ladentisch gekramt und eine Broschüre hervorgeholt. Er klappte sie auf und zeigte ihnen das Foto einer jungen Frau im weißen Kittel.

»Das hier ist die Erfinderin«, erklärte er, »sie wollte etwas ganz Neues entwickeln, das den sexuellen Bedürfnissen von Frauen völlig entspricht. Der Superorgasmic wird in der Fabrik ihrer Schwester gefertigt.«

»Perfekt«, lächelte Ellen und dachte daran, wie gut dieses Maschinchen in ihr Geschäft passen würde.

Als sie den Verkäufer wieder ansah, sagte er: »Ich kann natürlich verstehen, dass Sie keinem Produkt vertrauen, dessen Wirkung Sie sich nicht vorstellen können. Deshalb haben wir hier hinten eine kleine Demonstrationslounge eingerichtet, extra für die Einkäuferinnen, die unser Produkt testen wollen. Wenn Sie möchten«, er machte eine einladende Handbewegung in Richtung eines schwarzen Samtvorhangs, »dann demonstriere ich Ihnen gern die Anwendung.«

Hyper zog die Augenbrauen hoch. »Machen Sie ruhig. Sie müssen es schon versuchen, wenn Sie es für den Laden kaufen wollen. Und es ist ja nur eine Demonstration, also so was wie Wellness. Ich sitze drüben auf dem Sofa und warte auf Sie.«

Ellen tat, als hätte sie ihn nicht gehört, sah sich das Gerät von allen Seiten an, nickte dann aber und ging mit dem Verkäufer. Sie war sich nicht sicher, ob sie es irritierend oder erregend finden sollte, dass Hyper keine zehn Meter von ihr entfernt saß, und ob sie ihn nicht doch vielleicht ärgern wollte, indem sie ein Sextoy ausprobierte, aber schließlich siegte ihre Neugier.

In dem provisorisch aus Messewänden errichteten Hinterzimmer stand eine Liege aus schwarzem Leder ähnlich den Sofas draußen, nur dass hier noch Beinstützen angebracht waren, die sie an einen Gynäkologenstuhl erinnerten.

»Sie können den Superorgasmic allein probieren«, sagte der Verkäufer, »aber ich gehe Ihnen natürlich auch gern zur Hand, um ihn perfekt zu positionieren.«

Dabei zwinkerte er, und Ellen beschloss, das volle Programm mitzunehmen.

»Dann zeigen Sie mir mal, was das Ding alles kann«, sie lehnte sich gegen die Liege.

»Zuerst darf ich Sie bitten, ihre Unterwäsche auszuziehen und es sich hier auf der Liege bequem zu machen.« Er zog Latexhandschuhe über.

»Wünschen Sie angewärmtes Gleitgel?«

Sie nickte, streifte den Slip und den Rock ab, damit der nicht zerknitterte, und legte sich hin. Die Füße stellte sie erst einmal auf dem Polster ab. Der Verkäufer dimmte das Licht und trat an das Fußende. Er nahm ihren linken Fuß und setzte ihn in die Haltevorrichtung, dann den rechten. Er rollte sich einen Hocker heran und saß genau zwischen ihren Beinen. Die behandschuhten Finger strichen über die Innenseite ihrer Oberschenkel. »Entspannen Sie sich«, sagte er, »ich werde jetzt das Gleitgel in Ihrer Vagina auftragen.«

Er strich die glitschige Substanz zwischen ihre Schamlippen, und Ellen wurde bewusst, wie absurd es war und wie heiß es sie gleichzeitig machte. Sie dachte an die riesigen Hände des Verkäufers, die größer waren als das Gerät, und vor allem an seine dicken langen Finger.

»Ich glaube«, sagte sie heiser, »auch innen wäre etwas Gleitgel schön.«

Er lächelte, drückte noch einen Klacks aus einer Tube auf seinen Mittelfinger und schob ihn in ihre Möse.

»Je feuchter ein Fötzchen ist, desto geiler wird der Superorgasmic«, sagte er und fuhr einige Male mit dem Finger in ihrer Möse hin und her.

Ellen legte einen Arm über ihre Augen und konzentrierte sich auf das Gefühl zwischen ihren Beinen. Sie hörte das leise Klicken und fühlte, wie sich das Gerät über ihre Möse legte und der Dildo in sie eingeführt wurde. Er stieß wirklich nicht sehr weit.

»Sie könnten die Bluse öffnen, wenn Sie mögen«, sagte der Verkäufer. »Mit Titten wird es noch schöner.«

Ellen knöpfte ihre Bluse auf und hob eine Brust aus dem BH. Sie spielte an dem Nippel und behielt den anderen Arm über den Augen.

Ein zweites Klicken.

Der Dildo in ihr begann sich zu bewegen, kurze, kleine, sehr schnelle Stöße.

»Das ist schön, dass man den Dildo nicht selbst führt«, sagte sie.

Und der Verkäufer strich wieder über ihre Oberschenkel und sagte: »Natürlich, gefickt zu werden, ist immer besser, als alles selbst machen zu müssen. Sind Sie bereit fürs Lecken?«

Sie wollte antworten, schaffte aber nur ein Räuspern.

Der Verkäufer schaltete den Mechanismus ein, drückte das Gerät noch etwas fester gegen Ellens Möse, und die kleinen Kugeln rollten unter der dünnen Oberfläche über ihren Kitzler. Ellen schnappte nach Luft und wölbte das Kreuz, so unerwartet geil fühlte es sich an. Ohne die

Hand von dem Gerät zu nehmen, duckte sich der Verkäufer unter Ellens rechtem Schenkel, stellte sich neben sie und legte eine Hand auf ihre Brust. Sie ließ es zu. Er zwirbelte ihre Brustwarze, und als ihre Hand neben die Liege rutschte, fühlte sie, wie hart sein Schwanz war. Da überrollte sie ihr Orgasmus auch schon, so heftig und unerwartet, dass sie aufschrie und den Hintern anhob. Der Verkäufer wartete noch einen kurzen Moment, dann entfernte er das Gerät zwischen ihren Beinen.

Sie blieb liegen und dachte nicht daran, ihre Füße aus den Stützen zu nehmen. Er wischte ihre Möse mit einem Papiertuch ab und steckte dabei auch zwei- oder dreimal kurz einen Finger in sie, aber sie tat so, als bemerke sie es gar nicht. Nachdem er das Hinterzimmer verlassen hatte, richtete sie sich auf und zog ihre Sachen wieder an.

Draußen überreichte ihr der Verkäufer lächelnd eine Visitenkarte und ein Bestellformular, und Hyper raunte ihr im Weggehen ins Ohr. »Ich hab Sie schreien hören, als Sie gekommen sind, das muss heftig gewesen sein.«

Sie hielt ihm das Bestellformular hin: »Das Ding wird der Renner.«

Nach dem Lärm der Messe lag die Wohnung völlig still da. Durch die Fenster des Wohnzimmers drang schon das Licht der ersten Morgendämmerung herein. Ellen hatte ihre High Heels in der Hand und sank stöhnend auf das Sofa. Ihre Lider fühlten sich bleischwer an, und gleichzeitig war sie so aufgedreht, dass sie den Rhythmus der Musik noch in ihrem Körper wummern hören konnte. »Dass das so lange gehen würde«, seufzte sie und rutschte tiefer in die Kissen.

Hyper setzte sich ihr gegenüber und nahm ihre Füße auf seinen Schoß. Mit warmem, festem Griff begann er, die Ballen zu massieren, und Ellen streckte sich wohlig wie eine Katze.

»Die waren begeistert«, sagte er und widmete sich ihren Zehen. »Der Investor mit den roten Haaren hat Sie gar nicht gehen lassen, und die anderen waren auch hin und weg.« Er beugte sich vor und küsste ihren Spann. »Und dazu hatten die ja allen Grund, Sie waren extrem charmant.«

»Aber auch ein bisschen unvorsichtig. Ich hätte mich fast zu Zusagen drängen lassen, obwohl das die Agentur aushandeln soll. Wenn drei Leute auf einen einreden und tolle Versprechungen machen, finde ich es schwer, unverbindlich zu bleiben. Es war gut, dass Sie dabei waren«, sie lachte leise, »Sie haben sie weggebissen.«

Hyper knabberte vorsichtig an ihrem kleinen Zeh.

»Ich würde jeden beißen, der Ihnen zu nahekommt.«

Sie zog ihre Füße weg und schlang die Arme um ihre Beine.

»Du bist mir zu nahegekommen. Du hast mir den Boden unter den Füßen weggerissen.«

Hyper verstand offenbar sofort, dass es nicht mehr um die Party mit den Filminvestoren ging, und auch, dass die höfliche Schonfrist vorbei war. Er suchte ihren Blick.

»Ich liebe dich, das hab ich immer. Und du hattest Recht: Es ist erbärmlich und jämmerlich. Ich hab dich da mit reingezogen und wünschte, es wäre rückgängig zu machen. Ich war der Einzige, der immer wieder alles hätte beenden können, aber ich hab es nicht getan. Wenn du mir zuhören magst, werde ich dir erzählen, wie es wirklich war. Und ich werde dich nie wieder anlügen.«

Mit einem Handzeichen forderte Ellen ihn auf weiterzusprechen. Um sie herum war es so still, dass man von unten den Verkehr hörte und wie der Supermarkt die Rollläden seines Liefereingangs hochzog. Ellen glaubte fast, den Duft der ersten Brötchen von der Bäckerei an der Ecke zu riechen, aber das war bestimmt die Müdigkeit.

Hyper setzte sich aufrecht hin.

»Das Freudenfeuer war so wichtig für mich. Kollegen wollten kommen, und du weißt ja, wie ich über jemanden herziehe, wenn etwas nicht klappt, das ist bei denen nicht anders. Ich habe nächtelang an der Musik gearbeitet und an den Effekten. Ich habe die Bomben teilweise selbst mitgebaut, obwohl ich das lieber machen lasse und mich auf die Choreographie konzentriere. Ich habe jede Menge investiert, Zeit und Geld. Ich dachte, es rechnet sich am Ende, wenn es wirklich großartig wird. Ich bin mehrfach nach Schottland zu Blaze und Drake geflogen, um mir die neuesten Effektgeräte für Lasertechnik zeigen zu lassen, und ich war auch bei Hydra in Amsterdam und hab Gosh auf einem Filmset in Kanada besucht. Was ich dir aber nicht erzählt habe: All diese Reisen gingen auf meine eigene Rechnung. Das fällt quasi unter Fortbildung, so was kann ich dem Kunden nicht in Rechnung stellen. Und dass ich einen Monat vor dem

Termin noch mal den Mittelteil der Choreographie geändert habe, das war auch mein Privatvergnügen. Ich wollte eben Perfektion.«

Erstaunt bemerkte Ellen ein Glitzern in seinen violetten Augen. Sie hatte gewusst, dass ihn das alles sehr gekränkt hatte, aber nicht, wie tief die Demütigung tatsächlich gegangen war.

Hyper wischte die einzelne Träne nicht weg, die über seinen Wangenknochen lief. »Und als das Event dann platzte und der Chef der Filmfirma mich als unprofessionell beschimpft hat, da konnte ich es nicht fassen. Das wäre meine Chance gewesen, endlich richtig Geld zu verdienen. Ich hätte das Büro kaufen können oder einen Teil der Wohnung, damit sie uns beiden gehört und nicht nur dir. Ich hätte dir bei der zweiten Wunder-Filiale helfen können. Aber es hat einfach nicht geklappt. Ich bin jetzt vierzig, es hätte mein Meisterstück werden sollen, und niemand hat es gesehen. Keiner weiß, wie es geworden wäre.«

Er atmete tief durch und sah Ellen mit einem Blick an, von dem sie nicht wusste, was er ihr sagen sollte. Bat er sie um Vergebung? War es das schon? Bis auf die finanziellen Details hatte sie das im Grunde alles gewusst. Sie erwiderte seinen Blick schweigend, bis er sich räusperte und weiterredete.

»Schuld an dem ganzen Debakel ist Oskar. Nein, schuld bin natürlich ich, weil ich das Projekt als abgesegnet verkauft habe, bevor er den Vertrag unterschrieben hatte. Das war so: Dieser Geschäftsführer von der Filmfirma wollte in Gatow bauen. Da, wo auch das Freudenfeuer stattfinden sollte. Ich hatte das Grundstück gefunden und mit dem Besitzer verhandeln lassen, mit Oskar, für die Filmfirma, ohne dass mein Name fiel. Er hatte es annonciert, verstehst du? Er wollte einen Teil seines Landes verkaufen, alles hinter den großen Eichen. Die Verträge waren von der Filmfirma unterschrieben und lagen bei Oskar. Aber plötzlich kriegt er den Rappel, erzählt der Notarin etwas von seinen Kindern und Enkeln, die auf dem Land leben sollen, und dass er sich doch nicht davon trennen mag. Und die ganze Sache fällt ins Wasser. Die Notarin hat noch versucht, ihn zu überzeugen, dass er es wenigstens für das Event frei geben soll, aber er wollte einfach nicht. Die Plakate hingen, die Caterer waren bestellt, alles war fertig, und Oskar hat plötzlich Visionen von kommenden Generationen kleiner Oskars und macht alles kaputt.«

»Wieso hat er dich nicht erkannt, als er uns getroffen hat?«

»Weil wir uns nie persönlich gesehen haben. Er war nie da, wenn ich in Gatow war, wir haben am Telefon mal kurz miteinander gesprochen, aber ehrlich: Würdest du eine Stimme wiedererkennen? Ich glaube, ich war bei dem Telefonat sogar erkältet.«

»Und was hat Irina damit zu tun?«

»Ich hab Oskar so gehasst, ich hab mich reingesteigert in dieses Gefühl, dass alle in der Branche über mich lachen und dass du mich verachtest, weil ich so viel Geld in den Sand gesetzt habe. Du weißt ja nicht, was mir der Kunde alles an den Kopf geworfen hat, das will ich gar nicht wiederholen, aber ich hab's nicht mehr rausgekriegt aus meinem Hirn. Oskar hatte mir alles zerstört. Und dann kam mir die dümmste Idee überhaupt.«

»Du hast dich an Irina rangemacht.«

»Er hat bei den Gesprächen mit der Notarin und der Produktionsfirma immer wieder von seiner Freundin Irina erzählt und wie sehr er sie liebt und wie sie bald einen ganzen Stall voller Kinder haben werden und wie großartig das ist, der Kreislauf der Generationen und so weiter. Ich wollte einfach, dass bei seinen Plänen auch mal etwas nicht glattläuft. Also war ich bei Irina im Studio und habe behauptet, ich hätte sie bei einem Auftritt gesehen.«

»Und sie ist dir direkt verfallen, wie üblich.«

Hyper lachte bitter auf. »Es war fast unheimlich, so schnell hab ich sie rumgekriegt. Als hätte sie nur darauf gewartet. Ich wollte eine ganz kurze Affäre, gerade genug, damit sie es Oskar erzählt, aber dann ...«, er brach ab und zuckte mit den Schultern.

Ellen ließ ihm das nicht durchgehen und zog eine Augenbraue hoch: »Und dann was?«

»Dann war sie so ganz anders. So lebhaft und fröhlich, so wahnsinnig jung und dabei so extrem, ja, was soll ich sagen, du kennst sie ja, sie sieht aus wie ein Engelchen, aber sie hat eine Durchsetzungskraft, als hätte sie Gott weiß was hinter sich, als wäre sie ein alter Soldat oder ein Mafiakiller. Sie weiß, wie das Leben funktioniert. Das fand ich faszinierend. Sie nimmt sich, was sie braucht.«

»Darin ist sie dir ähnlich.«

»Das war der Teil der Geschichte mit der gekränkten Eitelkeit, jetzt kommt der Teil mit der Geilheit eines alten Sacks.«

»Da folgt ja wohl auch mein Auftritt.«

»Seit Jahren löcher ich dich immer wieder damit, dass ich gern mal in einen Club mit dir gehen will. Es ist ja fast ein Spiel geworden. Ich wünsche es mir zu jedem Fest, und du lehnst immer ab. Und ganz plötzlich schenkst du mir zum Geburtstag den Abend bei Gemma. Ich hätte fast gefragt, warum du das tust, aber dann dachte ich mir, bloß nicht drin rumbohren. Ich habe es Irina erzählt, und sie kam auf die Idee, mit Oskar hinzukommen, damit wir uns alle vier zufällig treffen.«

Ellen legte eine Hand über die Augen. »O Gott, ist das schmierig. Du fickst nicht nur seine Freundin aus Rache, er soll auch noch dabei zusehen.«

»Oskar zu ärgern, war das eine. Außerdem habe ich es mir unglaublich scharf vorgestellt, mit euch beiden zu schlafen. Du bist so elegant und kultiviert, ich kann es nach all den Jahren manchmal immer noch nicht fassen, dass ausgerechnet ich dich abgekriegt habe. Irina ist dagegen ein kleines Mädchen mit einer schmutzigen Fantasie.«

Bevor Ellen, die scharf eingeatmet hatte, ihn unterbrechen konnte, hob er das Kinn, um weiterzusprechen.

»Ich dachte, sie findet die Idee einfach scharf. Sie experimentiert gern, und sie verletzt sich lieber, als etwas nicht kennenzulernen. Dass sie in Wirklichkeit geplant hat, dich mit Oskar zu verkuppeln, damit wir beide ohne Schuldgefühle zusammen sein können, wusste ich nicht.

Das hat sie nie gesagt. Und spätestens seit sie mit dir allein im Wunder gewesen ist – ich weiß ja nicht, was ihr da besprochen habt –, aber spätestens seit diesem Tag war sie von dir hin und weg. Ellen hier und Ellen da. Sie hat sich in dich verknallt. Du bist die, die sie mal sein möchte. Du hast Oskars Fixierung auf sie gelockert, so dass sie wieder atmen konnte, und ich fand es scharf, zu sehen, wie du mit einem anderen Mann zusammen bist und mit ihr natürlich eh. Ich hätte Oskar nie für so nett gehalten. Und ich hätte nie gedacht, dass mir jemand wie er in meinem Leben fehlen könnte. Kollegen sind keine Freunde. Ich hatte schon lange keinen echten Freund. Es lief einfach alles super.«

Ellen wusste nicht, was sie sagen sollte.

Stumm saßen sie einander gegenüber, jeder in einer anderen Ecke des Sofas. Langsam wurde es hell im Zimmer, und die Geräusche von der Straße nahmen zu. Nach einer Weile stand Hyper auf und kniete sich neben Ellen auf den Boden.

»Ich habe mein Ding durchgezogen, ohne mich darum zu kümmern, ob es dich verletzen könnte. Ich habe nicht daran gedacht, was das alles für dich bedeuten könnte. Das kann man nicht entschuldigen. Aber ich schwöre dir: Wenn mir klar gewesen wäre, was ich dir damit antue und«, er stockte und schluckte hart, »und dass ich dich vielleicht verliere, dann wäre nichts davon passiert. Ich kann mir ein Leben ohne dich nicht vorstellen. Ich weiß, du hast manchmal das Gefühl, ich komme an erster Stelle, dann kommt lange erst mal nichts und dann irgendwann du. Aber das stimmt nicht.«

Er legte seinen Kopf in ihren Schoß, und Ellen hätte fast wie im Reflex ihre Hand auf seine Stirn gelegt, die so heiß war, dass sie es durch ihre Nylonstrümpfe fühlen konnte. Sie zögerte und legte ihre Hand zurück auf die Sofalehne. Sie fühlte seinen Atem auf ihren Beinen, als er sagte: »Du bist mein Leben. Alles, was mir gelingt, klappt nur, weil du da bist. Ich würde verrückt ohne dich.« Er schloss die Augen. »Ich verglühe ohne dich.«

Noch bevor sie darüber nachdachte, wieso es ausgerechnet dieser Satz war, der sie mit der Wucht eines Eispickels traf und sie aufsprengte, glitt ihre Hand von der Lehne auf seine Stirn, die brannte, als ob er Fieber hätte.

Hypers Arm schlang sich um ihre Taille, und Ellen beugte sich über ihn und roch das erste Mal, seit sie seinen Betrug entdeckt hatte, seinen Duft. Schlagartig schossen Bilder durch ihren Kopf, Standfotos von gemeinsamen Erlebnissen, gemeinsamen Erfahrungen, gemeinsamen Jahren. Und sie konnte nicht anders und küsste seine Stirn. Er umfasste sie fester und zog sie zu sich auf den dicken Teppich, der vor dem Sofa lag. Tränen schossen ihr in die Augen und liefen ihr über die Schläfen ins Haar, als er sie küsste. Seine vollen Lippen, die so weich und bestimmt waren, seine Zunge, die mit ihrer spielte, sein Geschmack, das Violett seiner Augen, das sie gefangennahm. Er drehte sie auf den Rücken und kniete über ihr. Er küsste ihr Gesicht, ihren Hals, ihre Schlüsselbeine und knöpfte sich dabei das Hemd auf, bevor er sich an ihrer Bluse zu schaffen machte.

Sie strich mit den Fingerspitzen über seine Brust und tastete sie ab, als würde sie eine Seite in Braille-Schrift lesen. Er stöhnte leise auf. Sie streichelte über die Brust, die sich schnell hob und senkte, hinunter zu den Rippen, seine schmale Taille hinauf und wieder hinunter zu seinem flachen Bauch. Er beugte sich vor und bedeckte ihre Brüste mit Küssen, er leckte an ihren harten Nippeln, während seine Hände in ihrem Haar wühlten und Ellen das Kreuz anspannte, um seinem Mund entgegenzukommen.

Sein Gewicht auf ihrem Körper überwältigte sie. Sie fühlte deutlich die Rippen, die Beckenknochen und seinen harten Schwanz durch den Stoff ihres Rocks. Sie rollten auf die Seite und strampelten sich aus der restlichen Kleidung.

Hyper lehnte sich mit dem Oberkörper gegen die Couch und zog Ellen über sich. Er stellte die Füße auf, so dass sie ganz nah bei ihm war, und küsste sie wieder lange, während er ihren Rücken streichelte und seine Fingernägel eine Gänsehaut auf ihren Schultern und Oberarmen hinterließen. Sie hob das Becken leicht an und ließ seinen Schwanz in sie eindringen.

Es kam ihr vor, als hätte sie seit Jahren nicht mit ihm geschlafen, und ihr tiefes Stöhnen an seinem Ohr klang fast wie ein Schluchzen. Er umfasste sie mit beiden Armen und zog sie so eng an sich, dass sich ihre Brüste gegen seine Haut pressten. Seine Oberschenkel umschlangen ihren Po, und er keuchte bei jedem Stoß. Ellen fühlte, wie sich in ihrer Möse eine Hitze ausbreitete, die sich bei jeder Bewegung seines Schwanzes noch verstärkte.

Als er eine Hand von ihrem Rücken löste und zwischen sie schob, damit er mit dem Daumen ihren Kitzler pressen konnte, nahm die Hitze zu und lief durch ihren Körper. Ihre Brustspitzen wurden hart, und ihr Möseneingang spannte sich an.

Sie schwitzen beide so, dass sich ein Film auf ihrer Haut bildete und sie kleine Schweißbäche unter ihren Armen hervorrinnen fühlte. Sie presste sich in ihrem Orgasmus an ihn und schrie kurz auf, er stieß noch einige Male und hielt sie dann so fest, dass sie glaubte, keine Luft mehr zu kriegen, sie fühlte, wie ihre Rippen zusammengedrückt wurden.

Sie blieben so sitzen, Hyper an das Sofa gelehnt, Ellen kniend über ihm, und konnten sich nicht voneinander lösen. Ihr Haar fiel in sein Gesicht, aber er pustete es nicht weg, sondern hielt sie einfach weiter so eng umklammert, wie es nur ging.

Trotz der unbequemen Haltung legte sich die Müdigkeit bleiern über beide. Ellen lehnte die Schläfe an seinen Kopf, und seine Wimpern kitzelten auf ihrer Wange, wenn er blinzelte. Ihr Atem wurde ruhiger, und der Schmerz in ihren Knien verblasste, als sie die Erschöpfung überwältigte.

Im Einschlafen dachte sie noch, ob es nicht immer so sein könnte, ob das jetzt nicht der beste Beweis dafür war, dass sie zusammengehörten. Ihm zu verzeihen und sich auf die Zukunft zu konzentrieren, schien völlig naheliegend. Niemand musste noch mehr verletzt werden. Sie würden das hinkriegen, sein Körper fühlte sich so vertraut an. Sie lächelte und wäre fast eingeschlafen, als es an der Tür klingelte.

Nicht vorsichtig und entschuldigend, wie es für die frühen Morgenstunden angebracht gewesen wäre, sondern lang und schrill, bis Hyper sich anspannte und seufzte. Ellen stand auf, noch etwas schwindlig vom langen Knien. Beide warfen sich schnell einen Bademantel über, während das Klingeln unvermindert, fast gewalttätig anhielt, und öffneten dann endlich die Tür.

Vor ihnen stand eine ältere Frau, die in einen Wollmantel gehüllt war, mit zwei Polizisten.

»Sind Sie Wolfram Brockner?«, fragte die Frau, und Hyper nickte. »Warum?«

Sie gab den beiden Polizisten ein Zeichen und hielt Hyper und Ellen einen Zettel entgegen.

»Sie begleiten uns bitte. Ihre Freundin Irina Vasquez wurde mit einer schweren Kopfverletzung aufgefunden, und wir haben Grund zu der Annahme, dass Sie uns einiges darüber erzählen können.«

Die Polizisten gingen mit Hyper ins Schlafzimmer, damit er sich etwas anzog, und Ellen stand wie versteinert im Flur und starrte nur abwechselnd den Zettel und die Frau an.

»Was ist mit Irina?« Ihre Stimme krächzte.

Die Frau sah sie durchdringend an, und Ellen hatte das Gefühl, sie wolle Schuldgefühle in ihr auslösen. »Sie liegt auf der Intensivstation. Man weiß noch nichts Genaues.«

Die Beamten führten Hyper aus der Wohnung. Er sah aus, als sei sein Mantel viel zu groß für ihn.

»Ich hab nichts damit zu tun!«

Ellen stand in der offenen Tür, bis ihre Füße taub wurden.

KAPITEL NEUN

I know you were here
while I was fading away

VERTIJET

Schon seit einer Viertelstunde stand Ellen bewegungslos am Fuß des Krankenhausbettes, in dem Irina lag, und wusste nicht, was sie tun sollte. Irinas Hand nehmen? Mit ihr sprechen? Worüber?

In dem langen grünen Kittel kam sie sich verkleidet vor, und sie wagte nicht einmal, das Bettgestell zu berühren, weil sie befürchtete, irgendein Alarm würde losgehen. Eine Krankenschwester sagte etwas zu ihr, in dem das Wort »Schädelbasisbruch« vorkam, aber Ellen konnte sich nicht konzentrieren und nickte nur, bis die Schwester einen Wagen mit Akten zur Seite schob und sagte, sie könne sich gern hinsetzen. Sie nahm auf dem Stuhl neben dem Monitor Platz und bemerkte, dass er gar nicht piepte, wie sie das aus Filmen zu erinnern glaubte.

Das bleiche Gesicht, das vor ihr in den Kissen lag und mit einer dicken Schicht Verbände umwickelt war, erinnerte kaum an die Irina, die sie kannte. Ihr fiel auf, dass sie sie noch nie ungeschminkt gesehen hatte, und gleichzeitig dachte sie, wie unpassend dieser Gedanke war.

Sie zwang sich, Irinas Gesicht mit den merkwürdig verschatteten Augenlidern anzusehen, diesen Mund mit den trockenen Lippen und den eingerissenen Mundwinkeln, in dem obszön und brutal der Beatmungsschlauch steckte. Über ihre Wimpern hatte jemand eine fettige Substanz gestrichen.

Plötzlich bewegte sich etwas unter der Bettdecke, und ein Geräusch wie von einem alten Kompressor kam darunter hervor. Ellen zuckte zurück, dann sah sie, wie die Blutdruckmanschette an Irinas Arm sich aufpumpte und langsam wieder abschwoll.

Sie war sich nicht sicher gewesen, ob man sie überhaupt zu Irina vorlassen würde, aber als sie der Schwester ihren Namen genannt hatte, hatte die nur »Ja, sicher« gesagt und dass Ellen die Kontaktperson auf Irinas Organspendeausweis sei. Man habe das entdeckt, als es bei der vorangegangenen Notoperation eine Weile kritisch ausgesehen habe.

»Der Lebensgefährte von Frau Vasquez hat sich etwas gewundert«, sagte die Schwester.

»Ist Oskar hier?«

»Er war die ganze Zeit da, jetzt ist er gerade mal nach Hause. Er war auch ziemlich fertig.«

Sooft Ellen überlegte, warum Irina sie und nicht Oskar oder ihre Eltern eingetragen hatte, sie kam immer wieder auf die gleiche Erklärung: dass nämlich Irina offenbar ihr am meisten vertraute.

Jetzt nahm sie doch ihre Hand, die ganz kalt war und viel kleiner, als Ellen sie in Erinnerung hatte. An einem Finger klemmte ein Schalter, dessen Kabel zu irgendeinem Gerät hinter dem Monitor führte. Irinas lange, dunkelrot lackierte Nägel wirkten auf der grünen Krankenhausbettwäsche unpassend. Ellen strich ihr über die Wange. Es war unglaublich, wie kindlich Irina aussah.

Der andere Patient der Intensivstation, der von Irina mit einem dünnen Vorhang abgeschirmt war, stöhnte rasselnd. Draußen sprach jemand über die anstehende Visite.

Ohne genau zu wissen, was sie suchte, öffnete Ellen ein Fach unter dem Monitor und nahm Irinas paillettenbesetzte Jeans heraus. Sie befühlte die Hosentaschen und fand Irinas Schlüssel mit dem Madonnenanhänger und ihr Portemonnaie. Sie sah die Papiere durch und blieb an Irinas Ausweis hängen. Selbst auf dem biometrischen Foto sah Irina noch sexy aus. Rechts daneben stand ihr Name: Irina Maria Mercè Vasquez. Und darunter das Geburtsdatum. Ellen las es mehrfach, obwohl sie schon beim ersten Mal richtig gerechnet hatte. Sie konnte es kaum glauben, aber Irina war nicht Mitte zwanzig, wie sie immer gesagt hatte, sondern neunzehn. Bei der Reise nach Barcelona waren ihre Pässe nicht kontrolliert worden, und im Hotel hatten sie die Ausweise einfach abgegeben, ohne sie gegenseitig anzusehen.

Das bedeutete, und Ellen schluckte, dass Irina vierzehn gewesen war, als sie Oskar kennengelernt hatte und bei ihm eingezogen war.

Sie legte die Hose und das Portemonnaie zurück, setzte sich wieder auf den Stuhl, nahm Irinas Hand und strich mit den Fingerspitzen darüber. »Du armes Mädchen«, sagte sie und hörte ängstlich nach, ob ihre Worte verlogen klangen.

Als sie anfing zu weinen, wusste sie selbst nicht, ob es wegen Irina war oder wegen sich selbst. Hätte sie es zu irgendeinem Zeitpunkt verhindern können, dass Hyper und Irina sich immer näher kamen? Gab es Zeichen oder Ankündigungen, die der Katastrophe vorausgegangen waren? Wie hatte seine Stimme geklungen, während sie die beiden aus dem Gästezimmer belauscht hatte? Nur verärgert und verzweifelt? Oder nicht doch auch aggressiv? Ellen lehnte sich auf dem unbequemen Plastikstuhl zurück.

Eine Schwester, vielleicht war es die von vorhin oder eine andere, kontrollierte den Katheterbeutel, der unter dem Bett hing, und sagte: »Es sieht ganz gut aus, Sie müssen jetzt Geduld haben.«

Aber Ellen konnte nicht aufhören zu weinen, und zum ersten Mal, seit sie von Irinas Verletzung erfahren hatte, wagte sie es, sich die entscheidende Frage zu stellen:

War Hyper dazu fähig? Hatte er Irina derart geschlagen? Im Affekt? Oder hatte er sogar gezielt versucht, sie zu beseitigen?

Hyper war immer egozentrisch gewesen, und manchmal wurde ihm erst, wenn es zu spät war, klar, dass er nicht allein im Universum war und dass das, was er tat, Auswirkungen auf andere hatte. Aber er hatte sich Ellen gegenüber nie gewalttätig verhalten, nie unbeherrscht oder cholerisch. Auf der anderen Seite war es hinterhältig von ihm gewesen, nur deswegen eine Affäre mit Irina zu beginnen, um sich an Oskar zu rächen. Und sie selbst hatte er mehrfach belogen.

Vor allem bekam sie das Bild nicht aus dem Kopf, wie er vorgestern in der Wohnung erschienen war, als sie auf ihn wartete und ihn zur Rede stellen wollte. Er hatte leichenblass und verschwitzt vor ihr gestanden, kurzatmig und so nervös, dass er kaum in der Lage war, seine Schnürsenkel aufzuknoten.

Das Blut an seinem Hemd fiel ihr ein.

Er sei gegen ein Fahrrad gerannt, hatte er gesagt. Aber wie wahrscheinlich war das? Wenn er wirklich nur herumgelaufen war, wie er es behauptet hatte, wieso kam er dann in so einem Zustand nach Hause?

Ellen hatte direkt, als Hyper von den Beamten mitgenommen worden war, ihren Anwalt angerufen, der ihr später, als sie schon im Krankenhaus war, mitteilte, dass Hyper unter dringendem Verdacht stehe und heute noch dem Untersuchungsrichter vorgeführt werden würde.

Er hatte nicht nur ein Motiv, weil er die lästig gewordene Geliebte beseitigen wollte, er war außerdem von Zeugen gesehen worden. Unten im Crêpeladen konnte man sich an ihn erinnern, und auch Beata bestätigte, dass er Irina besucht hatte und die beiden lautstark in der Garderobe gestritten hatten.

Der Anwalt erwähnte ein Tonband, das Beata der Polizei gegeben habe, aber Ellen war zu durcheinander, um näher nachzufragen.

Verzweifelt versuchte sie, sich irgendein Szenario zusammenzuspinnen, das zu den Fakten passte und in dem Hyper trotzdem unschuldig war, aber es fiel ihr nichts ein. Sie hätte höchstens ein tiefes Gefühl von Vertrauen dagegenhalten können, dass Hyper nie fähig gewesen wäre, Irina etwas anzutun, doch dieses Gefühl hatte sie nicht.

Wenn sie ehrlich zu sich war, dann fühlte sie gar nichts. Einen Moment lang beneidete sie Irina in ihren kühlen, stillen Laken. Sie murmelte noch einmal »armes, armes Mädchen«, küsste ihre Stirn, die sich merkwürdig papieren anfühlte, und verließ die Klinik in einem so schnellen Stechschritt, als sei sie auf der Flucht.

Noch vom Parkplatz aus rief sie Gemma an und berichtete knapp die Fakten.

»Was glaubst du denn? War er es?«

»Wir sind seit fünfzehn Jahren zusammen. Wenn ich davon ausgehe, dass wir in den ersten fünf Jahren mindestens dreimal in der Woche Sex hatten, in den mittleren fünf Jahren etwa zweimal und in den letzten fünf vielleicht noch anderthalb mal, dann hätte ich geschätzte, Augenblick, unterbrich mich nicht, ich hab's gleich, lass mich, lass mich das jetzt ausrechnen, ich hätte 1590-mal, nein sogar 1690-mal mit Hyper geschlafen.«

»Geht es dir besser, wenn du die genaue Bilanz hast?«

»Es ist doch so: Wenn man 1690-mal mit jemandem geschlafen und ihn angesehen hat, wenn er einen Orgasmus hat, in seinen Armen selbst einen hatte, kennt man so jemanden dann nicht? Weiß man dann nicht ganz genau, wer er ist?«

»Keine Ahnung, weiß man es?«

Ellen schwieg lange, und Gemma fragte nicht nach.

»Das ist genau das Problem: Ich weiß es nicht.«

Sie fing wieder an zu schluchzen.

»Weinst du jetzt wegen Irina?«

»Entweder habe ich mein Leben mit einem Mann verbracht, der in der Lage ist, jemanden zu töten, ohne dass ich es gemerkt habe. Oder er ist es nicht, und natürlich ist er es nicht, Scheiße, ich kenne Hyper, aber wenn er es nicht war, und mir fehlt die letzte Sicherheit, was sagt das denn dann über mich? Was hatten wir denn dann, wenn ich mir jetzt nicht sicher bin? Kann ich ihm und vor allem mir selbst jemals wieder vertrauen? Und würde er mir das jemals verzeihen, dass ich jetzt nicht weiß, was ich glauben soll?«

»Es ist also alles unverändert.«

Ellen konnte genau vor sich sehen, wie Gemma an der Bar lehnte, als sie das sagte, und wie sie dabei über die leere Tanzfläche des großen Saals schaute oder die Kristalllüster nach Spinnweben absuchte.

»Schaff dir ein Stück Realität. Finde heraus, was war, und dann wirst du schon irgendwie dazu stehen. Das Leben ist keine große wabernde Masse ohne Boden und Decke, wie es dir jetzt vorkommt. Es gibt Fakten. Es gibt Dinge, die wahr sind und die nicht interpretiert werden müssen. Die brauchst du jetzt.«

Das hatte bei Gemma so einfach geklungen, aber als Ellen ihren Wagen in der Nostitzstraße parkte, dachte sie, sie würde es niemals schaffen. Sie ging zuerst in die

Crêperie, bestellte einen Kakao mit Sahne und zeigte dem Mann hinter dem Tresen ein Foto von Hyper, das sie auf ihrem Handy gespeichert hatte. »Können Sie mir sagen, ob Sie den gesehen haben? Freitagabend?«

Der Mann stellte den Pappbecher so genervt vor ihr ab, dass ein Rinnsal Sahne am Rand entlanglief.

»Das hab ich Ihren Kollegen alles schon gesagt. Ja, der war da. Der ist ja oft da. War etwa eine Stunde oben und hat beim Runterkommen ein Fahrrad umgetreten.«

»Nämlich meins«, sagte eine kleine dicke Frau, die aus einem Hinterzimmer dazugekommen war. »Es ist umgefallen, und der Rahmen ist verbogen. Er hatte schöne violette Augen, aber er war stinkwütend. Ich hab mich nicht getraut, ihn anzusprechen.«

Ellen nickte, bezahlte ihren Kakao und ging nach oben ins Studio.

Beata kam ihr entgegen, kaum, dass sie die Tür geöffnet hatte. Sie umarmte Ellen, flüsterte: »Es tut mir so leid, du Arme!«, und ließ sie nicht mehr los. Ellen sah sich über Beatas Schulter irritiert um, dann wurde ihr klar, was anders war als sonst.

Der große Saal lag leer und dunkel da. Keine Musik, keine Schülerinnen. Und auch die vielen Fotos, Zeichnungen und Spiegel im Foyer waren nicht beleuchtet.

»Trostlos, oder?« Beata zeigte um sich. »Wir haben erst mal alles dichtgemacht. Die Schülerinnen sollen nicht merken, dass wir die Polizei hierhatten. Ich habe gestern direkt alle angerufen und Bescheid gesagt, Irina sei krank und die Kurse würden nächste Woche ausfallen. Dann sehen wir weiter.«

Sie schob Ellen einen Stuhl hin und lehnte sich selbst gegen die Rezeption.

»Ich war im Krankenhaus bei ihr. Es ist noch nicht klar, ob sie es schafft.«

Beata schüttelte den Kopf. »Ein Alptraum. Und wie geht es dir?«

Ellen lächelte kläglich und fuhr mit beiden Händen in der Luft herum. Beata hockte sich vor sie hin, hielt ihre Hände und sah ihr fest in die Augen. »Das stehe ich mit dir durch. Ich bin immer für dich da.«

»Ja«, wiederholte Ellen, »du bist immer da.« Dann fiel ihr das Tonband ein.

»Mein Anwalt hat gesagt, du hättest der Polizei ein Band gegeben?«

Beata stand auf und ging hinter den Tresen. »Hyper kam abends, Irina war gerade mit den Fortgeschrittenen fertig. Sie sind zusammen in ihre Garderobe. Wir haben da eine Gegensprechanlage, die gab es schon, als Irina beziehungsweise ihr Freund das Studio gekauft hat. Hyper war so wütend, er kochte, und, na ja, ich habe sie eine Weile über den Lautsprecher belauscht und ein Diktiergerät laufen lassen.«

»Du hast mit einem Diktafon an der Wand gestanden und den beiden beim Streiten zugehört? Warum machst du das?«

»Keine Ahnung, ich hatte so ein Gefühl. Das Diktiergerät habe ich angeschafft, weil Irina diese Sauklaue hat. Die Notizen von ihr kann keiner lesen. Jetzt spricht sie auf Band, wenn sie irgendwas erledigt haben möchte. Auf jeden Fall kam sie dann verheult nach vorn und hat mich losgeschickt zum Spanier in der Bergmannstraße, ich sollte ein paar Tapas besorgen. Da war aber so viel los, dass ich über eine Stunde gebraucht habe. Und als ich die Tapas zu ihr reinbrachte, lag sie da in einer riesigen Lache aus Blut und Rotwein, das hat zumindest die Polizei nachher gesagt. Ich hab direkt den Notarzt gerufen.«

»Und das Band?«

»Ich habe erst später bemerkt, dass das Diktafon noch etwa eine halbe Stunde weitergelaufen war. Ich hatte es wohl neben der Gegensprechanlage liegen lassen. Ich habe mir die Aufnahme angehört und dann eine Kopie zur Polizei gebracht.«

»Und darauf hört man, dass Hyper versucht, Irina umzubringen?«

Beata zuckte mit den Schultern und wollte Ellen übers Haar streichen, aber die drehte sich weg.

»Ich will das Band hören.« Sie streckte Beata auffordernd die Hand hin.

»Süße, das ist nicht schön.«

Ellen winkte mit den Fingern, bis Beata ein silbernes Gerät aus der Schublade nahm, kleiner als eine Fernbedienung, und es anschaltete.

Es rauschte und knackte. Manchmal war zu hören, wie Beata sich räusperte oder wie das Telefon klingelte. Irinas Stimme klang verzerrt und unwirklich. Ellen schämte sich, dass sie sie belauschte, aber sie musste endlich wissen, was in der Garderobe passiert war.

»Wieso tust du mir das an? Ich dachte, du liebst mich. Du liebst mich doch!« Das war Irina.

Hyper war kaum zu verstehen, erst vernahm Ellen nur ein dumpfes Gemurmel, dann wurde er plötzlich lauter: »Es geht um meine Ehe, das ist kein Spiel mehr. Ich will dir nicht wehtun, das will ich wirklich nicht, aber sie weiß es.« Noch lauter: »Sie weiß es. Ich werde nicht riskieren, dass sie mich verlässt.«

Irina: »Du hast doch mich. Wir können zusammenleben. Ich gehe weg von Oskar. Vielleicht machen wir zu dritt weiter, ich liebe Ellen ja auch. Oder zu zweit. Ich bin nur für dich da.«

Hyper: »Das geht nicht. Ich will das nicht. Ich mag dich sehr gern, das stimmt, aber Ellen ist mein Leben. Ohne sie könnte ich keinen Tag weitermachen.«

Irina klang bitter und wurde jetzt auch lauter: »Du hast keinen Moment gezögert, als ich vorgeschlagen habe, dass wir sie im Club treffen. Du warst begeistert. Es hat dich geil gemacht.«

Schluchzer.

Hyper sanfter: »Sieh es doch ein. Es ist für uns alle das Beste. Es war schön, und es wäre schön gewesen, wenn es so weitergegangen wäre, aber wenn Ellen damit nicht klarkommt, dann ist es vorbei.«

Irina schrie: »Es ist nicht vorbei! Ich hab auch was zu sagen! Es ist nicht vorbei. Warum bestimmt sie das? Warum willst du nicht mit mir leben?«

Gemurmel, Keuchen, dann Hypers Stimme, ärgerlich und schneidend: »Weil du nicht sie bist. Du kannst ihr nicht das Wasser reichen.«

Irina versuchte es jetzt schmeichelnd und in viel höherer Tonlage: »Ich kann einiges, was sie nicht kann. Komm, hör auf zu streiten. Das Leben ist zu kurz dafür. Guck mal, kein Höschen. Warte, ich besorg uns ein paar Tapas.« Das Geräusch einer Tür.

Ellen schaltete das Tonbandgerät ab und schloss die Augen. Beata beobachtete sie und legte ihr die Hand auf den Arm.

»Da ging sie nach vorn zu mir, und ich bin dann runter in die Bergmannstraße. Als ich zurückkam, war schon alles vorbei.«

Übelkeit stieg in Ellen hoch, aber dann atmete sie tief durch und drückte wieder die Playtaste.

Irina: »Ich hab hier noch eine Flasche Rioja, Beata besorgt uns frische Tapas, die, die wir in Barcelona auch hatten, und bis dahin darfst du mich ficken, ja, schau's dir an, das Fickfötzchen, du darfst alles mit mir machen, was du willst. Soll ich dir einen blasen? Ich seh doch, dass du einen Steifen hast, los, ich lutsch ihn dir, na siehst du, er und ich, wir verstehen uns.«

Pause, Hypers heiseres Stöhnen, ab und zu sein leises gestammeltes »Lass das« oder »Hör auf«, dann wieder Irina, immer noch im Singsang: »Du darfst mich in den Arsch ficken. Möchtest du das gern, ja? Mach schon, fick mich in den Arsch, hier, fühl mal, meine Fotze ist ganz nass, die kannst du auch ficken, oder abwechselnd Arsch und Fotze, wie du willst.«

Ein quietschendes Bettgestell, gurgelndes Atmen, Irinas hohes »Ja, ja«, dann Hypers Schrei und Stille.

Kurz darauf Irina, die beruhigend und mütterlich wie zu einem Kind sagte: »Alles ist gut, es ist alles gut, ich liebe dich. Wir gehören zusammen.«

Und so plötzlich, dass Ellen erschrak, Hyper, der anfing zu schreien: »Nichts ist gut, ich will, dass du verschwindest, mach nicht mein Leben kaputt! Das hat überhaupt nichts zu sagen, hörst du, es ist nichts passiert, ich bin hergekommen, weil es endgültig vorbei ist, und so ist es, es ist aus, ich will dich nie wieder sehen.«

Irina, laut und schrill: »Das kannst du nicht! Ich lass mich nicht ficken und dann abservieren. Ich bin doch nicht deine Nutte. Soll ich Ellen mal erzählen, wie du mit mir abgehst im Bett? Wie du vor mir auf Knien gekrochen bist, damit du meinen Arsch lecken darfst? Wie du mich angebettelt hast? Das werde ich ihr erzählen.«

Ein lautes Klatschen schnitt Irina das Wort ab.

Ellen zuckte zusammen und konnte fühlen, wie sie blass wurde. Alles Blut strömte aus ihrem Kopf und ließ ein Gefühl von Taubheit und Kälte zurück.

Irinas Aufheulen, schrill, außer sich: »Du mieser Arsch, verpiss dich, ich werd ihr alles erzählen, ich werd ihr sagen, wie du wirklich drauf bist, du perverses Schwein.«

Dann ein Gurgeln, etwas Schweres, das umfiel, und Hyper, der »scheiße, scheiße« murmelte.

Schritte, die sich schnell entfernten.

Stille.

So viel Stille.

Nur das Rauschen des Aufnahmegerätes.

Beata schaltete es ab. »Das war's.«

Ellen konnte sich nicht länger halten. Sie fing an zu zittern wie unter Schüttelfrost. Sie atmete japsend ein, und als es vor ihren Augen flackerte und schließlich dunkel wurde, fühlte sie Beatas stützenden Körper hinter ihrem und ihre Hände, die ihr auf die Wangen klopften.

Sie kam zu sich, atmete immer noch stoßweise und begann so krampfartig zu schluchzen, dass es sie in kurzer Zeit völlig auslaugte. Beata stand neben ihr und strich ihr beruhigend über den Rücken.

»Du wusstest doch, dass sie was miteinander haben«, flüsterte sie, »du bist ohne ihn viel besser dran, du kannst nicht glücklich sein mit jemandem, der dich belügt. Ohne ihn geht es dir besser, wirklich, bald geht es dir besser.«

Ellen stand auf, so schnell, dass sie Beata wegstieß – fast wäre sie umgekippt. »Das Band war nicht zu Ende. Du hast gesagt, es ist durchgelaufen bis zum Schluss. Hört man da noch mehr?«

Sie langte mit fahrigen Bewegungen über den Tresen, stieß den halbvollen Becher Kakao um, der mittlerweile kalt war, suchte nach dem kleinen Gerät, ließ es fallen und fasste wieder danach.

Beata kam ihr zuvor und hielt es fest. »Es ist besser für dich, glaub mir das«, sagte sie. »Hyper hat dich nicht verdient. Du bist ohne ihn besser dran.«

Ellen starrte sie an. »Was soll das heißen? Hast du der Polizei nicht das ganze Band gegeben? Was kommt da noch?«

Beata versteckte das Gerät hinter ihrem Rücken, aber Ellen packte sie überraschend hart um die Taille und drehte ihr die Arme herum, so dass sie ihr das Diktafon abnehmen konnte.

Beata verzog das Gesicht und rieb sich das Handgelenk.

»Na, von mir aus«, keuchte sie, »hör's dir bis zum Schluss an. Es ändert nichts daran, dass Hyper schlecht für dich ist. Dass er dich nicht glücklich macht.«

»Aber du, wie?«, zischte Ellen kalt, einer Eingebung folgend.

Sie schaltete das Gerät an. Beata wollte noch etwas sagen, aber Ellen brachte sie mit einem Handzeichen zum Schweigen und wandte sich von ihr ab.

Die Stille auf dem Tonband, das unheimliche Rauschen und Knacken war kaum zu ertragen. Es kam Ellen vor, als dauerte es Stunden. Kurz bevor sie es nicht mehr aushielt, hörte sie weit entfernt das Klingeln der Studiotür, ein zweites und drittes Mal. Dann ein Scharren, ein leises Heulen und – Irina, die ganz leise »verfickte Scheiße« murmelte und kaum hörbar: »Nicht mal jetzt hat man seine Ruhe.« Schließlich Schritte.

Ellen starrte Beata an und hielt ihr das Band anklagend entgegen. »Irina ging es gut, als Hyper schon längst weg war. Du hörst sie doch. Es kam noch jemand. Es kann sie jeder angegriffen haben. Du zum Beispiel. Ich weiß, dass du sie hasst.«

Beata winkte müde ab. »Irina interessiert mich nicht mehr. Und ich war viel zu kurz hier, um ihr irgendwas anzutun. Außerdem braucht man dafür mehr Kraft, als ich sie habe. Du solltest doch am besten wissen, wie durchtrainiert Irina ist.«

Unsicher ging sie auf Ellen zu und versuchte, sie zu berühren. Ellen wich zurück. »Fass mich nicht an. Du hast absichtlich das Band gekürzt.«

Beata lächelte schief. »Er ist schlecht für dich. Es wäre viel besser, wenn er aus deinem Leben verschwinden würde.«

Bevor Beata es ihr abnehmen konnte, steckte Ellen das Aufnahmegerät ein.

»Ich bin es so leid, belogen zu werden, nur weil andere wissen, was gut für mich ist.«

Sie wandte sich um, stockte dann aber noch einmal und sah Beata scharf an. »Diese Höllenfeuermails, die kamen alle von dir!« Sie tippte sich an die Stirn. »Kein Wunder, dass sie in dem Moment aufgehört haben, als ich das Foto von Hyper und Irina entdeckt habe. Mir ist das nicht aufgefallen, weil ich mit Hypers Lügen beschäftigt war. Aber klar, du hast angefangen, mir die Mails zu schicken, als die Affäre zwischen Hyper und Irina begann. Du bist echt krank, Beata. Lass dich behandeln.«

Sie drehte sich auf dem Absatz um und verließ mit einem lauten Türenschlagen das Studio. Im Hausflur versuchte sie, sich zu sammeln, und ging dann, als sie wieder ruhiger atmen konnte, noch einmal in die Crêperie.

Der Mann stöhnte nur, als er sie sah. Sie legte ihm fünfzig Euro hin. »Für das Fahrrad.«

Der Mann schaute sie zwar misstrauisch an, nahm das Geld aber. Sie zeigte ihm erneut ihr Handy, diesmal rief sie ein Bild von Oskar auf.

»Und war der Freitagabend auch hier? Nach dem anderen?«

Die Frau nickte.

»Der ist immer nett. Den kennen wir schon lange. Er war oben, um die Tänzerin abzuholen, das macht er oft, aber dann kam er ohne sie runter. Das war so gegen zehn, da haben wir gerade geputzt und den Eimer draußen ausgeschüttet.«

Ellen bedankte sich und wollte sich schon umdrehen, als sie auf etwas in dem Regal an der Wand hinter den beiden sah.

»Haben Sie den Sekt dort auch kalt? Dann würde ich gern eine Flasche mitnehmen.«

So überrascht, wie Oskar aussah, hatte er wohl Ellen am wenigsten erwartet. Übernächtigt blinzelte er ins Tageslicht und strich sich die langen Haare hinters Ohr. Das Haus war dunkel, alle Vorhänge hatte er zugezogen. Ellen warf sich in seine Arme und küsste ihn. Triumphierend hielt sie die Flasche Sekt hoch. »Ist vielleicht kein ganz toller Jahrgang und vielleicht auch ein bisschen zu warm, egal, ich dachte mir, einen Neuanfang muss man feiern.«

Sie schlüpfte an ihm vorbei ins Haus und riss die Vorhänge auseinander. Das Wohnzimmer war ein einziges Chaos. Weinflaschen lagen herum, ein Glas war zersprungen, und auf einer Wand prangte ein roter Fleck. Mitleidig strich sie Oskar über die Wange.

»Das hat dich alles ziemlich mitgenommen, was? Das kann ich mir vorstellen. Aber ich bin froh, dass wenigstens einer von uns beiden Eier hatte.«

Sie öffnete einen Schrank und nahm zwei Sektgläser heraus. Der Korken ploppte, der Sekt schäumte über.

Ellen lächelte Oskar zu, reichte ihm ein Glas und stieß mit ihm an.

»Auf uns. Auf die, die nicht lügen. Auf die Liebe. Auf den Neuanfang.«

Sie stürzte den Sekt hinunter.

Dann wurde sie ernst.

»Ich weiß, ich sollte so nicht denken. Seit Hyper verhaftet worden ist, kommt es mir vor, als wäre eine riesige Last von meinen Schultern gefallen. Ich hab gar nicht gemerkt, wie er mich erdrückt hat in den letzten Jahren. Alles musste immer nach seiner Pfeife tanzen. Und dabei hat er mich nur belogen. Die ganze Zeit. Na, und Irina ...«

Oskar verschluckte sich und hustete. Er hustete so heftig, als würde sein Innerstes nach außen gekehrt. Ellen ging auf ihn zu, klopfte ihm auf den Rücken und nahm, sobald er wieder atmen konnte, sein Gesicht in ihre Hände.

»Das war nicht schön mit Irina, das hätte ich mir ... anders gewünscht. Aber, vielleicht ist es so besser. Jetzt hat sie ihre Lektion gelernt. Man betrügt niemanden, den man liebt und der alles für einen getan hat.«

»Ich hab ihr das Studio gekauft.« Das war das Erste, was Oskar sagte, seit Ellen ins Haus gestürmt war. »Ich habe Land verkauft und dafür ihr Studio eingerichtet. Ich habe es ihr überschrieben, weil ich wollte, dass es ihr gehört. Ich wollte Kinder mit ihr. Seit ich sie das erste Mal gesehen hatte, wusste ich, dass ich Kinder mit ihr wollte.«

Ellen nickte. »Hyper wollte nie welche, aber wenn es nach mir gegangen wäre: ein ganzes Haus voll. Mit dem richtigen Partner ist das Leben doch erst komplett durch Kinder. Ich meine, da gibt es Instinkte, die kann man nicht ignorieren.«

Oskar starrte an ihr vorbei, als stünde hinter ihr an der Wand etwas, das er unbedingt entziffern müsste. »Sie hat es abgetrieben.«

Ellen fasste ihn am Arm. »Was?«

»Sie hat mein Kind abgetrieben. Dieser Zettel vom Krankenhaus aus der Woche, in der sie verschwunden war. Ich hab den Rechnungscode von jemandem überprüfen lassen, ICD10 004.9, das ist ein ›ärztlich eingeleiteter Abort ohne Komplikationen‹. Ich bin abends, als du zu Hyper gefahren bist, ins Studio, da kam Hyper gerade aus dem Haus. Statt sich in eurer Wohnung mit dir auszusprechen, ist er schon wieder bei meiner Freundin und fickt sie! Ich bin rauf und habe sie gefragt, ob sie von ihm schwanger war, aber sie hat mich ausgelacht und gesagt, ich soll doch mal nachrechnen. Hyper kannte sie damals gerade erst ein paar Tage. Und du weißt ja selbst, wie fanatisch er mit Kondomen ist. Es war hundertprozentig nicht seins.«

Oskar rutschte an der Wand entlang, bis er auf dem Fußboden saß, und als er den Kopf hob, lag ein schiefes Grinsen auf seinem Gesicht. Es sah aus wie eine schlecht geschminkte Clownsmaske. »Sie hat mein Kind abgetrieben für einen Typen, den sie nicht mal eine Woche kannte. Dabei wusste sie genau ...« Er konnte nicht weitersprechen.

Ellen setzte sich zu ihm und legte die Arme um ihn.

»Sie wusste genau, wie sehnlich du es dir gewünscht hast. Und dass du ein Recht darauf hast, nach allem, was du für sie getan hast. Es ist ja nicht nur ihr Leben, es ist auch deins. Du musst genauso glücklich werden. Und eine Familie gehört dazu. Weißt du was?«

Sie suchte seinen Blick, und als er sie endlich ansah, nahm sie seine Hand.

»Das ist jetzt nicht der richtige Zeitpunkt, doch wenn wir das alles durchgestanden haben, wenn uns niemand mehr betrügt und belügt, dann haben wir immer noch uns. Keiner sagt, dass wir nicht miteinander glücklich werden dürfen. Vielleicht ist es unsere Bestimmung, zusammen eine Familie zu haben.«

Oskar sah sie misstrauisch an, aber Ellen lächelte, ohne den Blick abzuwenden, und langsam rutschte sie vom Fußboden auf seinen Schoß, bis sie rittlings über ihm saß.

»Ein bisschen macht es mich an, wie du die Dinge in die Hand genommen hast«, flüsterte sie in sein Ohr. »Das ist so männlich. Nicht dieses strategische Hintenrum, wie Hyper es getan hätte, sondern geradeheraus. Ich finde das sexy.«

Sie knabberte an seinem Ohrläppchen.

»Ich musste es einfach tun«, sagte Oskar, als spräche er zu sich selbst. »Ich erzähl ihr, was ich rausgefunden habe, und sie steht vor mir und sagt mir ins Gesicht, dass sie mein Kind ermordet hat. Da hab ich zugeschlagen. Erst war das nur ein Reflex, aber dann ist sie einfach liegen geblieben. Überall war Blut. Dieses Scheißblut. Und ich hab mir plötzlich vorgestellt, wie es wäre, wenn sie weg wäre. Wenn ich noch mal ganz von vorn anfangen könnte. Wenn ich diese Hure niemals kennengelernt hätte. Sie war eine Hure, als ich sie getroffen habe, wusstest du das? Sie stand auf der Straße und wollte es mir für fünfzig Euro machen.«

Ellen saugte an seinem Hals und öffnete langsam sein Hemd. »Wusstest du eigentlich, wie alt sie da war?«

Oskar stöhnte, während Ellen auch seine Gürtelschnalle öffnete. »Sicher. Manche rutschen eben früh ab. Aber sie hatte ja Glück.«

»Weil sie dich getroffen hat.« Ellen küsste über seine Brust, den Bauch hinunter. Oskar lehnte sich gegen die Wand und legte seine Hände auf Ellens Haare, als sie sich über seinen Schoß beugte und seinen Schwanz in den Mund nahm. Ihre Zungenspitze strich über das kleine Fädchen, dann saugte sie, spielte leicht mit den Zähnen am Schaft und führte ihn wieder ein Stück hinaus, um seine Eichel zu lecken. Mit fahrigen Bewegungen suchte er ihre Brüste und knetete sie durch den Blusenstoff hindurch.

Ellen hielt den Kopf tief gebeugt und sah ihn von unten herauf an. Ihre langen Wimpern reichten in dieser Haltung bis zu den Augenbrauen. Er schnaufte. Sie lutschte noch einmal kräftig an der Eichel, ließ seinen Schwanz aus ihrem Mund gleiten, lächelte und hauchte: »Wie hast du es gemacht, ich meine, womit? Irina ist doch so sportlich, die fällt nicht einfach um.«

In dem Moment schoss Oskars Sperma hervor, auf ihre Bluse. Sie wischte es nicht weg, sondern lächelte ihn weiter gespannt an. Oskar hatte die Augen geschlossen und sah sehr abwesend aus.

»Mit einer Weinflasche. Rioja. Die stand da rum. Voll. Sie ist zerscheppert. Die Reste hab ich dann unten im Flur zum Altglas gestellt.« Er schlief fast.

Als Ellen leise aufstand und zur Tür schlich, schnarchte er schon. Sie sprang in ihr Auto und fuhr mit quietschenden Reifen vom Hof.

Auf der Gatower Landstraße sah sie panisch in den Rückspiegel, aber es war kein Wagen hinter ihr. Ohne das Tempo zu verringern, knöpfte sie ihre Bluse auf und zerrte sie sich vom Körper. Ein Ärmel zerriss dabei, und sie fuhr Schlangenlinien, als sie versuchte, den Bund aus dem Rock zu ziehen. Die entgegenkommenden Fahrer begafften irritiert die Frau, die im BH fuhr, doch das war ihr egal. In ihrer Handtasche schaltete sich leise klackend das Diktiergerät aus.

KAPITEL ZEHN

So before I end my day, remember
My sweet prince, you are the one

PLACEBO

»Hier waren wir früher oft.« Hyper sah sich im Rubina um.

Draußen rauschte der Verkehr über den Mehringdamm.

Die cremefarbenen Ledersessel, die beleuchtete Bar im Bernsteindekor, die Loungemusik, die leisen Gespräche auf Englisch und Spanisch an den Nebentischen, alles war wie immer. Sogar die bildschöne Bedienung, die ihnen zwei Stück Pekannuss-Schokoladentorte und zwei Gläser Prosecco brachte, war noch dieselbe.

»Das haben wir immer bestellt.« Er schob Ellens Teller näher an sie heran. »Wir haben bis Mitternacht gearbeitet und sind dann ins Rubina gefahren, um den Tag mit Torte und Prosecco abzuschließen. Und anschließend hatten wir jedes Mal den besten Sex.«

Er sah den aufsteigenden Perlen in seinem Glas nach. »Allerdings war ich da kein Exknacki.«

»Du warst in Untersuchungshaft, nicht im Gefängnis. Und auch nur ganz kurz.« Ellen hatte ihren Mantel noch an und spielte mit den Knöpfen. Hyper nahm sein Glas, trank aber nicht.

»Diese Zelle war viel enger, als ich mir das vorgestellt hätte. Im Fernsehen sieht das ja eigentlich alles ganz okay aus. Wenn man selbst drinsitzt, hat man das Gefühl, die Wände erdrücken einen. Am schlimmsten ist es, wenn das Licht ausgeht, dann kommen die Wände immer näher. Ich dachte, ich werde verrückt, aber dann habe ich an dich gedacht. Ich habe mir vorgestellt, wie wir uns hier treffen und wie der Prosecco schmeckt und wie du neben mir sitzt und diese weiße Bluse anhast, die mit dem tiefen Ausschnitt und der Kordel, und wie ich deine Brüste sehen kann. Dass du mich dann küsst und ich die Schokolade schmecke. Und wie wir nach Hause gehen und auf dem Sofa liegen und ich meinen Kopf an deinen Busen lege und dein Herz schlagen höre. Und dass du nach Zedernholz riechst oder nach grünem Tee, je nachdem, welches Parfüm du gerade trägst. Und ich habe mir vorgestellt, wie ich dich ausziehe und deine Haut ganz samtig und warm ist und wie du mir ins Ohr flüsterst, was du gerne möchtest. Wie deine Brüste schmecken. Wie deine Möse schmeckt. Wie du klingst, wenn du stöhnst. Wie es sich anfühlt, wenn ich …«

»Stopp.« Ellen hatte mit der flachen Hand auf den Tisch geschlagen. Zwei Tische weiter drehte sich ein englisch sprechendes Pärchen zu ihnen um. Sie senkte den Kopf.

Als Hyper ihr seine Gabel mit einem Bissen Torte entgegenstreckte, drehte sie sich zur Seite. Er seufzte und stellte seinen Teller auf den leeren Nachbartisch.

»Ich hätte eigentlich erwartet, dass du mich abholst. Der Anwalt hat gesagt, du hast dich ziemlich ins Zeug gelegt, um mich freizubekommen. Ich dachte, zwischen uns wäre wieder alles in Ordnung.«

Ellen lachte leise und bitter. »Wie kann da irgendwas in Ordnung sein? Das ist alles ein bisschen viel, findest du nicht?«

Er legte seine Hand auf ihren Arm. »Ich weiß. Aber wir kriegen das hin. Warst du schon bei Irina, seit sie wach ist?«

»Ihr Arzt sagte, man könnte sie bei der Weltwunderkommission einreichen.«

»Hast du mit ihr gesprochen? Hat sie dir gesagt, dass ich ihr nichts getan habe? Hast du ihr gesagt, dass es vorbei ist und wir zu zweit weiterleben werden?«

Ellen schüttelte Hypers Hand ab. »Ich war bei Irina. Wir haben kurz geredet. Der Arzt sagt, sie bleibt noch eine ganze Weile in der Klinik. Dann muss sie in die Reha und später auch zur Physiotherapie. Es ist unklar, ob sie jemals wieder tanzen wird.«

»Wir können sie eine Weile finanziell unterstützen.«

»Damit ist es nicht getan.«

Hyper sah sie überrascht an. »Du schlägst mir doch wohl kaum einen Dreier vor. Wir können nicht mit Irina zusammenleben, wie denkst du dir das?«

Ellen nickte. »Stimmt, das können wir nicht.«

Sie nahm ein gefaltetes Blatt aus ihrer Handtasche und gab es Hyper. »Ich habe beschlossen: Bis Irina wieder auf den Beinen ist, werde ich mich um sie kümmern. Ich werde mit Irina zu Sophia ziehen. Hier hast du die

Adresse und die Telefonnummer für Notfälle. In Sophias Stadtvilla haben wir genug Platz. Von ihren Männern bleibt immer jemand zu Hause, falls ich Hilfe brauche. Irina ist fast noch ein Kind, Hyper. Ich kann sie jetzt nicht alleinlassen. Und mal abgesehen davon, hat es einfach niemand verdient, lebensgefährlich verletzt weggeworfen zu werden. Oskar ist einfach gegangen und hätte es in Kauf genommen, dass sie verblutet.«

»Dafür kommt er ja auch in den Knast. Ich verstehe allerdings nicht genau, wie du dir dieses Arrangement jetzt vorstellst.«

Ellen schob ihm ihren Kuchenteller hin. »Es gibt kein Arrangement. Du isst deinen Kuchen in Zukunft allein. Ich will dich erst mal nicht um mich haben. Ich möchte, dass wir, soweit es geht, jeden Kontakt vermeiden. Nicht nur weil du mich angelogen und betrogen oder weil du Irina benutzt hast, sondern auch wegen dem, was dabei aus mir geworden ist. Ich weiß nicht mehr, ob ich dich noch mag, und ich weiß vor allem nicht mehr, ob ich mich selbst noch mag. Vielleicht bringst du das Schlechteste in mir zum Vorschein.«

»Du?«, Hyper sah sie von oben bis unten an, »du bist eine Heilige.«

»Bin ich nicht.« Sie sah aus dem Fenster und atmete tief ein und aus, dann wandte sie sich wieder Hyper zu.

»Du hast mich jahrelang bearbeitet, mit dir in einen Club zu gehen. Ich wollte nicht, weil ich fand, dass wir uns reichen sollten, wenn wir uns lieben. Ich wollte nicht, dass in so einem Club etwas zwischen uns kaputtgeht, das man hinterher nicht mehr kitten kann.«

»Aber dann hast du es doch gemacht.«

»Und das war falsch. Ich hätte niemals etwas tun dürfen, womit ich im Grunde nicht einverstanden war. Wir haben im Bett immer gesagt, wer nicht will, hat Recht, und daran glaube ich nach wie vor. Ich hätte mich schützen müssen. Ich wusste, wo meine Grenzen sind, und ich habe sie ignoriert.«

Hyper lehnte sich weit vor und fixierte sie. »Warum hast du mir diesen Abend geschenkt? Ich war da ehrlich gesagt extrem überrascht.«

»Nach der Freudenfeuersache warst du schwer zu ertragen. Du hast getobt, gebrüllt, mich ignoriert und düster herumgebrütet. Ich kam überhaupt nicht mehr an dich heran. Und an einem Abend war ich so frustriert, dass ich mit einem Techniker einen trinken war. Und ich habe mit ihm geschlafen. Eine schnelle, bedeutungslose Sache im Auto, und es ist nie wieder passiert. Das war ein Fehler. Hätte ich das nicht gemacht, wäre ich nie mit dir zu Gemma gefahren. Aber ich hab mich geschämt und wollte dir einen Ausgleich geben.«

Hyper hatte die Lippen aufeinandergepresst und hielt ihren Blick fest. Eine Weile schwiegen sie sich an. Schließlich seufzte er.

»Scheiße. Das hätte ich dir nie zugetraut. Ich dachte immer, wenn jemand perfekt ist, dann du.«

Er nahm ihre Hand. »Wir haben so viel durchgemacht in der letzten Zeit. Ich finde, wir sollten einen Schlussstrich ziehen. Ich werde niemals an diesen Techniker denken, und wir werden nicht mehr über Irina oder Oskar sprechen. Wir fangen neu an.«

Ellen rutschte mit dem Stuhl zurück. »Nein. Ich habe es schon gesagt. Ich mag es nicht, wer ich geworden bin. Ich mache dir nicht allein den Vorwurf, daran habe ich auch Schuld, aber ich will keine Frau sein, die ihren Mann betrügt, die Dinge macht, die sie nicht will, nur um ihm zu gefallen, und die, wenn es darauf ankommt, nicht ganz sicher ist, ob ihr Mann ein Totschläger ist oder nicht. Meine Koffer sind schon bei Sophia. Und wenn Irina entlassen wird, kümmere ich mich um sie. Das hier war es erst mal für uns.«

Als sie aufstand und das Rubina verließ, ohne sich noch einmal umzusehen, fragte die schöne Bedienung mit Blick auf das Tortenstück, ob etwas nicht in Ordnung sei.

Hyper starrte Ellen nach. Seine Stimme war kaum zu verstehen.

»Doch. Alles in Ordnung.«

Liebstes Frollein, es ist Wochen her, dass ich etwas von dir gehört habe. Ich weiß, dass du es so haben möchtest, aber ich muss dir etwas erzählen, und vielleicht ändert das deine Meinung.

Ellen scrollte bis zum Ende der Mail, und als sie sah, dass es ein längerer Text war, schloss sie den Deckel ihres Laptops und ging zur Haustür. Es hatte bereits zum zweiten Mal geklingelt, und sie registrierte mit einem Blick zur Uhr, dass ihr Besuch pünktlich kam.

Beata stand auf den Stufen von Sophias Stadtvilla und presste ihre große Handtasche an sich. Ellen bat sie herein und führte sie ins Wohnzimmer.

»Irina ist mit dem Physiotherapeuten oben, deshalb habe ich dich gebeten, mich jetzt zu besuchen«, sagte sie und setzte sich in einen der tiefen Sessel.

Beata sah sich unschlüssig um.

Die hohen eleganten Räume, die modernen Plastiken und die spärlichen Designermöbel verunsicherten sie. Sie nahm ein Buch in die Hand, das auf einem Beistelltisch lag, und las befremdet den Titel vor: *»Die Stute Deflorata.«*

»Aus Sophias Sammlung«, erklärte Ellen. »Sie sammelt Pornographie, die keine ist, also Bilder von Steinen, Baumstämmen oder Landschaften, die irgendwie sexuell oder obszön aussehen, oder ebensolche Literatur. In dem Buch dreht es sich tatsächlich nur um Pferde.«

Beata nickte, sah aber nicht so aus, als hätte sie Verständnis dafür.

»Geht es Irina besser?«

Aus einer bunt gemusterten Teekanne goss Ellen zwei Tassen voll und reichte Beata eine.

»Es wird eine ganze Weile dauern, bis sie wieder unterrichten oder auftreten kann. Ihr rechter Fuß zittert immer noch sehr, und an High Heels, schnelle Schritte oder Sprünge ist nicht zu denken. Deshalb habe ich dich auch hergebeten.«

Beata nahm einen hastigen Schluck von dem Tee und verbrannte sich die Zunge.

»Es ist ja nun mal so, dass ich finanziell drinhänge. Wie das mit Oskars Hof wird, weiß ich nicht, also ob er ihn behalten kann, während er im Gefängnis sitzt, oder ob das irgendwie anders geregelt wird. Aber auch davon abgesehen soll das Studio weiterlaufen. Irina braucht etwas, auf das sie hinarbeiten kann und das auf sie wartet. Ich will, dass sie ihr Leben irgendwann zurückbekommt.«

Die Flügeltüren schwangen auf, und zwei Männer, ein zierlicher, androgyner Asiate und ein großer blonder Hüne, schleppten einen Stepper durch das Wohnzimmer, sie grüßten und verschwanden in einem Nebenzimmer. Ellen stellte sie nur kurz als zwei von Sophias Männern vor und kam dann auf ihr Anliegen zurück.

»Ich möchte, dass du das Studio leitest, bis Irina es wieder selbst tun kann. Du hast die Verwaltung im Griff und verstehst etwas von Burlesque. Stell noch eine Tänzerin ein und mach so viele Kurse, wie du kannst, selbst. Je mehr Geld das Studio abwirft, desto eher bezahlen wir die Raten.«

Noch bevor Ellen zu Ende gesprochen hatte, ging ein breites Lächeln über Beatas Gesicht. Sie ließ ihre große Handtasche, die sie bisher auf den Knien festgehalten hatte, zu Boden rutschen und wollte Ellen umarmen, doch die sah sie streng an und schüttelte den Kopf. Ihr Ton blieb kühl.

»Zwischen uns ändert sich dadurch gar nichts. Ich werde dir nicht verzeihen, dass du Hyper ins Gefängnis gebracht hast. Und ich glaube nach wie vor, du solltest wegen dieser Mailgeschichte zu einer Therapeutin gehen. Ich will privat nichts mit dir zu tun haben. Du kannst das Studio führen. Und ich bin mir sicher, dass du es gewissenhaft tun wirst. Denn wenn nicht ...«, sie machte eine kleine Pause und wartete, ob Beata selbst darauf kam, was sie sagen wollte. Aber die schwieg und sah sie weiterhin mit großen Augen an.

»Wenn du uns irgendwie linkst oder dir sonst was erlaubst, habe ich immer noch das Band, und ich habe auch alle deine Stalkingmails auf dem Rechner. Wir haben der Polizei zwar gesagt, dass es ein Versehen von dir war und dass du geglaubt hast, das Band sei an der Stelle zu Ende gewesen, doch da kann ich mich korrigieren. Und Stalking ist strafbar. Ich erwarte also von dir, dass du das Studio gut führst.«

Beata war blass geworden, nickte aber und griff nach ihrer Teetasse.

»Sobald Irina wieder auf dem Damm ist, fände ich es gut, wenn du die Stelle kündigen würdest. Du solltest nicht weiterhin in ihrer Nähe sein. Eine Freundin von mir, Gemma, hat einen Club und kennt Gott und die Welt. Wir finden etwas anderes für dich. Irina werde ich nichts verraten, aber wenn du ihr von deiner Rolle in dem Drama erzählen möchtest, bitte, nur zu.«

Schneller, als Beata die Teetasse absetzen konnte, stand Ellen auf und reichte ihr über den kleinen, gläsernen Couchtisch hinweg die Hand. »Du findest selbst raus, denke ich.«

Kaum hatte Ellen Beatas Teetasse in die Küche gebracht, half der blonde Hüne Irina die Treppe hinunter. Es ging nur schrittchenweise, und bei den besonders schmalen Stufen in der Mitte der geschwungenen Treppe musste sie sich sehr konzentrieren.

Gespannt sah Ellen den beiden zu und applaudierte, als sie schließlich im Erdgeschoss ankamen.

»Du wirst immer besser. Vor einer Woche hast du noch in der Mitte eine Pause gemacht.«

Irina zwang sich zu lächeln und setzte sich neben Ellen auf die Lehne des Sessels. Die Polster selbst waren zu tief für sie, da hätte sie Hilfe beim Aufstehen gebraucht. Sie legte den Arm um Ellen und zeigte auf den Laptop.

»Gibt's Neuigkeiten?«

»Die Filmfirma hat Bescheid gesagt, dass sie jetzt wirklich und endgültig im Wunder drehen wollen. Das wird ein Haufen Arbeit.«

»Und war auch wieder eine Liebesmail von Hyper dabei? Lässt er mich grüßen?«

Ellen seufzte und strich Irina über die Haare, die dunkel nachgewachsen waren und beinahe schon für einen Bubikopf reichten.

»Es war nicht alles schlecht zwischen uns«, sagte Irina und hatte fast wieder diesen Singsang in der Stimme, den Ellen noch von früher kannte. »Vieles war sogar sehr schön.«

Langsam, wie ein vorsichtiges Tier, tasteten sich Irinas Finger über Ellens Bluse zu ihrer Brust und streichelten sie, sachte, als wolle sie sie nicht erschrecken.

»Ich vermisse es.«

Ellen tätschelte ihre Hand und schob sie weg. Sie erhob sich und lehnte ein dickes Kissen gegen Irina, damit die sich beim Aufstehen abstützen konnte. »Ich muss die Mail von Hyper noch zu Ende lesen, er hat irgendeine

Neuigkeit«, sagte sie und nahm den Laptop mit in ihr Zimmer.

Du wirst ja inzwischen auch von der Filmfirma benachrichtigt worden sein. Jedenfalls hat hier jemand auf Band gesprochen, dass sie das Wunder definitiv als Drehort haben wollen. Das freut mich sehr für dich, du hast es verdient, und ich hoffe, sie rennen dir nach dem Film die Bude ein. Direkt vor deinem Laden soll ein Auto abfackeln, und dann brauchen sie noch eine Gewitterszene am Anhalter Bahnhof. Ob es die Szene auf der Pfaueninsel gibt, wissen sie noch nicht so genau, das entscheidet sich später. Was ich dir aber erzählen wollte, ist nichts vom Himmel über Berlin, sondern von Oman.
Blaze und Drake fackeln da dieses Luxushotel ab und wollen mich dabeihaben. Und jetzt hat sich noch ein Scheich oder Emir, oder wie immer man die nennt, gemeldet, das ist ein Onkel des Hotelbesitzers, der plant, mich für die Hochzeit seines Sohnes zu buchen. Blaze und Drake haben ihm die Computeranimation vom Freudenfeuer gezeigt, und genau die Show interessiert ihn. Dazukommt ein Fest im Ort der Braut und die Einweihung ihres gemeinsamen Palastes. Insgesamt müsste ich mindestens ein halbes Jahr nach Arabien. Das Honorar ist fürstlich, und eine Wohnung oder ein Haus wird auch gestellt. Um es kurz zu machen: Ich möchte diesen Job machen und möchte, dass du mitkommst. Wir beide könnten neu anfangen. Vielleicht sollten wir einfach mal weg

aus Berlin, und ein halbes Jahr auf der anderen Seite der Welt wäre doch genau das Richtige.
Bitte überleg es dir. Lass es nicht so enden.
Ich vermisse dich. Ich vermisse es, mit dir zu reden und dich anzusehen. Ich vermisse es, wie du riechst und wie du dich anfühlst. Ich möchte dich küssen und, ja klar, ficken möchte ich dich auch. Dein weiches Haar und deine Brüste, der Druck deiner Beine auf meinen Schultern, wenn du unter mir liegst. Ich könnte zusehen, dass wir in Oman eine Wohnung mit Dachterrasse bekommen, die nicht einsehbar ist. Dann könnten wir im Freien vögeln, und du könntest nackt auf dicken Kissen liegen und lesen, wie du es in Gatow gemacht hast. Ich liebe es, dir dabei zuzusehen, wenn du auf dem Bauch liegst, die Beine leicht gespreizt, so dass ich unter deinen Pobacken dein Fötzchen sehe. Ich würde mich jetzt gern neben dich setzen und dir die Beine hochstreicheln, feste, weil ich weiß, dass du an den Oberschenkeln kitzlig bist, und dann mit den Fingerspitzen tiefer gehen und deine Mösenlippen berühren und fühlen, ob du feucht bist. Und meistens bist du das ja, weil du immer irgendwelchen Schweinkram liest, auf dem »Emanzipation« draufsteht, aber Ficken drin ist. Ich würde dir gern einen Finger in die Muschi stecken und einfach so bleiben, bis du die Beine weiter auseinandernimmst und den Hintern leicht anhebst, damit ich dich besser wichsen kann. Ich würde mich gern auf dich legen, so dass ich dich überall fühle, und meine Hände unter deinen Oberkörper schieben, damit deine Brüste auf

ihnen liegen, und dich von hinten ficken. Ich möchte dich stöhnen und schreien hören und dich lächeln sehen, wenn du gekommen bist und den Kopf auf die Hände legst. Ich werde einen großen Sonnenschirm über dir aufspannen in Oman, damit deiner perfekten Wunderhaut nichts passiert.
Ich brenne für dich. Sag ja. Komm mit mir. Bis übermorgen muss ich zugesagt haben, bei Blaze und Drake und dem Scheich. In Liebe, H.

Obwohl sie in einer Berliner Stadtvilla auf dem Sofa lag und nicht auf einer Dachterrasse in Oman, konnte Ellen die Hitze auf ihrer Haut fühlen, den Schweiß unter ihren Armen, das Pochen zwischen ihren Beinen und Hypers Hand, die über ihren Körper fuhr. Sie schloss die Augen und gestattete sich, ein paar Minuten nicht nachzudenken, sondern die Bilder, die hinter ihren Augen immer deutlicher wurden, auf sich zukommen zu lassen. Hypers drahtiger Körper, sein weicher Mund, der ihren Hals küsste, ihre Brustspitzen, der über ihre Spalte hauchte. Seine Zunge, die zwischen ihre Schamlippen vorschnellte und in ihrer Möse züngelte, die violetten Augen genießerisch geschlossen und die Hände die ganze Zeit in Bewegung, auf ihren Schenkeln, ihrem Bauch, ihrem Po, Finger, die in ihre Möse stießen, sein Mund, der sich über ihrem Kitzler festsaugte.

Und dann war da eine andere Hand, braungebrannt und muskulös. Oskars langes glänzendes Haar, das über ihren Körper fiel und sie kitzelte, wenn er ihre Brüste leckte. Und auch das Gefühl, wenn ihre Finger über

Irinas Bauch strichen, war plötzlich wieder da, die feuchte Wärme, wenn sie in ihre Möse glitten, der Geschmack ihrer Zunge und ihr hohes Stöhnen, wenn sie ihre vollen Brüste an Ellens Körper presste. Das Gefühl von vier ineinander verschlungenen, gierigen Körpern, Finger und Schwänze in allen Öffnungen, Münder, die an Schwänzen lutschten, Schwänze, die in Mösen geschoben wurden, Zungen und Finger, die sich zwischen Hinterbacken zu schaffen machten.

Wie von selbst hatte Ellen in ihre Handtasche gegriffen und den schmalen silbernen Vibrator mit dem Kristall hervorgeholt, den Irina ihr damals gestohlen hatte.

Ohne die Augen zu öffnen, schob sie ihn sich in die Möse und schaltete ihn an. Ein Finger rutschte über ihre Klit, während sie weiterhin dem Knäuel aus Körpern zusah, das sich stöhnend und verschwitzt in ihrem Kopf vergnügte.

Sie lag wieder zwischen zwei Männern, sie fühlte, wie sich ihre nasse Möse auf Irinas presste, wie Finger in sie eindrangen, Zungen an ihr leckten und Münder zwischen ihren Beinen lutschten, sie hörte das heisere Lachen und die Satzfetzen, einzelne Worte: »Komm mit deinem Fötzchen her« von einer dunklen Männerstimme, »Du bist so nass, ich fick dich« von einer jüngeren Stimme, »Lutscht mir den Kitzler, ich will, dass ihr mich leckt« von einer jungen Frau und »Steckt mir die Finger rein, wichst mich« – das war sie selbst.

Sie bäumte sich auf und unterdrückte ein Schreien.

Als sie sich verrenkt und halb ausgezogen auf Sophias Sofa wiederfand, merkte sie, dass ihr Gesicht verzerrt war, und sie presste eines der großen Kissen an sich, stopfte es sich in den Mund, bis nur noch ein Wimmern zu hören war.

Langsam beruhigte sie sich und dachte an Hyper, Oskar, Irina und sich selbst, als wären sie Personen auf einem alten vergilbten Foto.

Irina war schwer verletzt, und wer wusste schon, was in ihrem Leben passiert war, bevor sie Oskar kennengelernt hatte, was an ihr echt war und was nur eine Rolle, die sie perfekt gelernt hatte.

Oskar saß im Gefängnis und schrieb Irina zweimal wöchentlich einen Brief, den sie ungeöffnet zurückgehen ließ.

Ellen selbst versuchte immer noch herauszufinden, wie das alles hatte passieren können und wer sie eigentlich war, was sie für die Zukunft wollte und vor allem, was sie nicht wollte. Hypers Angebote waren bombig, Oman klang perfekt für ihn, Geld spielte offenbar keine Rolle, und man hatte es dort gern bombastisch, er würde sich austoben können.

Aber was sollte sie da? Die Frau an seiner Seite darstellen? Das hatte sie lang genug getan.

Es musste eine ganze Weile vergangen sein, denn draußen wurde es dunkel, und Ellen streckte vorsichtig die Arme und Beine. Sie hatte verkrampft dagelegen und war etwas wacklig auf den Füßen. Sie zog sich wieder an und setzte sich an den Schreibtisch, wo immer noch die Mail von Hyper stand, als sie eine Taste berührte und der Bildschirmschoner, ein Paar ellenlange, schlanke Frauenbeine in High Heels auf schwarzem Grund, verschwand.

Die Schrift der Mail verschwamm vor ihren Augen. Sie drückte den Antwortbutton und tippte nur:

»Es tut mir leid. E.«

Ein Raum in Sophias Villa stand voller Kartons und Kisten. Sophias Männer hatten ein paar Regale an die Wände gerückt, und Ellen versuchte, von dieser provisorischen Zentrale aus ein Frollein-Wunder ohne Ladenlokal zu organisieren. Denn das Geschäft wurde ja gerade von den Filmleuten okkupiert.

Hyper hatte sich nicht mehr gemeldet. Ellen nahm an, dass er schon bei Blaze und Drake war. Und als sie einmal in die gemeinsame Wohnung fuhr, fehlten auch tatsächlich Teile seiner Kleidung, und der Kühlschrank war leer.

Auf dem Rückweg traf sie Herrn Siebezahl im Treppenhaus, wie üblich mit kariertem Hemd und einem beigefarbenen Pullunder bekleidet. Und wie üblich ohne Hose. Er grüßte freundlich. Ellen grüßte zurück und fragte ihn, ob Hyper schon abgereist sei. Herr Siebezahl wusste eigentlich alles, was im Haus vorging, und als sie noch gemeinsam hier gewohnt hatten, war er immer gern bereit gewesen, die Pflanzen zu gießen. Er lächelte etwas abwesend, reagierte jedoch nicht. Ellen versuchte es noch einmal.

»Wissen Sie, ob mein Mann schon verreist ist? Hat er was gesagt?«

»Möchten Sie mein schlaffes Glied schütteln?«

Ellen seufzte, aber sie wusste, dass es unumgänglich war, wenn sie Informationen aus ihm herauskriegen wollte. Beherzt griff sie zu und hielt seinen Penis in der Hand. Dann stellte sie ihre Frage zum dritten Mal.

Herr Siebezahl schloss kurz die Augen, dann sagte er sehr freundlich: »Aber ja, Ihr Mann hat mir erzählt, dass er jetzt beim Film arbeitet. Er macht da ein Gewitter, und er zündet ein Auto an.«

Ellen sah ihn erstaunt an.

»Er ist nicht in Oman?«

»Ach wo. Möchten Sie mein schlaffes Glied schütteln? Ihr Mann ist jetzt beim Film. Er macht da ein Gewitter. Und er wohnt in einer Pension.«

Ellen gab sich Mühe, Herrn Siebezahls schlaffes Glied so zu schütteln, dass ihn das zum Weiterreden animierte, aber es kam nichts mehr. Sie ließ es los und sah auf die Uhr. Es wurde langsam spät. Enttäuscht ließ Herr Siebezahl die Schultern hängen und machte ein kindliches »Oooch«.

Obwohl sie sich schon umgedreht hatte und weggehen wollte, kam sie noch einmal zurück und griff Herrn Siebezahl am Ärmel. Sie schob ihn zu seiner Wohnungstür.

»Sie ziehen sich jetzt eine Hose und Schuhe an«, sagte sie streng. »Und dann nehme ich Sie mit. Ich stelle Ihnen jemanden vor, der Ihnen das schlaffe Glied schüttelt.«

Fast hatte sie befürchtet, es wieder selbst tun zu müssen, damit er mit ihr redete, aber diesmal hatte er offenbar verstanden, denn er verschwand in der Wohnung und kam kurze Zeit später wieder, in eine graue Cordhose gehüllt und in pinkfarbigen Crocs. Ellen zog ihm den Reißverschluss hoch und bugsierte ihn zu ihrem Auto.

Die Depiladora sah sie etwas irritiert an, als sie mit ihm zur Tür hereinkam.

»Hab ich das falsch notiert? Ich wusste gar nicht, dass Sie heute einen Termin zu zweit haben.«

»Das ist ein Notfall«, sagte Ellen und setzte Herrn Siebezahl auf die Liege.

»Herr Siebezahl, das ist meine Enthaarungsfachfrau. Und das ist Herr Siebezahl.«

Der zog seinen Reißverschluss herunter. »Möchten Sie mein schlaffes Glied schütteln?«

Die Depiladora sah Ellen an. »Ah. Diese Art Notfall.«

Ellen stellte sich so, dass zwischen ihnen und Herrn Siebezahl der Vorhang hing, der die Liege vom restlichen Raum abtrennte. »Er ist harmlos. Aber er würde sich sehr freuen, wenn Sie ihn zukünftig alle vier Wochen epilieren könnten.«

Die Depiladora zog den Vorhang beiseite und zeigte auf Herrn Siebezahls Unterleib. »Guter Mann, ist Ihnen klar, dass das wehtun wird? Und dass es Geld kostet?«

»Ich nehme dann einen anderen Termin«, rief Ellen und ließ die beiden allein.

Sie fuhr zum Frollein-Wunder und sah immer wieder auf ihre Uhr, bis ihr klarwurde, dass Irina heute selbst zur Physiotherapie gehen würde und sie sich nicht beeilen musste. Die Praxis war drei Straßen entfernt, und sie hatten den Weg vorher zusammen probiert. Nach dem Training wollte Irina im Studio vorbeisehen und würde da höchstwahrscheinlich auf eine unterrichtende

Beata treffen. Ellen seufzte, aber da mussten die beiden jetzt durch.

Vor ihrem Laden waren die Dreharbeiten für heute offenbar beendet. Zwei Männer schleppten Scheinwerfer in einen Lastwagen. Auf einer Hebebühne sah sie Hyper, er hielt einen Plan und einen Zollstock.

Es stimmte also. Er hatte sich für den Film entschieden.

Und es ihr nicht gesagt.

Sie wartete im Auto, bis er von der Hebebühne heruntergeklettert war und einer Mitarbeiterin in Latzhosen die Hand gab. Er schulterte eine große Tasche und ging langsam die Sophienstraße entlang. Ellen sah ihm durch die Windschutzscheibe nach, schloss die Augen, öffnete sie wieder und fand ihn direkt wieder.

»Egal, wie viele Menschen da sind«, dachte sie, »ich würde ihn überall entdecken.«

Sie fuhr dicht an ihn heran und ließ das Fenster der Beifahrertür herunter. Hyper bemerkte sie sofort und sah zu ihr ins Auto.

Die Farbe seiner Augen war noch viel ungewöhnlicher, als sie sie in Erinnerung hatte. Sie wusste plötzlich, dass sie sie länger ansehen wollte, nicht nur während eines Hallos am Straßenrand.

»Steig ein«, sagte sie, »was hältst du von Pekannusstorte im Rubina?«